ARRUME CONFUSÃO

Elogios para *Arrume Confusão*

"Intensamente criativas... Link nunca se concentra demais nas reviravoltas surreais de suas histórias, mas elas contêm tanta verdade emocional que não é preciso explicar nada."

—*The New York Times*

"Como se Kafka fosse apresentar o Saturday Night Live, Link mistura humor e pavor existencial... Os personagens de Link, movidos por desejo e obsessão, não só se metem em confusão: eles procuram confusão — causando um efeito espetacular."

—*Publishers Weekly*

"Os contos em *Arrume Confusão*, de Kelly Link, disparam para lá e para cá feito flechas com pontas de LSD atiradas para os confins mais remotos da imaginação."

—Elisa Schappell, *Vanity Fair*

"Mágica... O conteúdo de *Arrume Confusão* lembra as histórias maravilhosas de Ray Bradbury, cuja ficção científica transcendia o gênero. Os contos de Link também evocam Neil Gaiman, com uma pegada sinistra, feminina e punk rock."

—*The Philadelphia Inquirer*

"Fascinante."

—*The Seattle Times*

"Desde sua estreia em 2001, com *Stranger Things Happen*, ninguém superou Link na criação de histórias que parecem mundos em miniatura, mas colossais por dentro, cravejados de realidades alternativas e sedutores de maneira assustadora."

— *Chicago Tribune*

"Belos, terríveis e estranhos... Quando Link publicou sua primeira coletânea, *Stranger Things Happen*, era raro ver ficção desse tipo, com interseções brincalhonas entre o banal e o maravilhoso. Agora é mais comum, mas Kelly se mantém como mestra de um gênero delicado."

—LAURA MILLER, *Salon*

"Bem-vindos à mente fabulosa de Kelly Link... Ela levou dez anos para produzir a nova coletânea de contos, *Arrume Confusão*, e o resultado é tão genial quanto a anterior."

—SCARLETT THOMAS, *The New York Times Book Review* (Editors' Choice)

"[*Arrume Confusão*] é uma casa mal-assombrada construída com frases bruscas e repleta de sombras obscuras, choques súbitos e cômodos secretos... Mas não tema: Link está sempre no comando, uma pessoa realista e sensível com pulso firme e um coração generoso."

— *Vulture*

"A prosa e as ideias de Link deslumbram; a tal ponto que você só vê a cotovelada rápida no plexo solar emocional quando já é tarde demais."

—*The Guardian*

"Nenhum rótulo taxonômico, como o de fantasia, serve para definir de forma adequada o que [Link] faz... Ela ostenta uma perspicácia que seria apreciada por Dorothy Parker."

— *Milwaukee Journal Sentinel*

"[*Arrume Confusão*] transborda imaginação e espanto — sem falar na estranheza indefinível de ser um ser humano. Todas as histórias em *Arrume Confusão* são um deleite, um Gole Enorme de beleza e horror e alegria. Se você ainda não se apaixonou pela escrita de Kelly Link, vai se apaixonar logo, logo... Link é uma contadora de histórias visionária e genial, e *Arrume Confusão* é seu melhor livro até agora."

—*Buzzfeed*

"Nenhum fã de Karen Russell, Ursula K. Le Guin e de qualquer outra história escrita de forma fantástica e inteligente pode perder Kelly Link."

—*The Huffington Post*

"[Link] cria uma combinação encantadora e perturbadora de conto de fadas, fantasia, Ray Bradbury e *Buffy, a caça-vampiros*. É uma mistura maravilhosa de fantasmas ciborgues, sombras gêmeas malignas, bailes egípcios e aguardente de pirlimpimpim. Galera, ela é incrível."

—*The Portland Mercury*

"Link se mantém como uma das escritoras mais potentes que nós temos, e *Arrume Confusão* está entre suas obras mais provocantes e intensas. É um ótimo lembrete não só da voz especial de Link, mas também do fato de que histórias podem ser mais do que blocos de invenção... elas podem ser preciosas e edificantes."

—*io9*

"Irresistível... Os melhores aspectos das histórias de Link persistem depois do fim, projetando sombras e abrindo portas para estranhos mundos novos."

—*The Columbus Dispatch*

"Os nove contos em [*Arrume Confusão*] fervilham com surpresas... Não há ninguém como Link."

—BBC

"Essas histórias demolem rótulos como 'realismo literário', 'ficção científica', 'contos de fadas' e 'realismo mágico' e, dos destroços, constroem algo lindo, complexo e profundamente criativo."

—*Bustle*

"Cada conto em *Arrume Confusão* parece uma atração sinistra em um parque de diversões: a gente entra sem fazer a menor ideia do que vai acontecer e sem muita chance de se orientar antes de as coisas começarem a pegar embalo. Então saímos do outro lado com a cabeça girando, o cabelo em pé, cheios de adrenalina, e um pouco transformados."

—Toronto Star

"[Kelly Link] faz a fantasia e o realismo se apoiarem um no outro e dançarem juntos, e logo começam a rodopiar tão rápido que é impossível diferenciar os dois."

—The Stranger

"Nas mãos habilidosas de Link, até o bizarro parece plausível."

—Marie Claire

"Não dá para ler um conto de Link pela segunda vez, da mesma forma como é impossível entrar no mesmo rio duas vezes. Não só porque as histórias são fluidas, com ondulações inesperadas e objetos peculiares variados flutuando de forma contínua na correnteza, mas também porque parte do prazer de ler um conto de Link reside na escolha de *como* ler esse conto específico de Link."

—Locus

"Por trás da leveza instigante das concepções de Link — fantasmas, super-heróis, 'gêmeos malignos' — existe uma sintonia paciente e munroviana com as complexidades da natureza humana."

—The Millions

"Genial... Estes contos são astutos, perigosos e perturbadores, e dizem tanto sobre nosso desejo moderno por fantasias quanto sobre os desejos que nos definem como humanos."

—Refinery29

"Link é genial em mil sentidos, e quando você acha que já conseguiu assimilar todos, aparece mais um."

—KQED

"Não há escritor ou escritora que caminhe com mais habilidade pela fronteira da especulação e da literatura de gênero... Ninguém com maior talento para mergulhar em uma forma mais obscura de fascínio, uma emoção que para a maioria dos leitores pertence infelizmente ao domínio da infância, do que Link. Ela usa o fascínio para deslumbrar o leitor."

—A. N. Devers, *Longreads*

"[Link] exibe a habilidade [de contista] de comprimir vidas inteiras repletas de tensão e cristalizar momentos inflamados por desejo e rebeldia em um punhado de páginas firmes e cuidadosamente trabalhadas."

—*The Sydney Morning Herald*

"Os contos em *Arrume Confusão* são uma leitura tão compulsiva quanto um livro popular de literatura *Young Adult*, mas têm a riqueza cultural de Angela Carter, a complexidade emocional de Alice Munro e a linguagem precisa própria de Link."

—*National Post*

"Eu me apaixonei perdidamente [por] *Arrume Confusão*... Cheguei muito atrasado à festa de Kelly Link, considerando que há anos todo mundo me fala como as histórias dela são incríveis — criações cuidadosamente trabalhadas e completamente viciantes de fantasia e ficção científica e realismo literário e horror e jovem adulto e velho adulto."

—Isaac Fitzgerald, *The Millions: A Year in Reading*

"Kelly Link é uma das minhas escritoras preferidas de todos os tempos, e o fato de que ela está viva e não para de melhorar? Meu Deus, que grupo pequeno. Ela é especial. Sabe quem também a teria amado? Kafka e Lewis Carroll. Assim como eles, ela sabe de coisas que nós não sabemos. Mas ela também sabe de coisas que todos nós sabemos: a sensação de amar, de querer amar, de ficar só, de querer ficar só, de se decepcionar com as pessoas, de tentar de novo. Ela faz essas mágoas antigas brilharem com luzes novas e estranhas."

—ARTHUR PHILLIPS

"Escritas de maneira primorosa, equilibrando luz e leveza com sombras e uma profundidade oculta, as histórias de *Arrume Confusão* confirmam mais uma vez que Kelly Link é uma virtuose moderna do gênero — leitura brincalhona e subversiva obrigatória para qualquer um que adore ficção curta."

—JEFF VANDERMEER

"Kelly Link é a autora cujos livros eu levaria para uma ilha deserta, porque eles são oásis dos sonhos. Cada um destes 'contos' parece infinitamente vasto depois que entramos neles, como os castelos encantados e os poços sem fundo dos contos de fadas. A obra de Link é sempre sinistra, engraçada, sexy, assustadora e genuinamente esquisita — ela consegue desmontar e recriar o mundo em um só parágrafo. Desde *O Estranho Mundo de Zofia e Outras Histórias*, eu espero ansiosamente para ver mais de Kelly Link. *Arrume Confusão* é ainda mais prova de que ela precisa estar na estante de qualquer leitor."

—KAREN RUSSELL

"Nesta nova coletânea completamente impressionante, Kelly Link demonstra um domínio perfeito e plenamente maduro do tipo de história que é inesperada, introspectiva, em constante evolução, profundamente original e carregada de emoções que só Kelly Link é capaz de escrever. Em outras palavras: nestes contos, Kelly Link está no auge de si mesma. Em outras palavras: feche a boca e abra alas, porque Kelly Link está chegando, e não tem ninguém melhor."

—PETER STRAUB

"Com *Arrume Confusão*, Kelly Link continua comprovando seu talento para andar em cordas bambas literárias. Sua prosa se constitui com detalhes tão espantosos e delicados que é como se fogos de artifício estourassem no cérebro. Começamos a suar só na expectativa da próxima frase. É por isso que lemos, desejamos, precisamos, não podemos viver sem contos."

—TÉA OBREHT

"Kelly Link é inimitável. Suas histórias não têm igual, são sinistras e brilham com seu tipo especial de pó de pirlimpimpim; estranhas de uma forma maravilhosa, mas ainda familiares e reais. *Arrume Confusão* é cheio de universos em miniatura, cada conto contém muito mais do que sua extensão poderia sugerir, fervilhando com o inesperado: é o tipo mais maravilhoso de confusão que se poderia arranjar."

—ERIN MORGENSTERN

"Cada um dos contos nesta coletânea parece uma caixinha de surpresas única. Viramos a manivela, esperando a risada, a surpresa, a reorganização de temas que nossos ouvidos já conhecem há tempos, e o movimento nos dá todas essas alegrias. Mas espere, espere a caixa se abrir: o que sai não é um boneco, mas nosso próprio coração exposto. Como Kelly Link compreende tão bem nossas dores, nossos anseios, nossas lembranças e até nossos futuros, e como ela nos faz voltar repetidamente à próxima caixinha de surpresas, com esperança e medo e determinação de conhecer melhor a vida, de viver de um jeito diferente? Kelly Link é um tesouro nacional!"

—YIYUN LI

"As histórias de Link são sempre uma delícia, e *Arrume Confusão* contém alguns de seus melhores trabalhos. Criativas e intelectuais de maneira inteira e provocante: não são meras ficções curtas, mas sim janelas para mundos inteiros. Uma leitura genial e eletrizante."

—SARAH WATERS

Arrume Confusão

KELLY LINK

Tradução de Leonardo Alves

ALTA BOOKS
GRUPO EDITORIAL
Rio de Janeiro, 2023

Arrume Confusão

Copyright © 2023 da Starlin Alta Editora e Consultoria Eireli.
ISBN: 978-65-5568-078-2

Translated from original Get in Trouble. Copyright © 2015 by Kelly Link. ISBN 978-0-8129-8649-5. This translation is published and sold by permission of Random House, an imprint and division of Penguin Random House LLC, the owner of all rights to publish and sell the same. PORTUGUESE language edition published by Starlin Alta Editora e Consultoria Eireli, Copyright © 2023 by Starlin Alta Editora e Consultoria Eireli.

Impresso no Brasil — 1ª Edição, 2023 — Edição revisada conforme o Acordo Ortográfico da Língua Portuguesa de 2009.

```
Dados Internacionais de Catalogação na Publicação (CIP)
            (Câmara Brasileira do Livro, SP, Brasil)

    Link, Kelly
       Arrume confusão / Kelly Link. -- São Paulo :
    Tordesilhas, 2023.

       ISBN 978-65-5568-078-2

       1. Ficção norte-americana I. Título.

    22-133794                                    CDD-813
              Índices para catálogo sistemático:

       1. Ficção : Literatura norte-americana   813

    Cibele Maria Dias - Bibliotecária - CRB-8/9427
```

Todos os direitos estão reservados e protegidos por Lei. Nenhuma parte deste livro, sem autorização prévia por escrito da editora, poderá ser reproduzida ou transmitida. A violação dos Direitos Autorais é crime estabelecido na Lei nº 9.610/98 e com punição de acordo com o artigo 184 do Código Penal.

A editora não se responsabiliza pelo conteúdo da obra, formulada exclusivamente pelo(s) autor(es).

Marcas Registradas: Todos os termos mencionados e reconhecidos como Marca Registrada e/ou Comercial são de responsabilidade de seus proprietários. A editora informa não estar associada a nenhum produto e/ou fornecedor apresentado no livro.

Erratas e arquivos de apoio: No site da editora relatamos, com a devida correção, qualquer erro encontrado em nossos livros, bem como disponibilizamos arquivos de apoio se aplicáveis à obra em questão.

Acesse o site **www.altabooks.com.br** e procure pelo título do livro desejado para ter acesso às erratas, aos arquivos de apoio e/ou a outros conteúdos aplicáveis à obra.

Suporte Técnico: A obra é comercializada na forma em que está, sem direito a suporte técnico ou orientação pessoal/exclusiva ao leitor.

A editora não se responsabiliza pela manutenção, atualização e idioma dos sites referidos pelos autores nesta obra.

Produção Editorial
Grupo Editorial Alta Books

Diretor Editorial
Anderson Vieira
anderson.vieira@altabooks.com.br

Editores
José Ruggeri
j.ruggeri@altabooks.com.br

Cristiane de Mutüs
crismutus@alaude.com.br

Gerência Comercial
Claudio Lima
claudio@altabooks.com.br

Gerência Marketing
Andréa Guatiello
andrea@altabooks.com.br

Coordenação Comercial
Thiago Biaggi

Coordenação de Eventos
Viviane Paiva
comercial@altabooks.com.br

Coordenação ADM/Finc.
Solange Souza

Direitos Autorais
Raquel Porto
rights@altabooks.com.br

Assistente Editorial
Caroline David

Produtores Editoriais
Illysabelle Trajano
Maria de Lourdes Borges
Paulo Gomes
Thales Silva
Thiê Alves

Equipe Comercial
Adenir Gomes
Ana Carolina Marinho
Ana Claudia Lima
Daiana Costa
Everson Sete
Kaique Luiz
Luana Santos
Maira Conceição
Natasha Sales

Equipe Editorial
Ana Clara Tambasco
Andreza Moraes
Arthur Candreva
Beatriz de Assis
Beatriz Frohe
Betânia Santos
Brenda Rodrigues
Erick Brandão
Elton Manhães
Fernanda Teixeira
Gabriela Paiva
Henrique Waldez
Karolayne Alves
Kelry Oliveira
Lorrahn Candido
Luana Maura
Marcelli Ferreira
Mariana Portugal
Matheus Mello
Milena Soares
Patricia Silvestre
Viviane Corrêa
Yasmin Sayonara

Marketing Editorial
Amanda Mucci
Guilherme Nunes
Livia Carvalho
Pedro Guimarães
Thiago Brito

Atuaram na edição desta obra:

Revisão Gramatical
Alessandro Thomé

Tradução
Leonardo Alves

Copidesque
Mariana Santos

Diagramação e Capa
Rita Motta

Editora afiliada à: ASSOCIADO

Rua Viúva Cláudio, 291 — Bairro Industrial do Jacaré
CEP: 20.970-031 — Rio de Janeiro (RJ)
Tels.: (21) 3278-8069 / 3278-8419
www.altabooks.com.br — altabooks@altabooks.com.br
Ouvidoria: ouvidoria@altabooks.com.br

Para Henry William Link III

Entra ano, sai ano,

Na cara do macaco

cara de macaco.

— Bashô

Sumário

As Pessoas de Verão 1

Dá para Ver na Sua Cara 35

Identidade Secreta 71

Vale das Meninas 115

História de Origem 135

A Lição 165

Namorado Novo 185

Duas Casas 227

Luz 251

Agradecimentos 295

Sobre a autora 297

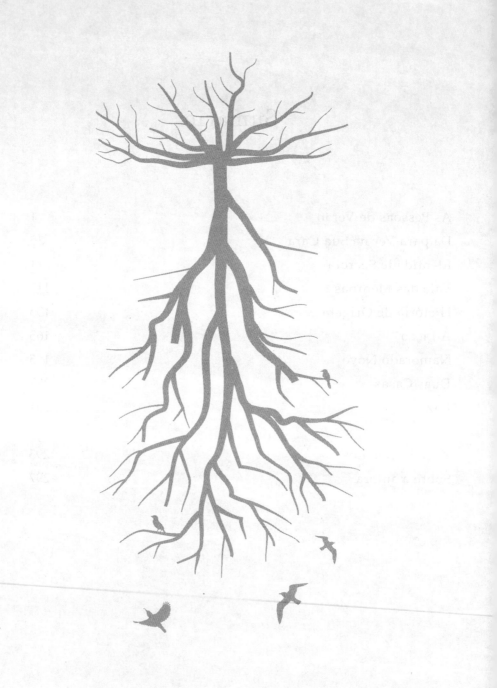

Arrume Confusão

As Pessoas de Verão

O pai de Fran a acordou com um borrifador na mão.

— Fran — disse ele, espirrando água como se ela fosse uma planta murcha. — Fran, querida. Hora de acordar.

Fran estava gripada, mas parecia mais é que a gripe estava Franada. Como resultado, ela havia faltado à escola durante três dias consecutivos. Na noite anterior, ela tomara quatro cápsulas de remédio para a gripe e dormira no sofá enquanto um homem arremessava facas em um programa na TV. A cabeça dela estava envolvida em panos quentes e cheia de catarro. O rosto estava molhado de ração aguada de planta.

— Para — ela gemeu. — Já acordei!

Ela começou a tossir com tanta força que teve que segurar as costelas. Ela se sentou.

Papai era um vulto escuro em uma sala cheia de vultos escuros. O tamanho dele era prenúncio de problema. O sol ainda não havia saído de trás da montanha, mas tinha luz na cozinha. Tinha uma mala também, ao lado da porta, e na mesa havia um prato com ovos remexidos. Fran estava morrendo de fome.

Papai continuou.

— Vou ficar fora um tempo. Uma ou três semanas. No máximo. Você cuidará das pessoas de verão enquanto isso. Os Roberts chegam este fim de semana. Você precisará fazer compras pra eles amanhã ou depois de amanhã. Cuidado com a data de validade do leite quando for comprar, e troque os lençóis nas camas todas. Deixei o cronograma da casa na bancada, e o carro deve ter gasolina suficiente pra fazer tudo.

— Espera — respondeu Fran. Cada palavra doía. — Pra onde você vai?

Ele se sentou no sofá ao lado dela e tirou alguma coisa de debaixo de si. Mostrou o que estava segurando: um dos brinquedos antigos de Fran, o ovo de macaco.

— Olha, você sabe que eu não gosto disso. Queria que você guardasse.

— Tem muita coisa que eu não gosto — argumentou Fran. — Pra onde você vai?

— Grupo de oração em Miami. Achei na internet — respondeu. Ele se ajeitou no sofá, pôs a mão na testa dela, e o toque foi tão fresco e reconfortante que os olhos dela escorreram. — Você parece bem menos quente agora.

— Eu sei que você precisa ficar aqui e cuidar de mim. Você é meu papai.

— Olha, como é que eu vou cuidar de você se eu não tô bem? — respondeu. — Você não sabe as coisas que eu já fiz.

Fran não sabia, mas podia imaginar.

— Você saiu ontem à noite. Bebeu.

— Não tô falando de ontem à noite. Tô falando de uma vida inteira.

— Isso é... — disse Fran, mas começou a tossir de novo. Ela tossiu por tanto tempo e com tanta força que chegou a ver estrelas. Apesar da dor nas costelas, e apesar do fato de que, sempre que ela conseguia aspirar um bocado decente de ar, voltava a tossir tudo de novo, o remédio para gripe fazia tudo parecer tão pacífico que era como se o papai estivesse recitando um poema. As pálpebras dela estavam se fechando. Mais tarde, quando ela acordasse, talvez ele lhe preparasse o café da manhã.

— Se aparecer alguém, fala que eu já fui andando. Se algum homem falar que sabe das coisas, Fran, esse homem tá mentindo ou é um idiota. Só o que dá pra fazer é se preparar.

Ele deu um tapinha nos ombros dela e puxou a coberta até a altura das orelhas. Quando ela acordou de novo, era o fim da tarde, e fazia tempo que papai tinha ido embora. Ela estava com 39°C. Nas bochechas, o borrifador de planta espalhara brotoejas vermelhas salientes.

× — ×

Sexta-feira, Fran voltou à escola. O café da manhã foi uma colherada de pasta de amendoim e cereal puro. Ela não se lembrava de quando tinha comido pela última vez. Sua tosse espantou os corvos quando ela andou até a rodovia municipal para pegar o ônibus escolar.

Ela cochilou em três aulas, incluindo a de cálculo, até que teve uma crise de tosse tão forte que a professora a mandou para a enfermaria. Ela sabia que a enfermeira provavelmente ligaria para seu pai e a mandaria para casa. Isso talvez fosse um problema, mas, no caminho até a enfermaria, Fran viu Ophelia Merck mexendo em seu armário.

Ophelia Merck tinha seu próprio carro, um Lexus. Ela e a família haviam sido pessoas de verão, mas agora ficavam o ano inteiro na casa deles em Horse Cove, perto do lago. Anos atrás, Fran e Ophelia haviam passado as tardes do verão brincando com as Barbies de Ophelia enquanto o pai de Fran colocava fogo em um vespeiro, pintava o revestimento de cedro e arrancava uma cerca velha. Elas não chegaram a conversar direito desde então, mas, uma ou duas vezes depois daquele verão, o pai de Fran levou para casa sacolas de papel cheias de roupas descartadas de Ophelia, algumas ainda com a etiqueta.

Com o tempo, Fran passou por um surto de crescimento, o que pôs um fim nisso; Ophelia continuava pequena, até agora. E, pelo que Fran sabia, Ophelia não havia mudado muito em quase todos os sentidos: bonita, tímida, mimada e fácil de obrigar a fazer coisas. Diziam que a família dela tinha se mudado de vez de Lynchburg para Robbinsville depois que uma professora flagrou Ophelia beijando outra menina no banheiro durante um baile da escola. Foi isso ou uma acusação de má conduta profissional do Sr. Merck, que era o outro boato, pode escolher.

— Ophelia Merck — chamou Fran. — Preciso que você venha comigo pra falar com a enfermeira Tannent. Ela vai me mandar pra casa. Preciso de carona.

Ophelia abriu a boca e voltou a fechar. Fez que sim com a cabeça.

A temperatura de Fran tinha subido de novo, para 38,9°C. Tannent até escreveu um bilhete autorizando Ophelia a sair da escola.

— Não sei onde você mora — disse Ophelia. Elas estavam no estacionamento, e Ophelia procurava a chave do carro.

— Vai pela rodovia municipal — respondeu Fran. — Pegue a 129. — Ophelia assentiu. — Tem que subir um pouco em Wild Ridge, depois dos campos de caça. — Ela se recostou no apoio de cabeça e fechou os olhos. — Ah, droga. Esqueci. Dá pra passar na mercearia antes? Preciso arrumar a casa dos Roberts.

— Acho que dá — disse Ophelia.

Na mercearia, Fran pegou leite, ovos, pão de forma integral e frios para os Roberts, Tylenol e mais antigripal para si própria, e mais uma garrafa de suco de laranja congelado, burritos de micro-ondas e biscoito recheado.

— Põe na conta — disse ela para Andy.

— Fiquei sabendo que seu papai arrumou confusão outro dia — respondeu Andy.

— É mesmo? Ele foi pra Flórida ontem de manhã. Falou que precisa se acertar com Deus.

— Não é Deus que seu pai precisa agradar.

Fran pressionou o olho ardido com a mão.

— O que foi que ele fez?

— Nada que não possa ser resolvido com jeitinho e educação — disse Andy. — Fala pra ele que a gente conversa quando ele voltar.

Na metade das vezes em que papai bebia, Andy e o primo dele, Ryan, estavam envolvidos, apesar de ser proibido vender bebidas alcoólicas no distrito. Andy tinha tudo que era bebida na van dele lá nos fundos, para qualquer um que quisesse e soubesse pedir. As coisas boas vinham de fora do distrito, de Andrews. Mas as melhores eram as que o papai produzia. Todo mundo dizia que a birita do pai de Fran era boa demais para ser rigorosamente natural. O que era verdade. Quando não estava se acertando com Deus, o pai dela arranjava um bocado de confusão. Fran imaginava que, nessa situação específica, ele havia prometido fornecer algo que Deus não ia deixar que ele entregasse.

— Vou falar que você disse isso.

Ophelia estava olhando a lista de ingredientes na embalagem de uma bala, mas Fran percebeu que ela estava interessada. Quando elas voltaram para o carro, Fran disse:

— Não é porque você está me fazendo um favor que precisa saber da minha vida.

— Tudo bem — respondeu Ophelia.

— Tudo bem. Ótimo. Agora acho que você pode me levar pra casa dos Roberts. É na...

— Eu sei onde fica a casa dos Roberts. — interrompeu Ophelia. — Minha mãe foi lá o verão passado todo para jogar baralho.

Os Roberts tinham uma chave reserva escondida embaixo de uma pedra falsa, que nem todo mundo. Ophelia parou na porta como se estivesse esperando um convite para entrar.

— Ué, vem — disse Fran.

Não tinha muito o que dizer da casa dos Roberts. Havia muitas estampas xadrez, e jarros decorativos de cerâmica e bibelôs de cachorro apontando, sentados ou correndo com pássaros em suas bocas delicadas estavam por toda parte.

Fran arrumou os quartos menores e deu uma passada rápida de aspirador de pó no térreo enquanto Ophelia arrumava o quarto principal e tirava a aranha que havia se instalado na lixeira. Ela a levou para fora da casa. Fran não tinha muito fôlego para debochar. Elas foram de cômodo em cômodo, conferindo se as lâmpadas funcionavam e se a TV a cabo estava com sinal. Ophelia cantava baixinho enquanto elas trabalhavam. As duas faziam parte do coral, e Fran começou a avaliar a voz de Ophelia. *Soprano*, ao mesmo tempo cálida e leve, enquanto Fran era *alto* e ligeiramente esganiçada até quando não estava gripada.

— Para — disse Fran em voz alta, e Ophelia se virou e olhou para ela. — Você não. — Ela abriu a torneira na pia da cozinha e deixou a água correr até sair limpa. Tossiu por muito tempo e cuspiu no ralo. Eram quase 16h. — Acabamos aqui.

— Como você está se sentindo? — perguntou Ophelia.

— Como se eu tivesse levado uma surra — respondeu Fran.

— Vou levar você para casa. Tem alguém lá, caso você comece a se sentir pior?

Fran não se deu ao trabalho de responder, mas, em algum momento entre os armários da escola e o quarto principal dos Roberts, aparentemente Ophelia havia decidido que o gelo tinha sido quebrado. Ela falou de um programa de TV e da festa à qual nenhuma das duas iria no sábado à noite. Fran começou a desconfiar que Ophelia tivera amigos no passado, lá em Lynchburg. Ela reclamou do dever de cálculo e falou do suéter que estava tricotando. Comentou sobre uma banda feminina de rock que ela achava que Fran talvez gostasse e até se ofereceu para copiar um CD. Durante o trajeto pela rodovia municipal, ela exclamou algumas vezes:

— Nunca vou me acostumar a morar aqui o ano todo. Quer dizer, nem faz um ano inteiro que a gente está aqui, mas... É que é tão bonito. Parece um outro mundo, sabe?

— Sei lá — respondeu Fran. — Nunca fui para outro lugar.

— Ah — disse Ophelia, não muito desanimada com a resposta. — Bom, vai por mim. Aqui é lindo pra caramba. É tudo tão bonito que quase chega a doer. Adoro as manhãs, a neblina que cobre tudo. E as árvores! E, cada vez que a estrada faz curva, aparece mais uma cachoeira. Ou um campinho de pasto, todo florido. Tantos *vales.* — Ophelia tentou imitar o sotaque de Fran na palavra. — Tipo, é impossível saber o que a gente vai ver, o que vai aparecer, até que de repente aparece tudo ao mesmo tempo. Você vai tentar alguma faculdade ano que vem? Eu estava pensando em fazer veterinária. Acho que não aguento mais nenhuma aula de inglês. Animais de grande porte. Nada de cachorros ou porquinhos-da-índia. Talvez eu vá para a Califórnia.

— A gente não é do tipo que faz faculdade — disse Fran.

— Ah — respondeu Ophelia. — Você é muito mais inteligente que eu, sabe? Então achei que...

— Entra aqui — interrompeu Fran. — Cuidado. Não é asfaltada.

Elas seguiram pela estrada de terra, atravessaram os canteiros de louros e entraram na campina pequena com o riacho sem nome. Fran percebeu que Ophelia prendeu a respiração, provavelmente tentando ao máximo não falar algo sobre a beleza do lugar. E era bonito, Fran sabia. Mal dava para ver sua casa, escondida como uma noiva por trás de um véu de trepadeiras: clematite e madressilva-do-japão, montes de rosas-trepadeiras que tomavam conta da varanda e subiam pelo telhado caído. Abelhas, com armaduras douradas nas patas, transitavam pelo mato da campina, quase carregadas demais de pólen para voar.

— É velha — disse Fran. — Precisa de um telhado novo. Meu bisavô encomendou de um catálogo da Sears. Os homens trouxeram pela montanha aos pedaços, e todos os cherokees que ainda não tinham ido embora vieram olhar. — Ela ficou admirada consigo mesma: daqui a pouco, ia acabar convidando Ophelia para dormir lá.

Ela abriu a porta do carro, se arrastou para fora e pegou a sacola de compras. Antes que pudesse se virar e agradecer pela carona, Ophelia saiu também.

— Eu estava pensando — disse Ophelia, hesitante. — Bom, eu estava pensando, será que posso usar seu banheiro?

— É do lado de fora — disse Fran, bruscamente. E então cedeu. — Pode entrar. É um banheiro normal. Só não está muito limpo.

Ophelia não falou nada quando elas entraram na cozinha. Fran a viu observar tudo: a pilha de louça na pia, o travesseiro e a colcha esfarrapada no sofá afundado. Os montes de roupa suja ao lado da máquina de lavar econômica na cozinha. Os pontos onde filamentos das trepadeiras tinham invadido o interior pelas janelas.

— Você deve estar achando engraçado — disse ela. — Papai e eu ganhamos dinheiro arrumando a casa de outras pessoas, mas a gente não cuida direito da nossa.

— Eu estava pensando que alguém devia cuidar de você — respondeu Ophelia. — Pelo menos enquanto você está doente.

Fran encolheu os ombros ligeiramente.

— Eu me viro sozinha. O banheiro é no corredor.

Ela tomou dois comprimidos para gripe enquanto Ophelia estava no banheiro e bebeu os últimos goles do refrigerante que estava na geladeira para ajudar a descer. Sem gás, mas ainda estava gelado. Em seguida, ela se deitou no sofá e puxou a coberta até a altura do rosto. Ela se aninhou nas almofadas empelotadas. Suas pernas doíam, o rosto parecia estar queimando. Os pés estavam congelados.

Um minuto depois, Ophelia se sentou ao seu lado.

— Ophelia? — disse Fran. — Obrigada pela carona e pela ajuda na casa dos Roberts, mas não curto meninas. Então não chega em mim.

— Eu trouxe um copo d'água para você — respondeu Ophelia. — Você precisa se hidratar.

— Hmm.

— Um dia seu pai me falou que eu vou para o inferno, sabia? Ele estava na nossa casa para fazer alguma coisa. Consertar um cano estourado, talvez? Não sei como ele sabia. Eu tinha 11 anos de idade. Acho que eu não sabia, pelo menos ainda não. Ele parou de levar você para brincar lá depois disso, embora eu nunca tenha contado para minha mãe.

— Papai acha que todo mundo vai pro inferno — disse Fran debaixo da coberta. — Pra mim tanto faz pra onde eu vou, desde que seja longe daqui e sem ele.

Ophelia ficou um ou dois minutos sem falar nada, mas também não se levantou para ir embora, então Fran botou a cabeça para fora. Ophelia estava com um brinquedo na mão, o ovo de macaco. Ela o girou uma vez, girou de novo.

— Dá aqui — disse Fran. — Vou dar corda. — Ela girou o botão decorado e pôs o ovo no chão. O brinquedo vibrou com ferocidade. Duas pernas que pareciam pinças e uma cauda de escorpião feita de latão lustrado brotaram do hemisfério inferior, e o ovo oscilou nas pernas de um lado para o outro, enrolando e esticando a cauda. Abriram-se portinholas nos dois lados do hemisfério superior e dois braços se esgueiraram para fora e subiram, tamborilando na cúpula do ovo até essa também se abrir com um estalo. Uma cabeça de macaco, usando a cúpula do ovo como se fosse um chapéu, pipocou para fora. A boca se abriu e fechou em uma tagarelice empolgada, os olhos vermelhos de granada reviraram, os braços foram traçando círculos cada vez maiores no ar, até o ciclo do mecanismo terminar e todas as extremidades voltarem de repente para dentro do ovo.

— Como é que é? — disse Ophelia. Ela pegou o ovo e passou o dedo pelas frestas.

— É só um negócio da nossa família — respondeu Fran. Ela tirou o braço de baixo da colcha, pegou um lenço e assoou o nariz provavelmente pela milésima vez. — A gente não roubou de ninguém, se é isso que você está pensando.

— Não — disse Ophelia, franzindo a testa. — É só que... nunca vi nada parecido. É tipo um ovo de Fabergé. Devia estar em um museu.

Havia muitos outros brinquedos. O gato risonho e os elefantes dançando valsa; o cisne de corda, que perseguia o cachorro. Outros brinquedos com que Fran não brincava fazia anos. A sereia que usava um pente para tirar gemas do cabelo. A mãe dela chamara de bugigangas para bebês.

— Lembrei agora — exclamou Ophelia. — Quando você foi brincar na minha casa. Você levou um peixinho prateado. Era menor que meu dedo mindinho. A gente colocou na banheira e ele ficou nadando pra lá e pra cá. Você tinha uma varinha de pesca também, e uma minhoca dourada que se retorcia no anzol. Você me deixou pescar o peixe, e, quando pesquei, ele falou. Disse que me concederia um desejo se eu o soltasse.

— Você desejou dois pedaços de bolo de chocolate.

— E aí minha mãe fez bolo de chocolate, não foi? Aí o desejo se realizou. Mas só consegui comer um pedaço. Será que eu já sabia que ela ia fazer um bolo? Mas por que eu desejaria algo que eu já sabia que ia ganhar?

Fran não falou nada. Ficou observando Ophelia com os olhos entreabertos.

— Você ainda tem o peixe? — perguntou Ophelia.

— Em algum lugar — respondeu Fran. — Parou de dar corda. Ele não concedia mais desejos. Lembro que não me incomodei. Ele só concedia desejos pequenos.

— Ha ha — Ophelia se levantou. — Amanhã é sábado. Vou vir aqui de manhã para ver se você está bem.

— Não precisa.

— Não — concordou Ophelia. — Não preciso. Mas vou vir.

Quando você faz pra outras pessoas coisas (o pai de Fran disse isso uma vez quando estava bêbado, antes de arranjar uma religião) que elas poderiam fazer, mas que pagam pra você fazer, os dois lados se acostumam.

Às vezes elas nem pagam, e aí vira caridade. No início, caridade não é confortável, mas acaba se tornando. Depois de um tempo, pode ser que você comece a se sentir estranha quando não faz só mais uma coisa pra elas, e sempre mais uma depois. Pode ser que você comece a se sentir valiosa. Porque as pessoas precisam de você. E quanto mais elas precisam de você, mais você precisa delas. As coisas se desequilibram. Você tem que se lembrar disso, Franny. Às vezes você está de um lado dessa equação e às vezes está do outro. Você tem que saber onde está e o que deve. Ou você equilibra ou é nisso que vocês vão ficar.

Fran, dopada com remédio para gripe, febril e sozinha na casa de catálogo de seu bisavô, escondida atrás de uma muralha de rosas, sonhou — como todas as noites — com fuga. Ela acordava de hora em hora, querendo que alguém trouxesse mais um copo d'água. Ela encharcava as roupas de suor, tremia de frio e voltava a arder.

Ela ainda estava no sofá quando Ophelia voltou, batendo na porta telada.

— Bom dia! — disse Ophelia. — Ou melhor, acho que é para ser boa tarde! Enfim, é meio-dia. Eu trouxe laranja para fazer suco fresco e não sabia se você gostava de linguiça ou bacon, então trouxe biscoitos dos dois sabores.

Fran se esforçou para se sentar.

— Fran — Ophelia veio se sentar na frente do sofá com um biscoito em forma de cabeça de gato em cada mão. — Você está com uma cara horrível. — Ela encostou os nós dos dedos na testa de Fran. — Você está ardendo de febre! Eu sabia que não devia ter deixado você sozinha aqui! O que eu faço? Quer que eu te leve para o pronto-socorro?

— Nada de médico — respondeu Fran. — Vão querer saber do papai. Água?

Ophelia correu para a cozinha.

— Você precisa de antibióticos. Ou algo do tipo. Fran?

— Aqui — disse Fran. Ela pegou uma conta em uma pilha de correspondências no chão e tirou o envelope. Arrancou três fios de cabelo, colocou-os dentro e passou a língua para lacrar. — Leve isto pela estrada até onde ela cruza com o escoadouro — disse ela. — Vá até o fim. — Ela tossiu. Coisas secas se sacudiram dentro de seus pulmões. — Quando chegar no casarão, vá pros fundos e bata à porta. Fale que eu mandei você lá. Você não vai ver ninguém, mas eles vão saber que você está lá por minha causa. Depois de bater à porta, entre. Suba direto pro andar de cima, atenção, e passe este envelope por baixo da porta. A terceira porta no corredor. Você vai saber qual é. Depois disso, é melhor esperar na varanda. Traga pra cá o que eles entregarem.

Ophelia a encarou com uma expressão que sugeria que Fran estava delirando.

— Vai logo — disse Fran. — Se não tiver casa, ou se tiver uma casa, mas não for a que eu estou descrevendo, você volta e me leva pro pronto-socorro. Ou, se você achar a casa, mas ficar com medo e não conseguir fazer o que eu pedi, volte e eu vou com você. Mas, se você fizer o que eu falei, vai ser que nem o peixinho.

— Que nem o peixinho? Não entendi.

— Vai entender. Seja audaz — disse Fran, tentando ao máximo parecer alegre. — Que nem as meninas nas músicas. Pode me trazer outro copo d'água antes de ir?

Ophelia foi.

Fran ficou deitada no sofá, pensando no que Ophelia veria. De vez em quando, ela punha uma luneta peculiar — algo muito mais útil que qualquer bugiganga — no olho. Com aquilo, ela viu a princípio a estrada de terra, que parecia acabar de repente. Mais uma olhada mostraria a estrada cruzando o riacho raso, aquele que percorre a montanha, com a água correndo terra abaixo. A campina sumia de novo entre canteiros de louros e apareciam árvores cheias de rosas-trepadeiras, uma subida em ondas de rosa e branco. Um muro de pedra, quebrado e em ruínas, então o casarão. A casa era de pedra, manchada com o tempo que nem o muro caído, e com dois andares. Telhado de placas de ardósia, uma varanda inclinada comprida, tábuas de madeira entalhada que bloqueavam todas as janelas. Duas macieiras, retorcidas e velhas, uma carregada de frutas, e a outra, vazia, preta e prateada. Ophelia viu o caminho coberto de musgo que passava entre elas e contornava a casa até a porta dos fundos com duas palavras entalhadas no umbral de pedra: SEJA AUDAZ.

E Fran viu Ophelia fazer o seguinte: depois de bater à porta, ela hesitou, só por um instante, e a abriu.

— Olá? — chamou Ophelia. — Fran me mandou aqui. Ela está doente. Olá? — Ninguém respondeu.

Então Ophelia respirou fundo e adentrou um corredor escuro e apertado com um cômodo de cada lado e uma escada à sua frente. Na ardósia diante dela estavam inscritas as palavras SEJA AUDAZ, SEJA AUDAZ. Apesar do convite, Ophelia não parecia tentada a investigar nenhum dos dois cômodos, o que Fran achou sensato. O primeiro teste foi um sucesso. Alguém poderia imaginar que uma das portas levaria a uma sala de estar e que a outra levaria a uma cozinha, mas seria um erro. Um cômodo era o Quarto da Rainha. O outro era o que Fran chamava de Sala de Guerra.

Pilhas mofadas de revistas, catálogos, jornais, enciclopédias e romances góticos se amontoavam junto às paredes do corredor, formando uma via tão estreita que até a miúda Ophelia se virou de lado para conseguir passar. Pernas de boneca, faqueiros e troféus de tênis, potes de cerâmica, caixas de fósforo vazias e dentaduras e coisas mais aleatórias ainda se entreviam dentro de sacolas de papel e plástico. Alguém poderia imaginar que atrás das portas dos dois lados do corredor haveria mais pilhas deterioradas e mais tralhas, e estaria correto. Mas havia outras coisas também. Na base da escada havia mais um conselho para visitantes como Ophelia, inscrito na face do primeiro degrau: SEJA AUDAZ, SEJA AUDAZ, MAS NÃO DEMAIS.

Fran reparou que os proprietários da casa tinham aprontado mais uma de suas traquinagens. Alguém havia entrelaçado festão, hera e penas de pavão nos corrimões. Havia pregado com tachinhas silhuetas, fotos de Polaroid, ferrótipos e fotos de revista na parede ao longo da escada, camadas e mais camadas; centenas e centenas de olhos observavam cada vez que Ophelia colocava o pé cuidadosamente no degrau seguinte.

Talvez Ophelia não acreditasse que a escada não estava totalmente podre. Mas ela era segura. Alguém sempre cuidara muito bem dessa casa.

No topo da escada, o carpete no chão era macio, quase esponjoso. Musgo, concluiu Fran. Redecoraram de novo. Vai ser um inferno para limpar. Cá e lá se viam círculos bonitos de cogumelos brancos e vermelhos no musgo. E mais bugigangas, também, à espera de alguém que aparecesse para brincar com elas. Um dinossauro, que só precisava de corda, com um caubói de plástico barato sentado em seus ombros de latão e cobre. Perto do teto, dois dirigíveis blindados, presos a um lustre com fitas escarlate. Os canhões desses zepelins funcionavam. Eles já haviam perseguido Fran pelo corredor mais de uma vez. Ao chegar em casa, ela tivera que arrancar as bolinhas de chumbo da canela com uma pinça. Mas hoje eles estavam comportados.

Ophelia passou por uma porta, duas portas, parou na terceira. Acima dela, uma última advertência: SEJA AUDAZ, SEJA AUDAZ, MAS NÃO DEMAIS, OU SEU SANGUE GELARÁ. Ophelia pôs a mão na maçaneta, mas não tentou girar. Não estava com medo, mas também não era burra, pensou Fran. Vão gostar. Ou será que não?

Ophelia se ajoelhou para passar o envelope de Fran por baixo da porta. E aconteceu outra coisa também: algo escapuliu do bolso de Ophelia e caiu no carpete de musgo.

Voltando pelo corredor, Ophelia parou na frente da primeira porta. Parecia que ela estava ouvindo alguém ou alguma coisa. Música, talvez? Uma voz chamando seu nome? Um convite? O sofrido coração de Fran se encheu de alegria. Gostaram dela! Bom, claro que gostaram. Quem não gostaria de Ophelia?

Ela desceu a escada e passou pelas torres de lixo e tralha. Voltou para a varanda, onde se sentou no balanço, mas não se balançou. Parecia que ela estava de olho tanto na casa quanto no jardinzinho de pedras dos fundos, que ia até a montanha logo ali. Havia até uma cachoeira, e Fran torceu para que Ophelia gostasse. Nunca tivera aquilo ali antes. Aquela era só para ela, só para Ophelia, que havia comentado que cachoeiras eram lindas pra caramba.

Na varanda, Ophelia virou a cabeça de repente, como se tivesse medo de que alguém fosse pegá-la de surpresa por trás. Mas eram só abelhas-carpinteiras, carregando seus fardos dourados, e um pica-pau, bicando atrás de comida. Havia uma ratazana-do-capim no mato irregular, e quanto mais Ophelia observava, mais ela e Fran viam. Dois filhotes de raposa cochilavam embaixo dos louros. Um corço e uma corça arrancavam tiras de casca de troncos jovens. Até um urso-pardo, ainda coberto com a pelagem do último inverno, perambulava pelo barranco alto acima da casa. Enquanto Ophelia permanecia hipnotizada na varanda daquela casa perigosa, Fran se encolheu no sofá, e ondas de calor se esparramaram de seu corpo. A luneta caiu no chão. *Vai ver estou morrendo*, pensou Fran, *e é por isso que Ophelia veio aqui.*

Fran dormiu e acordou várias vezes, sempre atenta ao som de quando Ophelia voltasse. Talvez ela tenha se enganado e não mandariam nada para ajudar. Talvez nem mandassem Ophelia de volta. Ophelia, com sua voz de canto bonita, com aquela timidez, aquela bondade inata. O cabelo encaracolado, louro claro. Eles gostavam de coisas brilhosas. Pareciam gralhas nesse sentido. E em outros também.

Mas lá estava Ophelia, afinal, olhos enormes e o rosto iluminado feito uma árvore de Natal.

— Fran — disse ela. — Fran, acorda. Fui lá. Fui audaz! Quem mora lá, Fran?

— As pessoas de verão — respondeu Fran. — Deram alguma coisa pra você trazer?

Ophelia colocou um objeto em cima da coberta. Como tudo que as pessoas de verão faziam, era bem bonito. Um frasco de vidro perolado do tamanho de um batom, com uma cobra verde esmaltada enrolada em volta e o rabo servindo de tampa. Fran puxou o rabo, e a serpente se desenrolou. Um mastro se projetou para fora da abertura do frasco e um trapo de seda se desfraldou. Nele estavam bordadas as palavras ME BEBA.

Ophelia ficou observando, com os olhos brilhando diante de tantas maravilhas.

— Eu me sentei e esperei, e tinha duas raposinhas! Elas subiram na varanda, foram até a porta e arranharam até ela abrir. E elas entraram na hora! Depois, elas saíram de novo, e uma veio para mim com o frasco na boca. Ela colocou o frasco bem nos meus pés, desceram os degraus com toda a tranquilidade e entraram na mata. Fran, parecia um conto de fadas.

— É — disse Fran. Ela pôs os lábios na abertura do frasco e bebeu o conteúdo. Tossiu, limpou a boca e lambeu o dorso da mão.

— Quer dizer, todo mundo fala que alguma coisa parece um conto de fadas — disse Ophelia. — E isso significa que alguém se apaixonou e se casou. Feliz para sempre. Mas aquela casa, aquelas raposas, é mesmo um conto de fadas. Quem são? As pessoas de verão?

— É assim que papai chama — respondeu Fran. — Menos quando ele fica religioso, aí ele chama de diabos que querem roubar sua alma. É porque fornecem bebida pra ele. Mas ele nunca teve que cuidar deles. Era minha mãe que cuidava. E, agora que ela foi embora, sou sempre só eu.

— Você cuida deles? — perguntou Ophelia. — Que nem com os Roberts?

Uma sensação enorme de bem-estar tomou conta de Fran. Os pés dela se esquentaram pela primeira vez no que parecia dias, e a garganta pareceu se revestir de mel e citronela. Até o nariz parecia menos dolorido e vermelho.

— Ophelia?

— Sim, Fran?

— Acho que vou melhorar muito — disse Fran. — E foi graças a você. Você foi corajosa, uma amiga de verdade, e preciso pensar em um jeito de retribuir.

— Não fui... — protestou Ophelia. — Quer dizer, que bom que eu fui. Que bom que você me pediu. Prometo que não vou contar para ninguém.

Se você contasse, ia se arrepender, pensou Fran, mas não falou em voz alta.

— Ophelia? Preciso dormir. E depois, se você quiser, a gente pode conversar. Você pode até ficar aqui enquanto eu durmo. Se você quiser. Não ligo de você ser lésbica. Tem biscoito recheado na bancada da cozinha. E aqueles outros dois que você trouxe. Eu gosto de linguiça. Pode comer o de bacon.

Ela adormeceu antes que Ophelia pudesse falar qualquer coisa.

A primeira coisa que Fran fez ao acordar foi encher a banheira. No espelho, ela deu uma conferida rápida. O cabelo estava úmido e oleoso, cheio de nós, que nem uma bruxa. Os olhos estavam com olheiras, e a língua, quando ela pôs para fora, estava amarela. De banho tomado e vestida, a calça jeans ficou folgada, e ela sentia todos os ossos.

— Eu poderia comer uma montanha de comida — contou para Ophelia. — Mas um biscoito de cabeça de gato e uns recheados já servem por enquanto.

Havia suco de laranja fresco, e Ophelia tinha colocado em uma jarra de pedra. Fran decidiu não avisar que papai usava aquilo como escarradeira de vez em quando.

— Posso perguntar um pouco mais sobre eles? — perguntou Ophelia. — As pessoas de verão?

— Não sei se consigo responder tudo — respondeu Fran. — Mas pode.

— Quando eu cheguei lá, quando entrei, minha primeira impressão foi de que devia ser algum ermitão. Um daqueles acumuladores. Já vi aquele programa, e às vezes essas pessoas guardam até o próprio cocô. E gatos mortos. É horrível.

"Aí foi ficando cada vez mais estranho. Mas eu não senti medo de nada. Parecia que tinha alguém lá, mas que estava feliz por me ver."

— Eles não recebem muitas visitas — disse Fran.

— É, bom, por que eles colecionam aquelas coisas todas? De onde aquilo vem?

— Parte vem de catálogos. Eu preciso ir até o correio e buscar para eles. Às vezes eles saem e trazem coisas quando voltam. Outras, eles me falam que querem alguma coisa, e eu arrumo. Em geral, são coisas de bazares beneficentes. Uma vez, tive que comprar 50kg de tubulação de cobre.

— Por quê? — perguntou Ophelia. — Quer dizer, o que eles fazem com isso?

— Eles criam coisas — respondeu Fran. — Era assim que minha mãe chamava, criadores. Não sei o que eles fazem com tudo. Eles doam coisas. Que nem os brinquedos. Eles gostam de crianças. Quando você faz coisas pra eles, eles ficam em dívida com você.

— Você já os viu?.

— De vez em quando. Não muito. Só quando eu era bem mais nova. Eles são tímidos.

Ophelia estava quase saltitante na cadeira.

— Você pode cuidar deles? Isso é incrível! Eles sempre moraram lá?

Fran hesitou.

— Não sei de onde eles vieram. Nem sempre eles estão lá. Às vezes estão... em outro lugar. Mamãe dizia que tinha pena deles. Ela achava que talvez eles não podiam voltar pra casa, que tinham sido expulsos, que nem os cherokees. Eles vivem por muito mais tempo, talvez pra sempre, sei lá. Imagino que o tempo funcione de um jeito diferente no lugar de onde eles vieram. Às vezes eles somem por anos. Mas sempre voltam. São pessoas de verão. Com pessoas de verão é assim.

— Que nem quando a gente vinha e ia embora — afirmou Ophelia. — Era isso que você me considerava. Desse jeito. Agora eu moro aqui.

Arrume Confusão

— Mas você ainda pode ir embora — disse Fran, sem ligar para a impressão que ia passar. — Eu não. Faz parte do acordo. Quem cuida deles tem que ficar aqui. Não pode sair. Eles não deixam.

— Como assim, você não pode ir embora? Nunca?

— Não — respondeu Fran. — Mas não pra sempre. Mamãe ficou presa aqui até eu nascer. Aí, quando eu cresci um pouco, assumi o lugar dela. E ela se foi.

— Para onde ela foi?

— Não tenho como responder essa — disse Fran. — Eles deram pra mamãe uma barraca que quando fecha fica do tamanho de um lenço. Ela abre e fica do tamanho de uma barraca pra dois, mas por dentro é totalmente diferente, é uma cabana com duas camas de metal, uma cômoda pra pendurar coisas, uma mesa e janelas de vidro. Olhando por uma das janelas, dá pra ver o lugar onde a gente está, e olhando pela outra, tem aquelas duas macieiras, sabe, aquelas na frente da casa com uma trilha de musgo no meio?

Ophelia assentiu.

— Bom, mamãe costumava abrir aquela barraca pra mim e pra ela quando papai bebia. Aí mamãe passou as pessoas de verão pra mim, e, um dia, depois que a gente passou a noite nessa barraca, acordei de manhã e vi ela pular essa janela. A que não devia existir. Ela sumiu naquela trilha. Vai ver eu devia ter ido atrás dela, mas fiquei parada.

— Para onde ela foi? — perguntou Ophelia.

— Bom, aqui é que ela não está — disse Fran. — É só isso que eu sei. Então tenho que ficar aqui no lugar dela. E acho que ela não vai voltar.

— Ela não devia ter deixado você para trás — disse Ophelia. — Isso foi errado, Fran.

— Quem dera eu pudesse sair só um pouco. Talvez ir pra São Francisco e ver a ponte Golden Gate. Molhar o pé no oceano Pacífico. Eu queria comprar um violão e tocar algumas daquelas baladas antigas nas ruas. Ficar só um pouquinho lá e depois voltar e retomar minha obrigação.

— Eu gostaria muito de ir para a Califórnia.

Elas ficaram em silêncio por um minuto.

— Eu queria poder ajudar — disse Ophelia. — Sabe, com aquela casa e as pessoas de verão. Você não devia ter que fazer tudo, não o tempo todo.

— Eu já estou devendo pra você — respondeu Fran —, por ter ajudado na casa dos Roberts. Por ter cuidado de mim quando eu estava mal. Pelo que você fez quando foi buscar ajuda pra mim.

— Eu sei o que é ficar sozinha. Não ter como conversar. E estou falando sério, Fran, posso fazer qualquer coisa para ajudar.

— Eu sei que você está falando sério. Mas acho que você não sabe o que está falando. Se você quiser, pode ir lá mais uma vez. Você me fez um favor e não sei de mais nenhum jeito que eu poderia retribuir. Tem um quarto naquela casa e, se você dormir nele, vai ver o que o seu coração desejar. Posso levar você lá hoje à noite e te mostrar. De qualquer jeito, acho que você perdeu alguma coisa lá.

— Perdi? — perguntou Ophelia. — O que foi? — Ela apalpou os bolsos. — Ah, droga. Meu iPod. Como você sabia?

Fran encolheu os ombros.

— Ninguém vai entrar lá e roubar. Acho que eles vão ficar felizes de ver você lá de novo. Se não tivessem gostado de você, você já saberia.

✕ — ✕

Fran estava ajeitando a bagunça dela e do papai quando as pessoas de verão avisaram que precisavam de algumas coisas.

— Não posso ter nem um minutinho pra mim? — resmungou.

Responderam que ela tivera quatro dias inteiros.

— E sou muito grata mesmo — disse ela —, considerando como eu estava mal. — Pôs a frigideira de molho dentro da pia e anotou o que eles queriam.

Ela guardou todos os brinquedos, sem saber direito por que resolvera pegá-los. Só que, quando ficava doente, ela sempre pensava na mamãe. Não tinha nenhum problema nisso.

Quando Ophelia voltou às 17h, estava de rabo de cavalo e com uma lanterna e uma garrafa térmica no bolso, como se estivesse preparada para uma aventura.

— Aqui escurece muito cedo — disse Ophelia. — Parece que é Dia das Bruxas ou algo do tipo. Como se você fosse me levar para a casa mal-assombrada.

— Eles não são assombrações — argumentou Fran. — Nem demônios nem nada dessas coisas. Eles só fazem maldade se você despertar a antipatia deles. Aí eles pregam uma peça e tratam como brincadeira.

— Que tipo de peça?

— Uma vez, eu tava fazendo faxina e quebrei uma xícara — respondeu Fran. — Eles gostam de chegar de fininho por trás e dar um beliscão. — Ela ainda tinha marcas nos braços, embora fizesse anos que não quebrava um prato sequer. — Ultimamente, eles têm feito o que todo mundo por aqui gosta de fazer, as reencenações. Eles preparam o campo de batalha no cômodo grandão do térreo. Não é a Guerra da Secessão. É uma deles, eu acho. Eles constroem aeronaves, submarinos, dragões e cavaleiros mecânicos e tudo que é brinquedinho pra lutar. Às vezes, quando ficam entediados, eles me chamam pra servir de plateia, só que nem sempre eles tomam cuidado com a pontaria dos canhões.

Ela olhou para Ophelia e percebeu que tinha falado demais.

— Bom, eles estão acostumados comigo. Sabem que eu sou obrigada a aguentar o jeito deles.

Durante a tarde, ela tivera que dirigir até Chattanooga para ir a um brechó específico. Eles haviam pedido um aparelho de DVD usado, equipamentos para cavalgar e o máximo de trajes de banho que ela pudesse comprar. Somando isso e a gasolina, ela gastara setenta dólares. E a luz de manutenção do carro ficou acesa direto. Pelo menos não era dia de semana. Seria difícil explicar que ia matar aula porque vozes na cabeça dela falaram que precisavam de uma sela.

Ela levara tudo para a casa logo de uma vez. Não precisava incomodar Ophelia com aquilo. O iPod estava no chão bem na frente da porta.

— Aqui — disse ela. — Eu trouxe isto.

— Meu iPod! — exclamou Ophelia. Ela o virou. — Eles fizeram isso?

O iPod estava mais pesado. Estava com uma capinha de noz, em vez de silicone rosa, e havia um desenho gravado em ébano e marfim.

— Uma libélula.

— Uma cobra médica — disse Fran. — É assim que papai chama.

— Eles fizeram isso para mim.

— Eles decorariam uma jaqueta jeans cheia de miçangas se você deixasse lá. Sério. Eles não aguentam ficar sem mexer em alguma coisa.

— Legal — respondeu Ophelia. — Mas minha mãe não vai acreditar de jeito nenhum quando eu falar que comprei isso no shopping.

— Só não leva nada de metal. Nenhum brinco, nem a chave do carro. Senão, você vai acordar e ver que eles derreteram pra transformar em uma armadura de boneca ou sabe-se lá o que mais.

Elas tiraram o sapato quando chegaram ao ponto onde a estrada cruzava com o escoadouro. A água estava fria com o que restava da neve derretida.

— Acho que eu devia ter trazido um presente para os anfitriões — disse Ophelia.

— Pode colher um punhado de flores silvestres pra eles. Mas também ficariam contentes com um cadáver.

— Cadarço? — perguntou Ophelia.

— Um bicho morto — disse Fran. — Mas pode ser cadarço.

Ophelia mexeu nas teclas do iPod.

— Aqui tem músicas que não tinha antes.

— Eles também gostam de música — afirmou Fran.

— Aquilo que você estava falando de ir para São Francisco para ser artista de rua. Nem imagino como deve ser.

— Bom, eu nunca vou fazer, mas consigo imaginar.

Arrume Confusão

Quando elas se aproximaram da casa, havia cervos pastando no gramado verde. A única árvore viva e a única morta estavam recebendo os últimos raios de sol. Lanternas chinesas pendiam em fileiras nas vigas da varanda.

— Você precisa ir até a casa por entre as árvores — disse Fran. — Bem na trilha. Se não você não vai chegar nem perto. E nunca uso nada que não seja a porta dos fundos.

Ela bateu na porta dos fundos. SEJA AUDAZ, SEJA AUDAZ.

— Sou eu de novo — disse ela. — E Ophelia. A que deixou o iPod.

Ela viu Ophelia abrir a boca e falou às pressas:

— Não. Eles não gostam quando a gente agradece. É como veneno pra eles. Pode entrar. *Mi casa es su casa*. Vamos fazer o tour.

Elas entraram pela porta, Fran na frente.

— A sala em que ficam as bombas de água é lá atrás, onde eu lavo a louça — disse ela. — Tem um fornão de pedra pra assar pão e um espeto de assar porco, mas não sei por quê. Eles não comem carne. Mas acho que você não liga pra isso.

— O que tem neste cômodo?

— Ahn — disse Fran. — Bom, a princípio, um monte de tralha. Eles gostam de acumular tralha. Mas lá no fundo tem o que eu acho que é uma rainha.

— Rainha?

— Bom, é assim que eu chamo. Sabe na colmeia, que bem no meio dos favos tem a rainha e todas as abelhas-operárias servem a ela?

"Até onde eu sei, é isso que tem lá. Ela é muito grande e não muito bonita, e eles vivem correndo pra dentro e pra fora dali com comida pra ela. Acho que ela ainda não tá totalmente crescida. Faz um tempo eu venho pensando no que mamãe dizia, que talvez essas pessoas de verão foram expulsas. Abelha também faz isso, né? Vai embora e cria uma colmeia nova quando tem rainha demais."

— Acho que sim — respondeu Ophelia.

— É com a rainha que papai pega a bebida, e ela não o incomoda. Eles têm tipo um alambique lá dentro, e de vez em quando, quando ele não tá num clima muito religioso, ele entra e tira um pouquinho. É um troço muito doce.

— Eles, hã, eles estão ouvindo a gente agora?

Em resposta, uma série de estalos começou a soar na Sala de Guerra.

Ophelia se sobressaltou.

— O que foi isso? — perguntou.

— Lembra quando eu falei das reencenações? — respondeu Fran. — Não se assuste. É bem legal.

Ela deu um empurrãozinho para Ophelia entrar na Sala de Guerra.

De todos os cômodos na casa, esse era o preferido de Fran, mesmo que às vezes eles a bombardeassem com aeronaves ou disparassem os canhões sem dar muita atenção para o lugar onde ela estava. As paredes eram de estanho batido, cobre e pedaços de metal presos com pregos vagabundos. O chão tinha formas moldadas para representar montanhas, florestas e planícies em miniatura onde pequenos exércitos travavam batalhas desesperadas. Tinha uma piscina infantil perto da grande janela pintada, com uma máquina dentro que produzia ondas. Havia navios e submarinos pequenos, e de vez em quando um navio afundava e corpos saíam flutuando até a borda. Havia uma serpente-marinha feita de canos e argolas de metal que nadava sem parar em um círculo. Tinha também um rio vagaroso, perto da porta, de águas vermelhas e fedidas com margens manchadas. As pessoas de verão viviam construindo pontes em miniatura nele para explodir depois.

No alto, havia a silhueta fantástica dos dirigíveis e dos dragões pendurados em barbante que nadavam eternamente pelo ar acima delas. Havia também um globo enevoado, suspenso de algum jeito que Fran não sabia, e iluminado por alguma fonte desconhecida. Ele ficava perto do teto pintado por dias a fio e depois descia por trás do mar de plástico de acordo com algum calendário das pessoas de verão.

— Uma vez, eu fui em uma casa — disse Ophelia. — Um amigo do meu pai. Um anestesista? Ele tinha um jogo de trem em miniatura montado no porão que era muito complicado. Ele morreria se visse isto aqui.

— Ali tem uma rainha, eu acho — disse Fran. — Toda cercada por seus cavaleiros. E ali tem outra, bem menor. Não sei quem acabou ganhando.

— Talvez não tenham lutado ainda. Ou talvez estejam lutando agora mesmo.

— Pode ser — concordou Fran. — Quem dera tivesse um livro que contasse tudo que aconteceu. Vem. Vou mostrar o quarto onde você pode dormir.

Elas subiram a escada. SEJA AUDAZ, SEJA AUDAZ, MAS NÃO DEMAIS. O carpete de musgo no segundo andar já parecia um pouco desgastado.

— Semana passada, fiquei um dia inteiro de joelhos no chão esfregando esse assoalho. Aí é claro que logo em seguida eles resolvem acumular um monte de sujeira e tralha. Não são eles que vão colaborar na limpeza.

— Posso ajudar — disse Ophelia. — Se você quiser.

— Não estava pedindo ajuda. Mas, se você está oferecendo, vou aceitar. A primeira porta é o banheiro. Nada de estranho no vaso. Mas não sei na banheira. Nunca senti necessidade de entrar nela.

Ela abriu a segunda porta.

— Você dorme aqui.

Era um quarto lindo, inúmeros tons de laranja, ferrugem, ouro, rosa e tangerina. As paredes eram decoradas com silhuetas de flores e trepadeiras cortadas de tudo que era vestido e camiseta e o que fosse. A mãe de Fran havia passado quase um ano vasculhando brechós, comprando roupas pelas estampas, texturas e cores. Cobras e peixes folheados a ouro nadavam entre as silhuetas de folhas. Fran se lembrava de que de manhã, quando o sol nascia, era quase ofuscante.

Havia uma colcha de retalhos na cama, rosa e dourado. A cama mesmo era em forma de cisne. Tinha um baú de salgueiro ao pé da cama para estender as roupas por cima. O colchão era recheado com penas de corvo. Fran ajudara a mãe a caçar os corvos e depená-los. Ela achava que tinha matado uns cem.

— Uau! — exclamou Ophelia. — Eu não paro de falar isso. Uau, uau, uau!

— Sempre achei que era que nem cair dentro de uma garrafa de refrigerante de laranja— disse Fran. — Só que no bom sentido.

— Eu gosto de refrigerante de laranja. Mas isso aqui parece o espaço sideral.

Havia uma pilha de livros na mesa ao lado da cama. Como tudo no quarto, os livros tinham sido escolhidos todos pela cor da capa. A mãe de Fran dissera que aquele quarto antes tinha outro esquema de cores. Verdes e azuis talvez? Cores de salgueiro, pavão e meia-noite? E quem havia levado as coisas para o quarto naquela vez? O bisavô de Fran ou alguém mais antigo ainda da árvore genealógica? Quem havia sido o primeiro a cuidar das pessoas de verão? A mãe contara poucas histórias, então o passado de Fran era meio fragmentado.

Enfim, era difícil saber o que Ophelia gostaria de ouvir e o que a deixaria perturbada. Depois de tantos anos, Fran achava tudo igualmente agradável e perturbador.

— A porta onde você enfiou o envelope — disse, finalmente. — Você não pode entrar nunca lá.

Ophelia pareceu interessada.

— Que nem o Barba Azul.

— É por onde passam — concordou Fran. — Nem eles abrem aquela porta com muita frequência, eu acho. — Ela havia espiado pelo buraco da fechadura uma vez e visto um rio de sangue. Ela apostava que, se alguém passasse por aquela porta, provavelmente não voltaria mais.

— Posso fazer mais uma pergunta idiota? Onde eles estão agora?

— Estão aqui — respondeu Fran. — Ou na floresta perseguindo bacuraus. Já falei, eu não vejo muito eles.

— Então como eles falam o que precisam que você faça?

— Eles entram na minha cabeça. É difícil explicar. Eles entram nela e me cutucam. É que nem uma coceira muito forte ou algo do tipo que só passa quando eu faço o que eles querem.

— Ah, Fran — disse Ophelia. — Acho que não gosto tanto das suas pessoas de verão quanto eu imaginava.

— Não é sempre horrível. Acho que está mais pra complicado.

— Acho que não vou reclamar na próxima vez que minha mãe falar que eu preciso ajudar a polir a prataria. Vamos comer os sanduíches agora ou é melhor guardar para quando a gente acordar no meio da noite? — perguntou Ophelia. — Imagino que ver o que o coração deseja deva dar fome.

— Não posso ficar — respondeu Fran, surpresa. Ela viu a expressão de Ophelia e disse: — Ah, puxa. Achei que você tivesse entendido. Isso é só pra você.

Ophelia continuou olhando para ela com uma expressão desconfiada.

— É porque só tem uma cama? Posso dormir no chão. Sabe, caso você esteja com medo de que eu esteja pensando em *fazer coisas lésbicas* com você.

— Não é isso — disse Fran. — Eles só deixam um corpo dormir aqui uma vez. Só uma e nunca mais.

— Você vai me deixar aqui em cima sozinha?

— Vou — respondeu Fran. — A menos que você prefira voltar lá pra baixo comigo. Se estiver com medo.

— Se eu fizer isso, posso voltar outro dia?

— Não.

Ophelia se sentou na colcha dourada e a alisou com os dedos. Mordeu o lábio, evitando olhar para Fran.

— Tudo bem. Vou ficar. — Ela riu. — Como eu não ficaria? Né?

— Se você tem certeza.

— Não tenho, mas eu odiaria se você me mandasse embora — disse Ophelia. — Quando você dormiu aqui, teve medo?

— Um pouco — respondeu Fran. — Mas a cama era confortável, e deixei a luz acesa. Li um pouco e peguei no sono.

— Você viu o que seu coração deseja?

— Vi — disse Fran, e não falou mais nada.

— Então está bem. Acho que você precisa ir embora. É melhor você ir, né?

— Eu volto amanhã de manhã. Vou chegar antes mesmo de você acordar.

— Valeu.

Mas Fran não saiu.

— Você estava falando sério quando disse que queria ajudar?

— A cuidar da casa? — perguntou Ophelia. — Estava, com certeza. Você devia ir para São Francisco algum dia. Não devia ter que passar a vida inteira aqui sem nunca tirar férias nem nada do tipo. Quer dizer, você não é escrava, né?

— Não sei o que eu sou. Acho que um dia eu preciso descobrir.

— Enfim, a gente pode falar disso amanhã. No café da manhã. Você pode me contar as partes mais chatas do trabalho, e eu conto o que é que meu coração deseja.

— Ah — disse Fran. — Quase esqueci. Quando você acordar amanhã, não se espante se deixarem um presente pra você. As pessoas de verão. Vai ser alguma coisa que acham que você precisa ou quer. Mas você não precisa aceitar. Não precisa ficar preocupada de parecer mal-educada.

— Tudo bem. Vou pensar se meu presente vai ser mesmo algo que eu preciso ou quero ter. Não vou me deixar enganar por um falso glamour.

— Que bom — respondeu Fran. Ela então se inclinou na direção de Ophelia, que estava sentada na cama, e a beijou na testa. — Durma bem, Phelia. Bons sonhos.

Fran saiu da casa sem interferência das pessoas de verão. Ela não sabia dizer se estava esperando alguma. Ao descer a escada, ela disse com um tom mais firme do que pretendia:

— Sejam legais com ela. Nada de truques.

Ela conferiu a rainha, que estava na muda de novo.

Saiu pela porta da frente, em vez de pela dos fundos, que era algo que sempre quisera fazer. Não aconteceu nada de ruim, e ela desceu a colina sentindo-se estranhamente incomodada. Repassou tudo na cabeça, tentando pensar se ainda precisava fazer alguma coisa que não tinha sido feita. Nada, concluiu. Estava tudo em ordem.

Só que, claro, não estava. O primeiro item foi o violão, que foi deixado na porta da casa dela. Era um instrumento lindo. *As cordas parecem ser de prata*, ela pensou. Ao vibrá-las, o som era puro e delicado e lembrou — como certamente era a intenção — a voz de canto de Ophelia. As cravelhas eram de ouro em forma de cabeça de coruja, e o tampo e o braço tinham um revestimento de madrepérola que parecia um buquê de rosas. Era a bugiganga mais extravagante que eles já tinham dado para ela.

— Ora, então tá. Acho que vocês não acharam ruim o que eu falei pra ela. — Fran riu alto de alívio.

— Com quem é que cê tá falando? — perguntou alguém.

Ela pegou o violão e o segurou na frente do corpo como se fosse uma arma.

— Papai?

— Abaixa isso — Um homem saiu de trás das sombras das roseiras. — Não sou o desgraçado do seu papai. Mas, pensando bem, eu ia gostar de saber onde é que ele tá.

— Ryan Shoemaker — disse Fran. Ela pôs o violão no chão. Outro homem apareceu.— E Kyle Rainey.

— Oi, Fran — respondeu Kyle. Ele cuspiu. — A gente tava procurando seu papai, como o Ryan falou.

— Se ele telefonar eu aviso que vocês passaram aqui atrás dele.

Ryan acendeu um cigarro e olhou para ela por cima da chama.

— Era com o seu pai que a gente queria falar, mas acho que cê também pode ajudar.

— Acho meio difícil. Mas fala.

— Seu pai ia levar um pouco do negócio doce na outra noite — disse Kyle. — Só que ele começou a pensar nas consequências, e isso nunca é boa ideia quando vem do seu pai. Ele decidiu que Jesus queria que ele jogasse tudo fora, até a última gota. Pra sorte dele, não havia nenhum fogo por perto enquanto ele tava entornando. Acho que Jesus não quer conhecer ele pessoalmente ainda.

— E, pra piorar — Ryan completou —, quando ele chegou na loja, Jesus também quis que ele entrasse na van e quebrasse todas as garrafas de Andy. Quando a gente se deu conta do que tava acontecendo, só tinham sobrado duas garrafas de Kahlúa e meia dúzia de garrafas de sangria.

— Só cinco, uma também tava quebrada — disse Kyle. — E aí ele se mandou antes que a gente pudesse falar qualquer coisa.

— Bom, sinto muito pelo inconveniente, mas não sei o que isso tem a ver comigo — respondeu Fran.

— O que tem a ver é que a gente conversou um pouco. Achamos que seu papai podia contribuir com acesso a uma das melhores residências da região. Ouvi dizer que as pessoas de verão gostam de birita.

— Então — disse Fran —, só pra ver se eu entendi bem, vocês esperam que, para compensar, meu pai seja cúmplice de invasão domiciliar de vocês.

— Ou ele pode pagar tudo pro coitado do Andy — respondeu Ryan. — Com um pouco daquela coisa boa.

— Ele vai ter que confirmar com Jesus. Acho que tem mais chance de dar certo do que a outra opção, mas vocês vão ter que esperar até ele e Jesus se cansarem um do outro.

— A questão é que eu não tenho paciência. E até pode ser que seu papai esteja inacessível no momento, mas você tá aqui. E acho que você pode abrir uma ou duas casas pra gente.

— Ou você pode nos mostrar a reserva particular dele — Kyle completou.

— E se eu não quiser nenhuma das duas? — perguntou Fran, cruzando os braços.

— Só tem um detalhe, por assim dizer, Fran — respondeu Kyle. — Ryan não tem andado de bom humor nesses últimos dias. Ele mordeu o braço de um vice-delegado num bar ontem à noite. É por isso que a gente não veio antes pra cá.

Fran deu um passo para trás.

— Espera. Tá bom? Vou contar um negócio, se vocês prometerem que não vão falar pro papai, tá? Tem uma casa velha no fim da estrada que só eu e ele sabemos que existe. Não tem ninguém morando nela, então papai instalou o alambique dele lá dentro. Ele tem um monte de coisa guardada lá. Eu levo vocês até lá. Mas vocês não podem falar pra ele que fiz isso.

— Claro que não, querida — disse Kyle. — A gente não quer causar problemas na família. Só queremos receber o que é nosso por direito.

E então Fran começou a subir de novo a mesma estrada. Ela molhou os pés ao atravessar o escoadouro, mas manteve o máximo possível de distância de Kyle e Ryan.

Quando chegaram à casa, Kyle assobiou.

— Que ruína chique.

— Espera pra ver o que tem lá dentro — respondeu Fran. Ela os conduziu até os fundos e abriu a porta para eles. — Desculpa a escuridão. É raro ter luz aqui. Papai costumava vir com uma lanterna. Querem que eu vá buscar?

— A gente tem fósforos — disse Ryan. — Pode ficar aí mesmo.

— O alambique fica no cômodo à direita. Cuidado onde pisam. Ele montou tipo um labirinto, com jornais e outras coisas.

— Escuro feito o inferno à meia-noite — disse Kyle. Ele avançou tateando pelo corredor. — Acho que cheguei na porta. Pelo cheiro, parece mesmo que é o que eu tô procurando. Acho que é só seguir o nariz. Não tem nenhuma armadilha?

— Não, senhor — respondeu Fran. — Ele teria explodido a própria cara há muito tempo se tivesse tentado isso.

— Vou aproveitar e explorar um pouco — disse Ryan, enquanto a ponta acesa do cigarro brilhava.

— Sim, senhor — concordou Fran.

— Será que tem banheiro nesse pardieiro?

— Terceira porta à esquerda no andar de cima. A porta emperra um pouco.

Fran o esperou terminar de subir a escada para sair de novo pela porta dos fundos. Dava para ouvir Kyle tateando em direção ao meio do Quarto da Rainha. Fran se perguntou o que a rainha faria com ele. Não estava nem um pouco preocupada com Ophelia. Ela era convidada. De qualquer jeito, as pessoas de verão não deixavam nada acontecer com quem cuidava delas.

Uma das pessoas de verão estava esparramada no balanço da varanda quando ela saiu. Estava entalhando um graveto com uma faca afiada.

— Boa noite — disse Fran, com um meneio da cabeça.

O personagem de verão nem levantou o rosto. Era um dos que eram tão bonitos que quase doía de olhar, mas também não dava para não olhar. Esse era um dos jeitos como pegavam alguém, imaginou Fran. Que nem animais selvagens quando alguém aponta uma lanterna. Ela enfim conseguiu desviar os olhos e desceu correndo os degraus como se estivesse fugindo do capeta. Quando parou para olhar para trás, ele continuava sentado lá, sorrindo e picotando aquele graveto.

$$\times \ {-\!-} \ \times$$

Ela vendeu o violão quando chegou em Nova York. O que restava dos duzentos dólares de papai pagara a passagem de ônibus e alguns hambúrgueres na rodoviária. O violão rendeu mais seiscentos, que ela usou para comprar uma passagem para Paris, onde ela conheceu um menino libanês que estava ocupando uma fábrica abandonada. Um dia, quando ela voltou de um bico que fazia em um hotel, o encontrou fuçando sua mochila. Estava segurando o ovo de macaco. Deu corda e o colocou no chão sujo para dançar. Os dois ficaram olhando até o ovo parar.

— *Très joli* — disse.

Era alguns dias depois do Natal, e tinha neve derretendo no cabelo dela. Eles não tinham aquecedor na fábrica velha, nem sequer água corrente. Fazia alguns dias que ela tossia sem parar. Ela se sentou ao lado do menino e, quando ele começou a dar corda no macaco de novo, estendeu a mão para fazê-lo parar.

Ela não se lembrava de ter trazido aquilo na mochila. E, claro, talvez não tivesse mesmo. Até onde ela sabia, as pessoas tinham casas de inverno também, não só de verão. Ela imaginava que eles circulassem.

Alguns dias depois, o menino libanês foi embora, certamente em busca de algum lugar mais quente. O ovo do macaco foi junto. Com isso, a única lembrança que ela tinha de casa era a barraca que ela mantinha dobrada que nem um lenço sujo dentro da carteira.

Já faz dois anos e, de vez em quando, enquanto faz a faxina nos quartos da pensão, Fran fecha a porta, arma a barraca e entra. Ela olha pela janela com as macieiras, a morta e a viva. E diz para si mesma que um dia, em breve, ela vai voltar para casa.

Dá para Ver na Sua Cara

— x — x — x —

Quando o vídeo de sexo vazou e a situação degringolou com Fawn, o amante demoníaco fez a mesma coisa de sempre. Foi chorar no ombro de Meggie. Garotas como Fawn iam e vinham, mas Meggie sempre estava lá. Meggie e ele. Era o talismã guardado no bolso. O que não dava para perder.

Dois monstros podem se beijar em um filme. Um velho amigo pode visitar uma velha amiga e saber que será bem recebido: então cá está o amante demoníaco em um carro alugado. Depois de uma hora dirigindo, ele abre a janela do carro alugado e joga fora o celular. Ele não quer falar com mais ninguém além de Meggie.

(1991) Isso é depois do filme e depois que eles já estão juntos e depois que começam a entender o acordo que fizeram. Os dois, de repente, são muito famosos.

Um filme pode ser montado em qualquer ordem. Cenas, gravadas em qualquer sequência. Levar quantas tomadas você quiser. A continuidade independe do tempo linear. Às vezes vocês nem aparecem juntos na cena. Meggie diz as falas dela para seu dublê. Depois inserem você na edição. E bora pra Buffalo, meninas. Vamos pra farra.

(Isso é muito antes daquilo tudo. Já faz muito tempo.)

Meggie conta uma história para o amante demoníaco:

Duas meninas e, olha, elas acharam um tabuleiro de Ouija. Elas preparam uma lista de perguntas. Uma das meninas é bonita. A outra não é muito importante para a história. Ela perdeu seu suéter preferido. Seus dedos estão na plaquinha. Duas meninas, ambas tocando, de leve, na plaquinha. Tem alguém aqui? Onde eu botei meu suéter azul? Alguém vai me amar? Esse tipo de coisa.

Elas fazem as perguntas. A plaquinha desliza. Nada que dê para entender. Elas começam a lista de perguntas de novo. Tem alguém aqui? Vou ser famosa? Cadê meu suéter azul?

A plaquinha dá um solavanco sob os dedos delas.

M-E

— Você que fez isso? — pergunta Meggie.

A outra menina diz que não. A plaquinha se mexe de novo, uma tremida. Uma trepidada, um empurrão, uma sucessão de deslizadas e pausas.

M-E-G-G-I-E

— Está falando com você — diz a outra menina.

M-E-G-G-I-E O-I

Meggie fala:

— Oi?

A plaquinha se mexe de novo. Tem algo de animalesco no ato.

O-I E-U E-S-T-O-U C-O-M V-O-C-E E-U E-S-T-O-U C-O-M V-O-C-E S-E-M-P-R-E

Elas anotam tudo.

M-E-G-G-I-E A-H E-U V-O-U T-E A-M-A-R S-E-M-P-R-E

— Quem é? — pergunta. — Quem é você? Eu conheço você?

E-U T-E V-E-J-O E-U T-E C-O-N-H-E-C-O E-S-P-E-R-E Q-U-E E-U V-E-N-H-O

Uma pausa. E:

E-U V-O-U M-E-G-G-I-E A-H E-U V-O-U E-S-T-A-R S-E-M-P-R-E C-O-M V-O-C-E

— Você está fazendo isso? — pergunta Meggie para a outra menina. Ela balança a cabeça.

M-E-G-G-I-E E-S-P-E-R-E

A outra menina diz:

— Quem quer que você seja, pode me falar pelo menos onde eu deixei meu suéter?

Meggie fala:

— Tudo bem, quem quer que você seja. Vou esperar, acho que posso esperar um pouco. Não sou boa de esperar. Mas vou esperar.

A-H E-S-P-E-R-E Q-U-E E-U V-O-U

Elas esperam. Alguém vai bater à porta do quarto? Mas não chega ninguém. Não vem ninguém.

E-U E-S-T-O-U C-O-M V-O-C-E S-E-M-P-R-E

Ninguém está aqui com elas. O suéter nunca será encontrado. A outra menina cresce, leva uma vida longa e feliz. Meggie vai para Los Angeles e conhece o amante demoníaco.

E-S-P-E-R-E

Depois disso, a única coisa que a plaquinha diz, repetidamente, é o nome de Meggie. É muito romântico.

✕ — ✕

(1974) Vinte e duas pessoas desaparecem de uma colônia de nudismo no lago Apopka. Pessoas desaparecem o tempo todo. Sejamos francos: a única parte interessante disso é que essas pessoas estavam peladas. E que elas nunca mais foram vistas de novo. Engraçado, né?

✕ — ✕

(1990) É um dos beijos de cinema mais icônicos de todos os tempos. Entre os cinco melhores, com certeza. Você e Meggie, o amante demoníaco e a monstrinha; vampiros dando um beijo enquanto o sol nasce. Vocês dois com tanta maquiagem que ainda se espantam que alguém consiga reconhecê-los na rua.

✕ — ✕

Para o amante demoníaco, é difícil envelhecer.

✕ — ✕

A Flórida é a Califórnia com orçamento de produtora independente. Pelo menos é isso que o amante demoníaco acha. Os efeitos especiais estouraram o orçamento em insetos e tempo ruim.

Ele estaciona em uma área gramada, recém-aparada, ao lado de outros carros alugados, as típicas vans de equipamentos e alimentação. Tem dois portões ligados por uma corrente. Nenhuma cerca. Persisto eternamente.

Tem um cheiro maligno. É do lugar ou dele? O amante demoníaco cheira embaixo do braço.

É um céu de fim do mundo, uma paisagem com árvores cor de esmeralda rebaixadas por cipós, formigueiros cor de giz e laranja (o amante demoníaco imagina os ossos de algum nudista embaixo de cada um deles), cavidades rasas cheias de água e cobertas de algas, cal, ouro e preto.

O borrão do lago. Essa é outra teoria: o lago.

Tem uma tempestade chegando.

Ele não sai do carro. Abaixa o vidro e vê a tempestade se aproximar. Vamos vê-lo olhar. Uma coisa bonita admirando uma coisa bonita. Local abandonado de um desaparecimento em massa, nuvens violeta turvas, véus prateados de chuva se abatendo sobre o lago, o príncipe-celebridade das trevas, o amante demoníaco de Meggie que chega com todo o esplendor. Só o que estraga isso são os insetos. E o vídeo de sexo.

(2012) Vocês foram famosos durante mais da metade da vida. Vocês dois. Só fizeram um filme juntos, mas as mulheres ainda param você na rua para perguntar sobre Meggie. Ela está feliz? Você pensa em perguntar: Qual? A que me beijou em um filme quando a gente era quase criança, a que não existia de verdade? A que gosta de fumar um pouco de maconha e me mandar mensagens sobre a cabra de estimação do vizinho dela? A Meggie dos tabloides que bebe trepa engorda engravida emagrece demais bate num *maître* fala com o fantasma do Elvis fantasma de um menino desaparecido de três anos fantasma do JFK? Às vezes não perguntam de Meggie. Mas perguntam se você as morderia.

Felicidade! Sofrimento! Se para você fosse um, pode apostar que o outro ia chegar. Era isso que todo mundo gostava de ver. Era para isso que tudo servia. O amante demoníaco tem um par de abotoaduras de ouro, aqueles rostos. Maggie as deu a ele. Você sabe de quais estou falando.

×——×

(2010) Meggie e o amante demoníaco dão uma festa de Dia das Bruxas para todo mundo que eles conhecem. Eles dão essa festa todo Dia das Bruxas. São famosos por isso.

— Entra ano, sai ano, na cara do macaco, cara de macaco — diz Meggie.

Ela é King Kong. No ano anterior? Metade de um cavalo de pantomima. Ele é o amante demoníaco. Quem mais? Entra ano, sai ano.

Meggie diz:

— Decidi largar a carreira de atriz. Vou ser poeta. Ninguém liga quando poetas ficam velhas.

Fawn responde, admirada:

— Tomara que eu tenha metade da sua beleza quando chegar à sua idade.

Fawn, 23 anos de idade. Maquiadora. Neste ano, ela e o amante demoníaco estão casados. Eles se conheceram no set no ano passado.

Ele diz:

— Estou pensando em dar uma retocada no maxilar.

Daria para imaginar que eram mãe e filha. Mesmo perfil de viking, mesmo jeito de inclinar a cabeça intrigada ao se virar e olhar para ele. As duas mais altas que ele. Mais inteligentes também, sem sombra de dúvida.

Talvez Meggie às vezes se pergunte sobre as mulheres com quem ele dorme. Se casa. Talvez ele tenha um tipo. Mas ela também tem. Tem um cara na festa de Dia das Bruxas. Um garoto, na verdade.

Meggie sempre tem um garoto, e o amante demoníaco sempre consegue identificar quem é. É fácil, até se Meggie for sorrateira. Ela nunca apresenta o namorado da vez, nunca o inclui em conversas ou sequer reconhece sua presença. Ele permanece à margem do que quer que esteja acontecendo e bebe, fuma, observa Meggie no centro das atenções. Às vezes ele se aproxima, fica perto o bastante dela para ser evidente. Quando ela sai, ele vai atrás.

O tipo de Meggie? O gozado é que todos os amantes de Meggie parecem o amante demoníaco. Parecem mais com o amante demoníaco do que ele próprio, admite. Ele e Meggie já estão mais velhos agora, mas o mundo é cheio de garotos bonitos de cabelo preto e meninas de outro. Sério, o problema é esse.

O papel de amante demoníaco tem certas obrigações. Seu cabelo não vai cair. Sua cintura não vai se alargar. Você não pode ser fotografado ameaçando *paparazzi* ou usando calça de moletom. Nada de vídeos de sexo.

Seus fãs vão: oferecer o pescoço em noites de estreia. (Também em restaurantes e no banco. Mais de uma vez quando ele estiver usando um mictório.) Perguntar se você morderia a esposa deles. A filha. Vão se cortar com uma navalha na sua frente.

A reação adequada é...

Não existe reação adequada.

O amante demoníaco nem sempre cumpre suas obrigações. Tem um vídeo de sexo. Tem uma garota com piercing. Tem, no meio de uma relação sexual atlética, um incidente cômico relacionado ao prepúcio dele. Tem sangue no lençol todo. Tem muito sangue. Tem uma ligação para a emergência. Tem ele, desmaiando. Caindo e batendo a cabeça em uma mesinha de cabeceira. Tem o Perez Hilton, Gawker, programa de rádio, YouTube, Tumblr. Tem GIFs.

Você sempre será mais famoso por ter feito o protagonista de uma série de filmes de vampiro. O personagem que você interpreta, claro, é de idade indefinível. Mas você envelhece. A primeira vez que você morde o pescoço de uma garota, o de Meggie, você é um ator de 25 anos de idade interpretando um vampiro que não envelheceu um dia sequer em trezentos anos. Agora você é um ator de 49 anos de idade interpretando o mesmo vampiro eterno. Está começando a ficar um pouco ridículo, né? Mas, se o amante demoníaco não for o amante demoníaco, quem ele é? Quem é você? Outros projetos decepcionam. Seu agente fala para você fazer uma comédia. O problema é que você não é muito engraçado. Você não é bom de piadas.

Outro problema é o vídeo de sexo. Vídeos de sexo são intrinsecamente engraçados. Nudez é, lamentavelmente, engraçada. Prepúcios cortados são dolorosamente engraçados. Você não sabia que ela estava filmando.

Seu agente fala: *"Não foi isso que eu quis dizer."*

Você poderia fazer o que Meggie fez, tantos anos atrás. Sumir. Viajar pelo mundo. Buscar o sentido da vida. Vá procurar a Meggie.

Quando o vídeo de sexo vaza, você fala para Fawn: Mas o que isso tem a ver com Meggie? Não tem nada a ver com Meggie. Foi só uma garota.

Até parece que não teve outras garotas.

Fawn diz: *"Tem tudo a ver com Meggie."*

Dá para ver na sua cara, diz Fawn, *menos remorso do que raiva*. Para ela, provavelmente dá mesmo.

✕ —— ✕

Dai-me Meggie, Deus, mas ainda não. É ele por meio de Santo Agostinho, por meio de Fawn, maquiadora e viciada do grupo de estudos bíblicos. Ela explica para o amante demoníaco, explica-o para ele próprio. E isso não esteve sempre em algum canto da sua mente? Era Meggie desde o início. Por que não devia ser Meggie de novo? E, enquanto isso, você podia se casar de vez em quando e nunca se preocupar com a possibilidade de funcionar ou não. Ele e Meggie conseguiram, nesse tempo todo, continuar amigos. Os casamentos dele, os outros relacionamentos, talvez tenham sido só uma série de gestos para postergar. Pequenas revoltas. E tem um detalhe nos casamentos dele: ele nunca conseguiu continuar amigo de suas ex-mulheres, suas ex. Ele e Fawn não serão amigos.

 O amante demoníaco e Meggie se conhecem há muito tempo. Ninguém o conhece melhor que Meggie.

Os restos da colônia de nudismo do lago Apopka prometiam um valor razoável para caçadores de fantasmas. Uma dúzia de cabanas em ruínas, algumas sem telhado, janelas pretas de limo; um salão com reboco esfarelado, ladrilhos quebrados; a borda rachada de uma piscina cheia de lodo. Entre as cabanas e o lago, a presença modesta e bem-vinda de meia dúzia de trailers; melhor ainda, ele vê uma barraca de acampamento.

 Fazendas de lama! Jacarés mutantes! Nudistas desaparecidos! O amante demoníaco, esperando o tempo passar no aeroporto LAX, leu sobre o lago Apopka. O passado é um lugar estranho, a Flórida é um lugar estranho, nenhuma novidade. Um amante demoníaco devia se sentir em casa, mas o chão suga e prende seus pés de um jeito que sugere que ele não é bem-vindo. A chuva está bem em cima agora, berrando com perdigotos gordos e mornos. Ele começa a correr, aos tropeços, na direção da barraca.

A carreira de Meggie está em alta. Todo mundo concorda. Ela tem um programa de caça a fantasmas, *Quem está aí?*

 O amante demoníaco liga para Meggie depois do episódio do *Titanic*, aquele em que a equipe de caçadores de fantasmas do *Quem está aí?* pega carona com a Patrulha Internacional do Gelo. Tem uma cerimônia anual, coroas de flores. A equipe de Meggie prepara um transmissor-receptor Marconi só para o caso de alguns fantasmas quererem se pronunciar.

 O amante demoníaco pergunta a ela sobre gaivotas mortas. Esquece a palhaçada de Marconi. As gaivotas foram a grande graça do episódio.

Centenas, pequenos cadáveres fixos, como se estivessem pregados na água.

Meggie diz: *"Você acha que a gente tem dinheiro para gaivotas de mentira? Faça-me o favor."*

Admita que *Quem está aí?* é divertido mesmo se você não acredita em fantasmas. É o detalhe sórdido, sobre a casa que passa uma sensação ruim até quando você acende todas as luzes, sobre aquela coisa horrível que aconteceu com outra pessoa muito tempo atrás. O jogo de câmera é temperamental, extraordinário. A equipe de caçadores de fantasmas é agradável, engraçada, relativamente bonita. Meggie vende a possibilidade: talvez o que está acontecendo seja verdade. Talvez exista alguém do outro lado. Talvez esse alguém tenha algo a dizer.

O amante demoníaco e Meggie ficam meses sem se falar, e aí de repente alguma coisa muda e eles passam a se falar todo dia. Ele gosta de acordar de manhã e ligar para ela. Eles conversam sobre roteiros, agora que Meggie está recebendo roteiros de novo. Ele pode conversar com Meggie sobre qualquer assunto. Sempre foi assim. Eles não se falavam desde o vídeo de sexo. Melhor essa conversa acontecer pessoalmente.

(1991) Ele e Meggie estão juntos. O filme deles é um sucesso de bilheteria. Eles são famosos em tudo que é lugar, e vão para tudo que é lugar. O rosto deles está em tudo que é lugar. Estão em um quarto de hotel, se beijando. É impossível sair do quarto sem que alguém grite, desmaie, aponte alguma coisa para eles. Fazem sempre as mesmas perguntas. Constantemente. Ele começa a fazer as entrevistas encarnando o personagem. Enfim, Meggie ri disso.

Certa noite, em algum continente, alguma cidade, algum quarto de hotel, alguma noite quente, o amante demoníaco e Meggie deixam uma janela aberta, e duas mulheres se esgueiram para dentro. Elas vêm pela varanda. Só querem dizer que os amam. Os dois. Só querem ficar perto de vocês.

Todo mundo os observa. Até quando estão fingindo que não. Até quando não estão observando, vocês acham que estão. E quer saber? Têm razão. Olhos vão encontrar vocês. Ficar famoso, desse tipo de fama: é sorte que não se distingue em nada de catástrofe. Seria burrice não reconhecer isso. O que vocês viraram.

Quando as pessoas desaparecem, sempre há a chance de que elas vão aparecer de novo. A chuva cai com tanta força que o amante demoníaco mal consegue enxergar. Ele acha que ainda está indo na direção da barraca, não do lago. Tem um ruído, ele escuta no meio do barulho da chuva. Um uivo. E aí a chuva diminui e ele consegue ver algo, homens e mulheres, pelados. Correndo na direção dele. Ele escorrega, se equilibra, e a chuva aperta de novo, apagando tudo, menos o som do que o está perseguindo. Ele bate de cabeça em uma coisa: uma pele horrivelmente pegajosa, fria, estranhamente rígida e maleável ao mesmo tempo. Pula e se dá conta de que é a barraca. Não é o lugar ideal para se fortificar, mas, quando enfim conseguiu entrar, ele entendeu a situação. Não são nudistas mortos, mas sim pessoas vivas, peladas, xingando, rindo, encharcadas. Elas têm câmeras, microfones, equipamentos para caçar fantasmas. Cinegrafistas, assistentes de direção, todo tipo de coisa útil e não tão útil. Uma multidão de homens e mulheres, e cá está Meggie. O cabelo dela está colado em mechas no rosto. Os seios estão molhados pela chuva.

Ele diz o nome dela.

Todo mundo olha para ele.

Como é possível que ele é que esteja se sentindo nu?

— Que porra esse cara está fazendo aqui? — pergunta alguém com uma toalhinha branca por cima da genitália. Sério, podia ser até um lencinho.

— Will — diz Meggie. Com tanta ternura que ele quase começa a chorar. Bom, foi um dia longo.

Ela o leva até o trailer. Ele toma banho, usa a escova de dentes dela. Ela veste um roupão. Não pergunta nada. Conversa enquanto ele está no banheiro. Ele deixa a porta aberta.

É o terceiro dia na locação, e os dois primeiros tiveram de tudo. Filmaram os planos de localização, foram para o lago e viram um jacaré mergulhar quando chegaram perto demais. Tem filhotes de gambá em todo canto na mata baixa medíocre, nas trilhas. Eles chegam bem perto, até a câmera, e fazem um esforço desgraçado para borrifar. Mas, enquanto não tiverem atingido a adolescência, eles só conseguem tremer o rabo e bater os pés.

Exceto, diz ela, citando o nome de um coitado de um assistente de direção. O gambá dele era precoce.

Meggie entrevistou o antigo proprietário da colônia de nudistas. Ele insistia em chamar de comunidade naturalista, passou metade da entrevista tentando explicar a filosofia por trás do naturalismo, não quis falar de 1974. Um velho ranzinza inofensivo. O que quer que tenha acontecido, ele não tivera nenhum envolvimento. Não dá para fazer alguém sumir só com falatório. Além do mais, ele tinha um álibi.

O que eles não conseguiram no primeiro dia, nem no segundo, foi captar qualquer sinal proveitoso com os equipamentos. Eles têm dois médiuns — mas um teve uma emergência, precisou voltar e lidar com uma filha em reabilitação; têm vários equipamentos de psicometria, mas nada, absolutamente nada aconteceu ou apitou. O que suscitou debate.

— Decidimos que talvez o problema fosse a gente — diz Meggie. — Talvez os nudistas não quisessem falar nada enquanto a gente estivesse de roupa. Então estamos gravando nus. Todo mundo nu. Elenco, equipe de apoio, todo mundo. Está sendo uma experiência muito positiva, Will. É um grupo bom.

— Que divertido — diz o amante demoníaco. Alguém entregou uma bermuda cargo rosa e uma camiseta, porque as roupas dele estão na mala no aeroporto em Orlando. Não é que ele esqueceu, exatamente. É mais que ele não quis se dar ao trabalho.

— É bom ver você, Will — diz Meggie. — Mas por que exatamente você está aqui? Como você sabia que a gente estava aqui?

Ele responde primeiro à pergunta fácil.

— Pike. — Pike é o agente de Meggie e velho amigo do amante demoníaco. O tipo de agente que gosta de arrancar pernas de criancinhas. O tipo de amigo que encara a vida com muito mais alegria quando você está ferrando a sua. — Eu o fiz prometer que não falaria para você que eu estava vindo.

Ele desaba no chão diante da cadeira de Meggie. Ela passa os dedos pelo cabelo dele. Afaga como se ele fosse um cachorro.

— Mas ele falou. Não foi?

— Falou — responde Meggie. — Ele ligou.

O amante demoníaco fala:

— Meggie, não é por causa do vídeo de sexo.

— Eu sei. Fawn também ligou.

Ele tenta não imaginar esse telefonema. A cabeça dói. Ele está desidratado, provavelmente. Aquele voo longo.

— Ela queria que eu avisasse se você viesse. Disse que estava esperando para ver antes de jogar a toalha.

Ela espera até que ele diga alguma coisa. Espera um pouco mais. Acaricia o cabelo dele o tempo todo.

— Não vou ligar para ela — avisa Meggie. — Você devia voltar, Will. Ela é uma pessoa boa.

— Eu não a amo — diz o amante demoníaco.

— Bom — responde Meggie. Ela tira a mão.

Alguém bate à porta, uma garota.

— O sol apareceu de novo, Meggie.

Ela dá um sorriso particularmente derretido para o amante demoníaco. Devia ter 12 anos quando o viu nas telas pela primeira vez. Filhotes de pato, essas meninas. Apegam-se ao primeiro vampiro que veem na vida. E logo ela volta a descer os degraus, com o traseiro nu quicando.

Meggie tira o roupão e começa a passar protetor solar nos braços e no rosto. Ele observa como o corpo dela mudou. Acha que talvez a ame mais ainda por causa disso, torce para que seja verdade.

— Deixa comigo — diz ele, ao pegar o frasco de suas mãos. E começa a passar protetor nas costas dela.

Ela não se retrai. Por que se retrairia? Eles são amigos.

Ela diz:

— A Flórida é assim, Will. Acontecem essas tempestades praticamente todo dia. Mas aí elas acabam.

Ela pega nas mãos dele, meladas de protetor. E diz:

— Você deve estar cansado. Dorme um pouco. Tem chá de ervas nos armários, maconha e sonífero no quarto. A gente vai gravar a tarde toda, até à noite. E depois um churrasco, que vamos gravar também. Você pode vir junto. Seria muito bom para o nosso marketing, claro. Nossos telespectadores adorariam. Mas tem que ficar pelado igual todos nós. Sem roupa. Ninguém é exceção, Will. Nem você.

Ele passa o resto do protetor nos ombros dela. Tudo que ele mais queria era apoiar a cabeça em seus ombros.

— Eu te amo, Meggie. Você sabe, né?

— Eu sei. Também te amo, Will — O jeito como ela fala diz tudo.

O amante demoníaco se deita na cama de Meggie, sentindo-se como se tivesse 100 anos de idade. Cochila. Sonha com um bangalô em Venice Beach, Meggie e uma garota. Isso foi muito tempo atrás.

Saiu uma resenha de uma peça em que Meggie participou. Há uns dez anos talvez? Não foi uma resenha generosa, nem sequer muito inteligente, mas o crítico disse algo que o amante demoníaco ainda acha que parece verdade. Ele disse que, independentemente do que estivesse acontecendo na peça, a atuação de Meggie sugeria que ela estava esperando um ônibus. O amante demoníaco acha que o crítico acertou em algo. Só que o amante demoníaco sempre pensou que, se Meggie estava esperando um ônibus, era preciso se perguntar para onde esse ônibus iria. Se ela pretendia pular na frente dele.

Quando o relacionamento deles começou, o amante demoníaco tinha certeza de que era ele que Meggie estava esperando. Talvez ela também achasse isso. Eles compraram uma casa, um bangalô em Venice Beach. Ele se pergunta quem está morando lá agora.

Ao acordar, o amante demoníaco tira a camiseta e a bermuda cargo. Deixa-as dobradas cuidadosamente na cama. Ele vai ter que arranjar algum lugar para dormir hoje. E logo. O dia está virando noite.

A carne está assando no churrasco. O amante demoníaco não sabe ao certo quando foi a última vez que comeu. Tem repelente ao lado da porta. Pinica o saco dele. Ele se sente só um pouquinho ridículo. Provavelmente esta é uma péssima ideia. A mais recente de uma série de péssimas ideias. Só que, desta vez, ele sabe que tem uma câmera.

No instante em que ele sai do trailer de Meggie, uma assistente aparece como num passe de mágica. É o que essas pessoas fazem. Manda-o assinar um punhado de autorizações. Estranho ficar aqui, pelado, assinando autorizações, mas que se foda. Ele pensa: *Amanhã eu vou embora.*

A assistente tem cinquenta e poucos anos de idade. Incomum. Deve ter alguma explicação para isso, mas quem se importa? Ele não. Claro que ela viu a porra do vídeo de sexo — provavelmente vai ser o filme mais popular da carreira dele —, mas a expressão dela sugere que é a primeira vez que vê o amante demoníaco pelado, ou melhor, que nenhum deles está pelado.

Enquanto o amante demoníaco assina — nem se dá ao trabalho de ler nada, que diferença faz agora, afinal? —, a assistente fala sobre alguém que não fez alguma coisa. Que não está onde devia. Outra faz-tudo chamada Juliet. Cadê ela e o que foi fazer? A assistente só reclama.

O amante demoníaco sugere que talvez a faz-tudo tenha sido levada por fantasmas. A assistente faz uma cara pouco amistosa e continua falando de pessoas que o amante demoníaco não conhece, que não o interessam nem um pouco.

— O que é que tem de sinistro com você? — pergunta o amante demoníaco. Porque é claro que esse é o diferencial, dos produtores aos auxiliares. Homens e mulheres, todos peculiares.

— Tive uma experiência de quase morte — diz a assistente. Ela sacode o braço. Exibe uma queimadura rugosa comprida. — Me eletrocutei sem querer. Vi o túnel e a luz, a coisa toda. E acho que me saí bem com aquelas cartas durante a seleção. As cartas de Zener?

— Então me fala. O que é que tem de incrível numa porra de um túnel e uma luz? É o melhor que conseguem fazer mesmo?

— É, bem — responde a assistente, com um tom mordaz. — Gente como você provavelmente vê tapete vermelho e limusine.

O amante demoníaco não tem resposta para isso.

— Vocês viram alguma coisa aqui? — ele experimenta. — Ouviram alguma coisa?

— Meggie falou dos gambás? — diz a assistente. Depois de retrucar, agora ela quer aplacar. — Aqueles filhotes. Rabo para cima, tudo, mas sem fazer nada. O que meio que resume este lugar. Nenhum fantasma. Nenhum sinal nos equipamentos. Nenhum siricotico, nem chilique, nem assombração. Nem sequer uma área fria.

"Mas vai ficar legal — ela continua, duvidosa. — Você nessa sessão espírita com churrasco vai ajudar. Vampiro pelado supera fantasmas pelados fácil. Você se vira sozinho? Pode descer para o lago, vou ligar para avisar que você está indo."

Ou ele pode ir para o carro.

— Obrigado — responde o amante demoníaco.

Mas, antes que ele descubra o que quer fazer, chega mais alguém. É quase uma versão de *O Peregrino*. Um dos livros preferidos de Fawn. É um garoto de vinte e poucos anos de idade. Bonito de um jeito familiar. (Afinal, é certo pensar isso de outro cara enquanto os dois estão pelados? Sem falar que: ele se parece muito com o você de antigamente. Por que não? Estamos todos pelados aqui.)

— Eu conheço você — afirma o garoto.

O amante demoníaco responde:

— Claro que conhece. E você é?

— Ray — diz o garoto. Ele *talvez* tenha uns 25 anos de idade. Sua expressão diz: *Você sabe quem eu sou.* — Meggie falou muito de você.

Como se já não soubesse, o amante demoníaco pergunta:

— E o que você faz?

O garoto dá um sorriso desagradável. Coça a virilha com vontade, talvez não de propósito.

— O que tiver que ser feito. É isso que eu faço.

Então é traficante. Tem aquela maconha na cômoda de Meggie.

No lago, as pessoas estão jogando vôlei sem rede em um buraco. Fazendo churrasco. Alguém fala para uma câmera, gesticula para outra pessoa. Outro indivíduo está fumando um baseado em algum lugar. A essa distância, não muito perto, não muito próximo, sob o crepúsculo, o amante demoníaco contempla todos os seios, as bundas, os pintos cômicos, os joelhos ossudos, tudo antes oculto agora explícito. Ele observa com olhar treinado quais seios são naturais, quais não são. Só algumas das mulheres têm pelos pubianos. Ele nunca entendeu isso. Alguns dos homens também estão depilados. *O tempora, o mores.*

— Você gosta de piadas? — diz Ray, parando para acender um cigarro.

O amante demoníaco poderia ir embora; ele permanece.

— Depende da piada. — Na verdade, não gosta. Especialmente piadas do tipo que gente que pergunta se as pessoas gostam de piada contam.

Ray diz:

— Você vai gostar desta. São quatro caras. Um cleptomaníaco, um piromaníaco, hm, um zoófilo e um masoquista. Um gato passa andando, e o clepto fala que quer roubá-lo. O piromaníaco fala que quer tacar fogo nele. O zoófilo quer trepar com ele. Aí o masoquista vira para todo mundo e fala: "Miau?"

É uma piada mais ou menos engraçada. Pode ser uma cantada.

O amante demoníaco lança um olhar sob as pestanas. Reprime a sensação não exatamente incômoda de que ele parece ter viajado ao passado para flertar consigo mesmo. Ou vice-versa.

Ele gostaria de pensar que era ainda mais bonito que esse garoto. As pessoas paravam e ficavam olhando quando ele chegava em algum lugar. Isso foi muito antes de alguém saber quem ele era. Ele sempre foi alguém que as pessoas olham por mais tempo do que deviam. Ele diz, sorrindo:

— Estou curioso. Qual deles você é?

— Desculpe? — diz Ray. Sopra fumaça.

— Qual deles você é? O clepto, o piromaníaco, o comedor de gato, o masoquista?

— Eu sou o cara que conta a piada — Ele solta o cigarro e o esmaga com o calcanhar preto de tão sujo. Acende outro. — Não sei se alguém já falou, mas não beba de nenhuma torneira. Nem vá nadar. A água é tóxica. Fósforo, outras coisas. Desativaram as áreas de cultivo; estão formando os pântanos de novo, mas ainda não dá para chamar de potável. Você está hospedado aqui ou na cidade?

O amante demoníaco responde:

— Não sei nem se vou ficar.

— Bom — diz Ray. — Eles instalaram um gerador em alguns dos bangalôs menos destruídos. Tem camas de acampamento, sacos de dormir. Depende se você gosta de coisa bruta. — Esse final, sim, com malícia.

O amante demoníaco sente o lábio subir. Os dois estão usando uma máscara. Eles se olham por trás delas. Você reconhece isso quando é ator. O rosto, o corpo inteiro, seus movimentos, tudo é um disfarce. Você veste, volta a tirar. O que havia por baixo era seu, só seu, desde que você não mostrasse para ninguém.

— Você acha que sabe alguma coisa de mim? — pergunta ele.

— Já vi todos os seus filmes — A máscara muda, vira a que o amante demoníaco chama de "Sou seu maior fã". Ah, ele sabe o que tem por trás dessa.

Ele se prepara para o que esse garoto estranho vai falar agora, e, de repente, Meggie aparece. Como se a situação já não estivesse desconfortável sem Meggie, pelada, ali de repente. Todo mundo pelado, ninguém feliz. É um pornô artístico escandinavo.

Meggie ignora completamente o garoto. Como sempre. Esses caras são todos iguais, na verdade. Ela deve achar todos em algum site. Pode ser que ela não o queira, mas ela também não quer ninguém mais.

Meggie encosta no braço dele e diz:

— Você está com uma cara muito melhor.

— Descansei algumas horas — responde.

— Eu sei. Fui ver. Quis conferir se você não tinha fugido.

— Não tenho para onde ir — afirma.

— Vem — diz Meggie. — Vamos arranjar alguma coisa para você comer.

Ray não acompanha; fica para trás com seu cigarro. Provavelmente de olho na bunda de celebridade deles, tonificada por yoga, e relativamente bem conservada.

O problema desse garoto, na opinião do amante demoníaco, é o seguinte. Ele foi a um cinema quando tinha 15 anos e me viu com Meggie, os dois com maquiagem de vampiro transando de mentira em um vagão de metrô de Nova York. Da linha A. Eu mordendo o seio de Meggie, um telão no subúrbio, o seio dela dez vezes maior que a cabeça dele. Ele viu a gente se beijar. Sentiu uma ânsia na hora. E sem contar todo o resto, o que quer que seja que você está fazendo aqui com ele e comigo. Imagine o que esse garoto deve estar sentindo agora. O amante demoníaco também sente. Amor, ele acha. Porque amor não é só amor. É todo o resto também.

Ele é apresentado a Irene, a médium gorda e bonita que interpreta o homem hétero para Meggie. Pessoas com nomes como Sidra, Tom, Euan, que parecem encarregadas do equipamento esquisito de fantasmas. Uma cinegrafista, Pilar. Ele tem quase certeza de que já a viu antes. Talvez durante seu período no AA? Sério, por que esse período é mais nebuloso que os anos que ele passou bêbado ou chapado? Ela tem trinta e poucos anos, um sorriso malicioso, pernas incríveis e uma câmera muito grande.

Eles demonstram alguns equipamentos para o amante demoníaco, deixam-no experimentar algo chamado Medidor Tricampo. Nenhum fantasma aqui. Até fantasmas têm lugares melhores para ir.

Ele presume que todo mundo que está conhecendo já viu o vídeo de sexo. Quase torce para alguém tocar no assunto. Ninguém toca.

Sopra uma brisa fétida do lago. Sujeira e morte.

As pessoas comem e conversam sobre a assistente desaparecida — a faz-tudo —, a tal da Juliet. Meggie diz:

— Ela é gente boa. Faz Pornigami no tempo livre e vende no eBay.

— Ela faz o quê? — pergunta o amante demoníaco.

— Pornigami. Cenários eróticos de origami. Coisa personalizada sob encomenda.

— Claro — responde o amante demoníaco. — Dá muito dinheiro.

Pode ser que seja um hábito dela. Meggie fala disso. Pode ser que ela tenha hábito de desaparecer de vez em quando.

Ou pode ser que ela esteja no mesmo lugar daqueles nudistas todos. Imagine a audiência se for. Ele não fala isso para Meggie.

Meggie fala:

— Estou feliz por ver você, Will. Mesmo nessas circunstâncias.

— Está? — pergunta o amante demoníaco, sorrindo, porque ele sempre sorri. Eles estão longe o bastante dos microfones e das câmeras para que ele se sinta à vontade para falar isso. Pilar, a cinegrafista, está filmando Irene, a médium, que está assando marshmallows. Ray também está olhando. Sempre por perto em algum lugar.

Alguma coisa morde a coxa do amante demoníaco, e ele dá um tapa.

Ele poderia levantar a mão e tocar no rosto de Meggie agora. A história na câmera seria diferente do que a que ele e Meggie estão contando um ao outro. Ou ela se afastaria e tudo voltaria a ser a mesma história. Ele acha que devia ter se lembrado disso, de todos os motivos por que eles não deram certo quando estavam juntos. Como lados errados de um ímã.

— Claro que estou feliz — diz Meggie. — E você chegou num momento bizarramente bom, porque tem algo que a gente precisa conversar.

— Fala.

— É complicado. Pode ser mais tarde? Depois que acabarmos aqui?

Já está quase totalmente escuro. Sem lua. Alguém acendeu uma fogueira muito grande. Os bangalôs enegrecidos e o salão sem teto se fundem em vultos obscuros e ordenados. Agora você consegue se imaginar na época em que era tudo novo, muito tempo atrás. Na década de 1970, quando ninguém ligava para o que você fizesse. Quando o amor era livre. Quando dava para desaparecer, se desse vontade, e tudo bem também.

— Então onde eu durmo hoje? — pergunta o amante demoníaco. Mais uma vez ele resiste ao impulso de tocar no rosto de Meggie. Tem uma mecha de cabelo colada no lábio dela. Quem é ele? O piromaníaco ou o masoquista? Bom, ele é ator, né? Pode ser qualquer coisa que ela quiser.

— Você vai achar algum lugar — diz Meggie, com um brilho nos olhos. — Ou alguém. Pilar já me falou mais de uma vez que você é o único homem com quem ela já quis transar.

— Se eu ganhasse um dólar — responde o amante demoníaco. Ele ainda quer tocar nela. Quer que ela queira que ele o toque. Agora ele lembra como é.

Meggie fala:

— Se você ganhasse um dólar, setenta centavos iriam para suas ex.

É inquestionável.

— Fawn assinou um acordo pré-nupcial.

— Um dos milhares de motivos para você voltar para casa e consertar as coisas. Ela é uma pessoa boa. Não existem muitas.

— Ela vai ficar melhor sem mim — o amante demoníaco testa. Fica um pouco magoado porque Meggie não discorda.

A médium Irene se aproxima com Pilar e o outro cinegrafista. O amante demoníaco percebe que Irene não gosta dele. Às vezes mulheres não gostam. É raro a ponto de ele sempre se perguntar por quê.

— Vamos começar? — pergunta Irene. — Vamos ver se algum amigo nosso topa bater um papinho. Depois, não sei vocês, mas vou vestir alguma coisa um pouco menos confortável.

Meggie se dirige para a câmera.

— Esta será nossa última tentativa, nossa última chance de estabelecer contato com alguém que permaneça aqui, que tenha assuntos inacabados.

— Ninguém diria que nudistas seriam tão tímidos — diz Irene.

Meggie fala:

— Mas, mesmo se não conseguirmos falar com ninguém, hoje não foi um dia totalmente perdido. Todos nós nos arriscamos. Alguns se queimaram com o sol, outros foram picados por insetos em lugares interessantes, todos estamos um pouco mais à vontade com a nossa própria pele. Tivemos uma experiência de transparência e humanidade semelhante ao que esses colonos haviam imaginado e que acreditavam que levaria a um mundo melhor. E, para eles, talvez tenha levado. Todos nos divertimos hoje. E, ainda que as almas específicas que viemos procurar não tenham aparecido, outra pessoa veio.

A assistente gesticula com a cabeça para Will.

Pilar aponta a câmera para ele.

Ele estava pensando em como agir.

— Eu sou Will Gald — diz ele. — Vocês talvez me reconheçam de outras produções sem roupa, como o papel do cara que rolava no chão de um quarto de hotel segurando a genitália e sangrava de forma abundante.

Ele abre seu sorriso mais encantador.

— Eu estava aqui na área por acaso.

— A gente o convenceu a ficar para o jantar — afirma Meggie.

— Esconderam minhas roupas. Admito que não me esforcei muito para encontrá-las. Afinal, qual é a pior coisa que pode acontecer quando a gente aparece pelado na câmera?

Irene diz:

— Meggie, uma das coisas mais importantes em *Quem está aí?* desde o início sempre foi que todos nós passamos por algo que não tem explicação. Todos nós acreditamos. Eu queria perguntar, Will tem alguma história de fantasma?

— Não... — responde o amante demoníaco.

Ele hesita. Olha para Meggie.

— Tenho — diz. — Mas Meggie já deve ter contado.

— Já. Mas nunca ouvi você contar.

— Vivo para agradar.

— Sensacional — diz Irene. — Como você sabe, em todo episódio a gente inclui uma ou duas histórias de fantasma. Hoje, temos até uma fogueira. — Ela hesita. — E, claro, como nossos telespectadores também sabem, ainda estamos esperando Juliet Adeyemi aparecer. Ela deu uma saída pouco antes do almoço para cuidar de uns assuntos. Não estamos preocupados ainda, mas vamos todos ficar muito mais felizes quando ela estiver conosco de novo.

Meggie fala:

— Juliet, se você conheceu um rapaz legal e foi passear nas xícaras da Disney World, juro, vou querer saber todos os detalhes. Agora, vamos lá, Irene?

Em volta deles, as pessoas já estavam recolhendo pratos com restos de churrasco e se organizando em um semicírculo em torno da fogueira. Só falta todo mundo começar a cantar. Eles se sentam em suas toalhinhas. Irene e Meggie se acomodam na frente da fogueira. Todos dão as mãos.

O amante demoníaco se afasta um pouco, para o escuro. Ele não se interessa por sessões espíritas ou fantasmas. É o limite. Há coisas afiadas sob os pés. Alguém se junta a ele. Ray. Claro.

Por algum motivo, é pior estar pelado no escuro. O mundo é enorme, e ele não. Ray é jovem, e ele não. O amante demoníaco tem certeza de que a cinegrafista Pilar quer ir para a cama com ele; Meggie não quer.

— Eu conheço você — diz o amante demoníaco para Ray. — Já o vi antes. Bom, não você, o você anterior. Vocês. Você nunca dura. *Nós* nunca duramos. Ela segue a vida. Você desaparece.

Ray não fala nada. Olha para o lago.

— Eu *fui* você — afirma o amante demoníaco.

— E agora? — pergunta Ray. — Quem é você?

— Você cobra por hora? Por que fica me seguindo? Acho que não estou com minha carteira aqui.

— Meggie está ocupada — responde Ray. — E estou curioso em relação a você. O que você acha que está fazendo aqui.

— Vim atrás de Meggie. Somos amigos. Um velho amigo pode visitar uma velha amiga. Em alguma outra ocasião, vou vê-la de novo e você não vai estar por perto. Eu sempre vou estar por perto. Mas você, você é só um cara qualquer que deu sorte porque se parece comigo.

Ray diz:

— Eu a amo.

— É horrível, né? — retruca o amante demoníaco. Ele volta à fogueira e às pessoas nuas que estão esperando outras pessoas nuas. Pensa na história que pretende contar.

A sessão não teve sucesso. A médium Irene insiste que consegue sentir alguma coisa. Alguém está tentando falar algo.

Os mortos estão aqui, mas também não estão. Eles têm medo. É por isso que não vêm. Alguma coisa os afasta. Tem algo errado aqui.

— Vocês estão sentindo? — pergunta para Meggie, para os outros.

— Eu sinto algo — afirma Meggie. — Tem algo aqui.

O amante demoníaco se estende noite adentro. Permite-se acreditar por um instante que a vida continua. Tem algo aqui? Tem um cheiro, o fedor metálico de áreas de cultivo. Tem algo opressivo no ar. Tem malícia aqui? Malignidade?

Meggie diz:

— Ninguém jamais desvendou o mistério do que aconteceu aqui. Mas talvez o que quer que tenha acontecido com eles ainda esteja presente.

Irene, é possível que isso tenha se apegado ao espírito deles, o que quer que ainda reste, mesmo após a morte?

— Não sei — responde Irene. — Tem alguma coisa errada aqui. Tem alguma coisa aqui. Não sei.

Mas o *Quem está aí?* não capta nada interessante com os equipamentos, o contador de íons ou o barômetro, os detectores de campo eletromagnético e de fenômenos eletrônicos de voz, os sinos de vento ou as câmeras de visão infravermelha. Não tem ninguém aqui.

Então, finalmente, é hora das histórias de fantasma.

Tem uma sobre o banheiro masculino de um restaurante badalado de Santa Mônica. O amante demoníaco já foi lá. Pediu batata frita com maionese de azeite trufado. Não viu o fantasma. Não é uma pessoa que vê fantasmas, e por ele tudo bem. Ele também nunca gostou de maionese de azeite trufado. A coisa no bangalô com Meggie não foi um fantasma. Foram drogas, a pressão que eles estavam enfrentando, o escrutínio insuportável; uma *folie à deux*; o custo da felicidade deles.

Alguém conta a velha história de Basil Rathbone e o convidado de jantar que leva seus cachorros. Ao irem embora, o homem e os cachorros morrem em um acidente de carro na frente da casa de Rathbone. Ele vê. Fica paralisado de choque e tristeza. Enquanto está parado ali, seu telefone toca — quando ele atende, uma telefonista diz: *"Com licença, Sr. Rathbone, tem uma mulher na linha que disse que precisa falar com você."*

A mulher, que é médium, diz que tem uma mensagem para ele. Ela diz que espera que ele consiga entender o significado.

"Viajando rápido. Não dá tempo de me despedir. Nenhum cachorro aqui."

Agora é a vez do amante demoníaco. Ele diz:

— Muito tempo atrás, quando Meggie e eu estávamos juntos, a gente comprou um bangalô em Venice Beach. Não passávamos muito tempo lá. Estávamos em qualquer outro lugar. Eventos. Festivais. Não tínhamos móveis. Só um colchão. Nenhuma louça. Quando estávamos em casa, comíamos em embalagens para viagem.

"Mas éramos felizes."

Ele deixa essa no ar. Meggie observa. Escuta. Ray está em pé ao seu lado. Sem espaço entre eles.

Não é muito divertido contar uma história de fantasma pelado. Contar as partes da história de fantasma que você devia contar. Não contar outras partes. Enquanto a mulher que você ama está ali com a pessoa que você já foi.

— Foi um ano bom. Talvez o melhor ano da minha vida. Talvez o mais difícil também. Éramos jovens, idiotas, as pessoas queriam coisas de nós, e fizemos coisas que não deveríamos ter feito. Entendam como quiserem. Demos festas. Gastamos dinheiro adoidado. E nos amamos. Não é, Meggie?

Meggie faz que sim.

Ele continua:

— Mas é melhor eu falar do fantasma. Não acredito muito que era um fantasma, mas também não acredito que não era. Nunca parei muito para pensar nisso, na verdade. Mas, quanto mais tempo a gente passava naquele bangalô, pior ficava.

Irene pergunta:

— Você pode descrever para a gente? O que aconteceu?

O amante demoníaco responde:

— Era uma sensação de que tinha alguém nos observando. Que estava muito longe, mas se aproximando. Que em breve estaria ali com a gente. Era pior à noite. A gente tinha pesadelos. Às vezes, nós dois acordávamos aos berros.

Irene pergunta:

— Os pesadelos eram sobre o quê?

— Nada de mais. Só que aquilo finalmente estava ali no quarto com a gente. Depois de um tempo, estava sempre lá. Depois de um tempo, o que quer que fosse, estava na cama com a gente. A gente acordava cada um de um lado do colchão, porque estava ali no meio.

— O que vocês fizeram?

— Quando um de nós estava sozinho na cama, aquilo não estava. E estava quando éramos os dois. Aí, éramos três. Então fomos para um quarto no Chateau Marmont. Só que estava lá também. Estava lá logo na primeira noite.

— Vocês tentaram se comunicar?

— Meggie tentou. Eu não. Meggie achou que era de verdade. Eu achei que a gente precisava de terapia. Achei que, fosse o que fosse, íamos para a terapia. Então tentamos. Foi um fracasso. Depois, com o tempo... — Ele encolhe os ombros.

— Com o tempo o quê? — pergunta Irene.

— Eu saí de casa — responde Meggie.

— Ela saiu de casa — diz ele.

O amante demoníaco se pergunta se Ray sabe a outra parte da história, se Meggie contou para ele. Claro que não. Meggie não é burra. São eles dois, e o amante demoníaco pensa, como pensou muitas outras vezes, que é o que vai mantê-los juntos para sempre. Não a experiência de fazerem um filme juntos, de se apaixonarem exatamente no mesmo instante que tantas outras pessoas se apaixonaram por eles, aquela magia atraente feita de história e esforço, repetição, edição, arte e desejo de outras pessoas.

Eles não podem contar o que aconteceu para mais ninguém. Pertence a eles. A mais ninguém.

— E, depois disso, não teve nenhum fantasma — conclui. — Meggie deu uma afastada de Hollywood, foi para a Índia. Eu fui para reuniões do AA.

Esfriou. O fogo diminuiu. Daria, talvez, para imaginar que existe uma explicação sobrenatural para essas coisas, mas seria enganação. A garota desaparecida, Juliet, não voltou. Os equipamentos de caça a fantasmas não registram nenhuma presença.

✗ — ✗

Meggie encontra o amante demoníaco com Pilar. Ela pergunta:

— Podemos conversar?

— Sobre o quê? — pergunta ele.

Pilar fala:

— Vou pegar outra cerveja. Quer uma, Meggie?

Meggie balança a cabeça, e Pilar vai embora, roçando com a mão na cintura do amante demoníaco ao passar por ele. Carne em carne. Ele se vira só um pouco para não ficar de frente para a fogueira.

— É sobre a estreia da próxima temporada — diz Meggie. — Quero gravar em Venice Beach, no nosso antigo bangalô.

O amante demoníaco sente algo tomar conta de si. Entrar pelas orelhas, descer pela garganta. Ele não consegue pensar no que dizer. Estava pensando em Ray enquanto flertava com Pilar. Estava se perguntando o que aconteceria se ele perguntasse sobre Ray para Meggie. Eles nunca chegaram a conversar sobre isso. Essa coisa que ela faz.

— Eu gostaria que você participasse do episódio também, claro.

— Acho que não é uma boa ideia. Na verdade, acho que é uma péssima ideia.

— É algo que eu sempre quis fazer. Acho que seria bom para nós dois.

— Blá, blá, blá, ponta solta. É, é. Blá, blá, blá, exposição, blá, blá, possível cadeia. Você ficou *maluca*?

— Olha. Já falei com a mulher que mora lá agora. Ela nunca sentiu nada. Will, preciso fazer isso.

— Claro que ela não sentiu nada. Não era a casa que estava mal-assombrada.

O sangue dele está carregado de adrenalina. Ele olha à sua volta para ver se tem alguém observando. Claro que tem. Mas todo mundo está longe o bastante para que a conversa seja quase particular. Ele acha surpreendente que Meggie não tenha soltado essa na frente da câmera. Imagine o drama. O conflito. A audiência.

— Você acredita nessas coisas — diz ele, enfim. Tentando pensar em algo que a convença. — Então por que não deixa isso para lá? Você sabe o que aconteceu. A gente sabe o que aconteceu. Você sabe qual é a história. Por que caralhos você precisa saber mais? — Ele está sussurrando agora.

— Porque sempre que a gente está junto, ela está com a gente — responde Meggie. — Você não sabia? Ela está aqui agora. Não está sentindo?

Os pelos nas pernas dele se arrepiam, nos braços, na nuca. Sua boca está seca, a língua cola no céu da boca.

— Não — diz ele. — Não sinto.

— Você sabe que eu tomaria cuidado, Will. Eu nunca faria nada para machucar você. De qualquer jeito, não é assim que funciona. — Ela se inclina para ele, fala bem baixo: — Não é por causa da gente. É por mim. Eu só quero conversar com ela. Só quero que ela vá embora.

(1992) Eles adquirem uma espécie de vida, ele e Meggie. Compram peças de louça, móveis modernos do meio do século, abajures. Adquirem amigos que fazem parte do ramo, dão festas. De vez em quando, acontecem coisas nessas festas. Por exemplo, tem a garota. Ela chega com alguém. Eles nunca descobrem quem é. Ela é tão bonita quanto seria de se esperar para uma garota em uma das festas deles, ou seja, é muito bonita.

Depois de tanto tempo, o amante demoníaco não lembra direito como era o rosto dela. Havia muitas garotas e muitas festas, e era outro país.

Ela tinha cabelo preto comprido. Olhos grandes.

Ele e Meggie estão bêbados. A garota está interessada nos dois, e, por fim, são os três, todo mundo já foi embora, tem uma festa em algum outro lugar, eles ficam, ela fica, todo o resto vai embora. Eles bebem, e tem música, e eles dançam. E aí a garota está beijando Meggie, e ele está beijando a garota, e eles estão no quarto. É muito divertido. Eles fazem praticamente tudo que dá para fazer com três pessoas na cama. E, a certa altura, a garota está entre eles e todo mundo está curtindo, eles estão se divertindo, e aí a garota fala para eles: *Me morde.*

Vai, me morde.

Ele morde seu ombro, e ela diz: *Não, morde de verdade. Morde com força. Quero que você me morda mesmo. Morde, por favor.* E, de repente, ele e Meggie se entreolham, e a graça acabou. Não é isso que eles curtem.

Ele acaba o mais rápido possível, porque já estava quase lá mesmo. E a garota continua implorando, continua pedindo algo que eles não podem dar, porque não existe, e vampiros não existem, e é uma situação desagradável, e Meggie então pede para a garota ir embora. Ela vai, e eles não conversam sobre o que aconteceu. Só vão dormir. E acordam um pouco depois porque ela entrou na casa de novo, mais tarde eles descobrem que ela quebrou uma janela e cortou os pulsos. Ela está mostrando os pulsos ensanguentados e faiando: *Por favor, aqui o meu sangue, bebam, por favor. Quero que vocês bebam meu sangue. Por favor.*

Eles fazem um curativo. Os cortes não são muito profundos. Meggie liga para Pike, seu agente, e ele manda alguém levar a garota para uma clínica particular. Pike fala para os dois não se preocuparem. Pelo visto, a garota tem 15 anos de idade. Mas é claro que tem. Pike liga para eles de novo, depois que a garota sai da clínica, quando ela comete suicídio. Ela tem histórico de tentativas. Tenta, tenta, consegue.

O amante demoníaco não conversa de novo com Meggie, porque Pilar — que está pelada... os dois estão pelados, todo mundo está pelado, claro. Mas Pilar é mesmo muito bonita, a conversa é legal, o trabalho de câmera do programa é mesmo muito bom, e ela gosta muito do amante demoníaco. Não para de encostar nele. Ela diz que tem uma garrafa de Maker's Mark em uma das cabanas, e faz um bom tempo que ele não fica tão bêbado. Eles já se conheceram antes mesmo, em uma reunião do AA em Silver Lake.

Eles se divertem. Sério, sexo é muito divertido. O amante demoníaco desconfia que exista algum diagnóstico psicológico óbvio que explique por que ele está transando com Pilar, alguma necessidade de recriar um passado recente e se esforçar para que agora seja melhor. A última garota que tinha uma câmera não deu muito certo para ele. Quando exatamente as coisas deram certo?

Depois, eles ficam deitados de costas no chão sujo de cimento. Pilar fala:

— Minha namorada não vai acreditar nisso.

Ele se pergunta se ela vai pedir um autógrafo.

Pilar estava dividindo a cabana com Juliet, a garota desaparecida. Tem Pornigami pela cabana toda. Homens e mulheres, homens e homens, mulheres e mulheres em todas as combinações possíveis, fazendo coisas que deviam ser eróticas. Mas não são; são só ameaçadoras. Talvez seja por causa das linhas retas.

O amante demoníaco e Pilar se vestem para o caso de Juliet aparecer.

— Bom — diz Pilar, de sua cama de campanha —, boa noite.

Ele se deita na cama de Juliet. Fica ali no escuro até ter certeza de que Pilar dormiu. Ele está pensando em Fawn, por algum motivo. Não consegue parar de pensar nela. Se parar de pensar nela, vai ter que pensar na conversa com Meggie. Vai ter que pensar em Meggie.

O iPhone de Pilar está no chão, ao lado da cama dela. Ele o pega. Não tem senha. Ele digita o número de Fawn. Manda uma mensagem. Mal sabe o que está escrevendo.

TOMARA, digita ele.

Ele escreve coisas horríveis. Não sabe por que está fazendo isso. Talvez ela ache que é engano. Ele escreve detalhes, coisas específicas, para que ela saiba que não é.

A certa altura, ela responde.

QUEM É? WILL?

O amante demoníaco não responde. Só continua enviando PUTA IMUNDA SUA VACA VAGABUNDA NOJENTA etc. etc. etc. Até ela parar de perguntar. Provavelmente ela sabe quem é. Com certeza sabe quem é.

É o seguinte: atuação, cenas, personagens; os diálogos que o ator recebe, as coisas que o personagem faz. Nada disso importa. Dá para pegar as palavras mais horríveis, todas as palavras, todos os xingamentos, todas as ações que ele digita na caixa de texto. Dá para falar essas coisas, e a forma como elas são ditas pode mudar o sentido. Dá para dizer *"Sua puta imunda. Sua vaca"*, e cada vez ser de um jeito; pode transformar em piada, em apelido carinhoso, pedido de socorro, sedução. Pode matar, ser um vampiro, um troço desalmado. O público vai amar você igualmente. Se você quiser que ele ame. Algumas pessoas sempre vão amar.

Ele precisa tomar um pouco de ar. Deixa o telefone de volta no chão, onde Pilar vai encontrá-lo de manhã. Decide ir andando até o lago. Vai ter que passar pelo trailer de Meggie no caminho, mas não passa. Ele só fica parado, vendo uma sombra sair de fininho pela porta do trailer, descer os degraus e ir embora. Para onde? Quase não parece que existe.

Ray?

Ele poderia seguir. Mas não segue.

Ele se pergunta se Meggie está acordada. A porta do trailer está destrancada, então o amante demoníaco entra.

Vai até o quarto dela, sem luz, ela não está acordada. Ele não vai fazer nenhum mal. Só quer vê-la dormindo em segurança. Um velho amigo pode visitar uma velha amiga.

Meggie é um vulto na cama, e ele chega mais perto para ver seu rosto. Tem alguém na cama com Meggie.

Ray olha para o amante demoníaco e o amante demoníaco olha para Ray. A mão direita de Ray está apoiada no seio de Meggie. Ray levanta a outra mão, gesticula para que o amante demoníaco se aproxime.

A manhã seguinte é o que seria de se esperar. A equipe de *Quem está aí?* se prepara para ir embora; Pilar descobre as mensagens no celular.

Eu fiz isso?, diz o amante demoníaco. *Eu estava bêbado. Talvez tenha feito. Ai, meu Deus, ai, cacete, merda.* Ele interpreta seu papel.

Isso pode dar problema. Ah, ele sabe o tamanho do problema que pode dar. Pilar pode faturar uma grana com essas mensagens. Fawn, se quiser, pode usá-las contra ele no processo de divórcio.

Ele não sabe como se mete nessas situações.

Fawn ligou para Meggie. Tem isso também. Meggie espera para conversar com ele depois que quase todo mundo terminou de juntar tudo e foi embora; é começo da tarde. Ele já devia ter saído. Precisa fazer algumas coisas. Decisões sobre voos, um celular novo. Precisa ligar para seu assessor de imprensa, seu agente. É hora de fazerem valer o salário. Ele gosta de mantê-los ocupados.

Ray foi para algum lugar. O amante demoníaco não lamenta muito o fato.

Não é uma conversa divertida. Eles estão no estacionamento agora, e uma pessoa da equipe, ele não a reconhece de roupa, pergunta para Meggie:

— Quer uma carona?

— Tenho aquele negócio em Tallahassee amanhã, o programa matinal — responde Meggie. — Daqui a pouco chega alguém para me buscar.

— Beleza. A gente se vê em San Jose.

Ela lança um olhar dúbio para o amante demoníaco — *Pilar já falou?* —, entra em seu carro e vai embora.

— San Jose? — pergunta o amante demoníaco.

— É — diz Meggie. — A Casa Winchester.

— Hã — Ele não liga. Está cansado de tudo, de Meggie, da camiseta e da bermuda emprestadas, do lago Apopka, dos fantasmas que não aparecem, da publicidade negativa.

Ele sabe o que vai acontecer. Meggie acaba com ele. Ele deixa. É inútil tentar conversar com uma mulher quando ela fica assim. Ele fica parado e escuta tudo. Quando ela termina, finalmente, ele nem tenta se defender. De que adianta falar? Ele fala muito melhor quando tem um roteiro para impedi-lo de se afundar. Agora não tem roteiro.

É claro que, com o tempo, ele e Meggie vão fazer as pazes. Velhas amigas perdoam velhos amigos. Nada é imperdoável. Ele está indagando se isso é mentira quando um carro aparece no gramado.

— Bom — diz Meggie. — Minha carona chegou.

Ela o espera falar alguma coisa e, como ele não fala nada, diz:

— Tchau, Will.

— Depois eu ligo para você — responde o amante demoníaco, enfim.
— Vai ficar tudo bem, Meggie.

— Aham — Ela não está se esforçando muito. — Liga.

Ela entra no banco traseiro do carro. O amante demoníaco se inclina, acena para a janela de onde ela está sentada. Ela está olhando para a frente. O vidro do motorista está abaixado, e, sim, é Ray de novo. Claro! Ele olha para o amante demoníaco. Ergue uma sobrancelha, sorri, acena com aquela mão de novo, *precisa de carona?*

O amante demoníaco se afasta do carro. Sente uma carga intensa de desgosto e pavor. Uma nuvem de trevas e horror o encobre, algo que há muitos e muitos anos ele não sentia. Ele reconhece a sensação imediatamente.

E pronto. O carro vai embora com Meggie. O amante demoníaco permanece por um tempo no campo, não sabe quanto. O bastante para ele saber que nunca vai alcançar o carro que está com Meggie. E não alcança.

Tem uma tempestade chegando.

É o seguinte: Meggie não chega para o programa matinal em Tallahassee. A outra garota, Juliet Adeyemi, reaparece, mas Meggie não é vista nunca mais. Ela some. Ninguém encontra seu corpo. O amante demoníaco é o principal suspeito do desaparecimento. Claro. Mas não tem nenhuma prova. Nenhum indício.

Ninguém é acusado.

E Ray? Quando o amante demoníaco explica tudo para a polícia, para a imprensa, em programas de entrevista, ele repete a mesma história sempre. Fui ver minha velha amiga Meggie. Conheci Ray, o namorado dela. Eles foram embora juntos. Ele estava dirigindo. Mas ninguém mais corrobora o relato. Não tem ninguém que admita a existência de Ray. Ray não aparece em nenhuma gravação. Ray nunca esteve lá, por mais que o amante demoníaco repita sua explicação. Perguntam: *Como era a aparência dele? Pode descrever?* E o amante demoníaco responde: *Ele se parecia comigo.*

Enquanto espera para ser interrogado pela polícia pela terceira vez, ou talvez quarta, o amante demoníaco pensa que um dia vão fazer um filme sobre isso tudo. Sobre Meggie. Mas é claro que ele estará velho demais para interpretar o amante demoníaco.

Identidade Secreta

*Q*uerido *Paul Zell.*

É exatamente em *Querido Paul Zell* que eu parei pelo menos uma dúzia de vezes, então avanço um pouco mais, e depois desisto. Portanto, agora vou tentar outro método. Vou fingir que não estou escrevendo uma carta para você, Paul Zell, querido Paul Zell. Sinto muitíssimo. E sinto muito, Paul Zell, mas vamos pular essa parte por enquanto, senão também não vou avançar de novo. De qualquer forma: que importa se eu sinto muito ou não? Que diferença faz?

Então. Vamos fingir que não nos conhecemos. Vamos fingir que é a primeira vez que nos encontramos, Paul Zell. Vamos jantar juntos no restaurante de um hotel em Nova York. Eu vim de longe para jantar com você. Nós nunca nos vimos pessoalmente. Tudo que eu falei sobre mim é mais ou menos mentira. Mas você ainda não sabe. Nós achamos que talvez estejamos apaixonados.

Nós nos conhecemos no TãoDistante, na internet, mas agora cá estamos, bem perto. Eu poderia pegar na sua mão. Se você estivesse mesmo aqui.

Nosso garçom serviu uma taça de vinho tinto para você. Eu? Estou bebendo uma Coca-Cola. Você tem 34 anos. Eu tenho quase 16.

Sinto muito, Paul Zell. Acho que não vou conseguir. Mas eu preciso. Então vamos tentar de novo. (Eu tento, tento, tento.) Vamos retroceder mais ainda.

Imagine o saguão de um hotel. No saguão, um chafariz com ladrilho hidráulico verde e amarelo. Piso de mármore, poltronas de couro, quadros de arte corporativa, um conjunto de elevadores com fachada de vidro subindo e descendo, um bar. O bar que fornece para todos os frigobares em todos os quartos. Parece familiar? Talvez você já tenha vindo aqui antes.

Agora preencha o saguão com dentistas e super-heróis. Homens e mulheres, cirurgiões, entidades com oito dimensões, mutantes e monstros, que querem salvar seus dentes, salvar o mundo, talvez também ganhar uma série de televisão. Já vi um ou dois dentistas na vida, Paul Zell, mas não tem muitos super-heróis por aqui. Temos tornados, isso sim. Estão acontecendo dois congressos no hotel, e as pessoas interagem em volta do chafariz, trá lá lá, bebendo à vontade.

Murais no saguão listam painéis sobre avanços em odontologia cosmética, estratégias eficazes para minimizar responsabilidade em casos de riscos a terceiros, palestras com títulos como "Colante ou blindagem? Qual é o visual certo para você?". Você talvez se interessasse se fosse dentista ou super-herói. Eu não sou. Na verdade, não sou várias coisas.

Uma garota está parada na frente da recepção. Sou eu. E você está onde, Paul Zell?

A recepcionista atrás do balcão é só alguns anos mais velha que eu. (Que aquela garota, a que veio se encontrar com Paul Zell. É prepotente, lamentável ou só coisa de psicopata o fato de eu falar de mim na terceira pessoa? Talvez sejam os três. Não ligo.) A plaquinha na roupa da recepcionista diz Aliss, e ela faz a garota que eu queria que não fosse eu se lembrar de alguém da escola. Erin Toomey, essa mesma. Erin Toomey é uma vaca detestável. Mas que se dane Erin Toomey.

A recepcionista Aliss está falando alguma coisa. Ela diz:

— Não estou achando nada.

São onze da manhã de uma sexta-feira, e, nesse momento, a garota no saguão está matando a aula de biologia do terceiro período. O feto de porco está se perguntando cadê ela.

Vamos dar um nome à garota na fila do saguão do hotel. Todo mundo tem nome, até o feto de porco. (Chamo o meu de Alfred.) Claro que não é que nem no TãoDistante. Não posso escolher meu nome. Se pudesse, não seria Billie Faggart. Já ouviu esse antes? Não, achei que não teria ouvido mesmo. Desde o quarto ano, que foi quando eu soltei um pum ao descer no escorrega do parquinho, todo mundo na escola me chama de Billie Fagases. É porque Billie Faggart é um nome engraçado, né? Só que garotas como Billie Faggart não têm muito senso de humor.

Tem outra menina na escola, Jennifer Zapata. Todo mundo debocha da gente. Falam que vamos nos mudar para a Califórnia e nos casar. Você deve achar que somos amigas, né? Mas não somos. Não sou boa nisso de amizade. Sou a versão humana daqueles filhotes de pássaro que caem do ninho, e aí uma pessoa legal pega o filhote no chão e coloca de volta. Só que agora o filhote está com um cheiro errado. Acho que eu tenho um cheiro errado.

Se você está se perguntando quem é Melinda Bowles — a mulher de 32 anos de idade que você conheceu no TãoDistante —, não, você nunca a conheceu de fato. Melinda Bowles nunca mandou e-mail tarde da noite para Paul Zell, jamais. Melinda Bowles nunca pegaria um ônibus para Nova York para ver Paul Zell porque ela não sabe que Paul Zell existe.

Melinda Bowles nunca acessou TãoDistante.

Melinda Bowles não faz a menor ideia de quem seja a Encantatriz BolaOito Mágica. Ela nunca passou tempo na internet com o Ladino Supremo Boggle. Acho que ela não sabe o que é MMORPG.

Melinda Bowles nunca jogou uma partida de xadrez vivo no Salão do Rei Nermal nas Cavernas Eternas sob o Rochedo Repugnante. Melinda Bowles não sabe a diferença entre uma torre e uma escrivaninha. Entre roque e rock.

Tem algumas coisas que você sabe sobre Melinda Bowles que são verdade. Ela já foi casada, mas se divorciou. Ela mora na casa dos pais. É professora de ensino médio. Usei o nome dela quando criei uma conta no TãoDistante. Depois eu conto mais sobre minha irmã, Melinda.

Enfim. A garota mentirosa Billie diz para a recepcionista Aliss:

— Nenhum recado? Nenhum envelope? Sr. Zell, Paul Zell? — (É você. Caso tenha esquecido.) — Ele está hospedado aqui? Ele falou que deixaria algo para mim na recepção.

— Posso conferir de novo, se você quiser — Mas ela não faz nada. Só fica ali parada, com um olhar maléfico para um ponto atrás de Billie, como se odiasse o mundo e todas as pessoas que o ocupam.

Billie se vira para ver quem Aliss está encarando. Tem um cara de aparência mais ou menos normal atrás de Billie; atrás dele, pelo saguão, tem vários possíveis candidatos. Quem não odeia dentistas? Ou talvez Aliss não seja fã de super-heróis. Talvez ela esteja contemplando aquela coisa que parece uma bolha de sangue. Se você estivesse lá, Paul Zell, talvez ficasse olhando a bolha de sangue também. Quase dá para distinguir a silhueta de alguém/alguma coisa dentro dela.

Billie não acompanha notícias sobre super-heróis, não muito, mas ela tem a impressão de já ter visto a bolha de sangue no jornal. Talvez tenha salvado o mundo uma vez. Ela levita a um metro do piso de mármore do átrio. Deixa pingar gotas sanguinolentas que nem uma torneira do inferno. Talvez Aliss esteja com receio de que alguém escorregue no piso do saguão, quebre o tornozelo, processe o hotel. Ou talvez a bolha de sangue deva dez pratas para ela.

A bolha de sangue flutua até o chafariz de ladrilhos hidráulicos. Passa acima da borda, por pouco; para a meio metro da superfície da água. Agora parece uma instalação artística, ainda que nojenta. Mas talvez considere que está desempenhando alguma função heroica: afugentar crianças do tipo que gosta de roubar moedinhas de chafarizes. Futuros mestres do crime talvez decidam dedicar sua energia a algo mais produtivo. Talvez alguns se tornem dentistas.

Você era um menino que roubava moedas em chafarizes, Paul Zell?

✕ —— ✕

Não estamos avançando muito nesta história, né? Talvez seja porque é muito, muito difícil contar algumas partes dela, Paul Zell. Então eu me demoro aqui, não no começo, nem sequer no meio. Já está uma embolação.

Atrás do balcão, até Aliss já se cansou de me esperar continuar a história. Ela parou de olhar feio e está martelando em um teclado com suas unhas grandes demais. Tem um resíduo de *glitter* na testa dela e um carimbo parcialmente apagado de uma boate em sua mão direita. Ela diz para Billie:

— Você está hospedada aqui? Qual é seu nome, mesmo?

— Melinda Bowles — responde Billie. — Não estou hospedada. Paul Zell está aqui? Ele falou que deixaria algo para mim na recepção.

— Você está aqui para fazer um teste? Porque talvez seja melhor você perguntar na área de cadastro do congresso.

— Teste? — pergunta Billie. Ela não faz a menor ideia do que Aliss está falando. Já começou a formar seu plano B: voltar para o terminal da Autoridade Portuária e pegar o próximo ônibus de volta para Keokuk, Iowa. Pensando bem, teria sido um e-mail mais simples de escrever nesse caso. *Caro Paul Zell. Desculpe. Perdi a coragem.*

— Aliss, querida. É melhor você tirar o piercing. — O cara atrás de Billie na fila agora está ao lado dela no balcão. Sua mão está carimbada, que nem a de Aliss. Borrões manchados de delineador preto em volta dos olhos. — A menos que você queira levar um pé na bunda da gerência.

— Ai, merda. — A mão de Aliss sobe para o nariz. Ela se agacha atrás do balcão. — Conrad, seu babaca. Para onde você foi ontem à noite?

— Não faço ideia — diz Conrad. — Eu estava bêbado. Para onde você foi?

— Para casa. — Aliss fala como se as palavras fossem um objeto contundente. Ela ainda está agachada. — Quer alguma coisa? O quarto precisa de faxina? Darin, do turno da noite, falou que viu você no elevador por volta das três da madrugada. Com uma garota. — *Garota* sai como um punhal.

— Bastante possível — responde Conrad. — Como eu disse, bêbado. Precisa de ajuda aí embaixo? Para tirar o piercing? Ajudar essa menina? Porque eu quero compensar por ontem à noite. Desculpa, tudo bem?

O que seria a coisa certa a dizer, mas Billie acha que esse cara não parece muito arrependido. Parece mais que está reprimindo um bocejo.

— *Muita* bondade sua, mas estou *bem*. — Aliss se levanta de repente, e seus olhos brilham, ou com lágrimas ou com uma raiva assassina. — Isto aqui deve ser para você — diz ela para Billie, com uma voz robótica animada de recepcionista. Não é muito melhor que a voz homicida. — Sinto *muito* pela confusão. — Tem um envelope nas mãos dela.

Billie pega o envelope e vai se sentar em um sofá ao lado de um dentista. Ele está com um crachá de congresso que tem seu nome e o lugar de onde ele veio, e é assim que ela sabe que ele não é um super-herói e que não é Paul Zell.

Ela abre o envelope. Dentro, tem uma chave e um pedaço de papel com o número do quarto anotado. Mais nada. Isso aqui é o quê, TãoDistante? Billie começa a rir feito uma louca de pedra. O dentista olha.

Dê um desconto. Ela passou mais de 24 horas dentro de um ônibus. Suas roupas têm cheiro de ônibus, um coquetel de produtos de limpeza e o hálito de outras pessoas, e a última coisa que esperava ao embarcar nesta missão, Paul Zell, era ir parar em um hotel cheio de super-heróis e dentistas.

A gente não vê muitos super-heróis em Keokuk, Iowa. De vez em quando, algum passa voando, ou fazem um espetáculo de balé no gelo, e volta e meia alguém de Keokuk descobre que tem a força de dois homens ou consegue prever a data de validade de latas de atum no supermercado com 98,2% de precisão, mas até talentos menores saem bem rápido da cidade. Eles se mandam para Hollywood, para tentar entrar em um reality show. Ou para Nova York, Chicago, ou até mesmo Baltimore, para formar uma banda de rock inovadora ou combater o crime, ou as duas coisas.

Mas a questão é a seguinte: em circunstâncias normais, Billie não teria nada melhor para fazer além de observar uma mulher com cabeça de corvo tentar atravessar a multidão em volta do bar do saguão e ir até o chafariz e aquela épica bolha de sangue. A mulher está segurando uma bebida rosa, ela sobe na ponta dos pés, e uma mão lisa com quatro dedos emerge de dentro da bolha de sangue e pega o copo. É uma história de amor? Como uma mulher com bico de corvo beija uma bolha de sangue? Paul Zell, como é que nós podemos ser mais impossíveis que isso?

Talvez sejam só dois velhos amigos bebendo juntos. A mão de quatro dedos orienta o canudo para a membrana ou o campo de força ou o que quer que seja, e o copo se esvazia como se fosse magia. A bolha se estremece.

Mas: Paul Zell. Billie só consegue pensar em você, Paul Zell. Ela tem a chave do quarto de Paul Zell. Antes de conhecer você, bem antes no TãoDistante, Billie sempre queria uma missão. Por que não? Ela não tinha nada melhor para fazer. E a missão sempre era assim: ir para algum lugar estranho. Encontrar um guardião. Enganá-lo, matá-lo ou convencê-lo a entregar o item sob sua guarda. Uma arma, um feitiço, o envelope com a chave para o quarto 1584.

Só que a chave na mão de Billie é uma chave de verdade, e eu não faço mais esse tipo de missão. Não desde que conheci você, Paul Zell. Não desde que a Encantatriz BolaOito Mágica conheceu o Ladino Supremo Boggle no Salão do Rei Nermal e o desafiou para uma partida de xadrez.

Como estou abrindo o jogo, tenho uma pequena confissão. Por que não? Que diferença faz para você se, além de Encantatriz BolaOito Mágica, eu tinha outros dois avatares em TãoDistante? Tinha Êxtase Constante, que era uma curandeira elfa e, para falar a verdade, era meio mala, e tinha Mão de Urso, que acabou ficando meio valioso em termos de pontos acumulados, especialmente de armas. É que teve um período que estava ruim na escola e pior em casa, e não quero falar muito sobre isso, mas, enfim, foi um período ruim, e eu gostava de correr por aí e matar coisas. Tanto faz. Mês passado vendi Mão de Urso quando você e eu estávamos planejando isto, para pagar a passagem do ônibus. Não foi nada de mais. Eu meio que tinha parado de ser Mão de Urso, só usava de vez em quando, se você não estivesse conectado e eu estivesse me sentindo solitária ou triste, ou se o dia na escola tivesse sido muito merda.

Estou pensando em vender Êxtase Constante também, se alguém quiser comprar. Se não, vai ter que ser BolaOito Mágica. Ou talvez eu venda as duas. Mas ainda não cheguei nessa parte da história.

E, é, eu passo muito tempo na internet. No TãoDistante. Como eu disse, não tenho muitos amigos, mas não fique com pena de mim, porque não precisa, Paul Zell, NÃO é para isso que estou escrevendo.

Minha irmã? Melinda? Ela fala para eu esperar para ver depois de alguns anos. Melhora. Claro, com base na vida dela, talvez melhore mesmo. E depois piora de novo, e aí a gente precisa voltar para a casa dos pais e virar professora de ensino médio. Então como, exatamente, isso é melhor?

E, sim, caso você esteja curioso, minha irmã, Melinda Bowles, é meio deslumbrante, e todos os meninos da minha escola que me odeiam são apaixonados por ela, até quando são reprovados. Se você ainda quiser falar comigo depois de ler isto, seria um prazer fazer uma planilha com características e episódios biográficos. Uma coluna vai ser Melinda Bowles, e a outra vai ser Billie Faggart. Vai ter uma marcaçãozinha em uma coluna ou na outra, ou em ambas, dependendo do caso. Mas a história de ter raspado as sobrancelhas quando eu era pequena? Era verdade. Quer dizer, foi comigo. Também aquilo sobre gostar de répteis. Melinda? Ela não curte muito eles. Mas vai ver na verdade você também não tem um camaleão chamado Moe e uma lagartixa chamada Dentinha. Vai ver você também inventou algumas coisas, só que, é, por que você inventaria uns lagartos? Eu sempre preciso lembrar a mim mesma: Billie, não é porque você é mentirosa que o mundo é cheio de mentirosos. Só que você mentiu, né? Você estava no hotel. Você deixou para mim a chave do seu quarto em um envelope para Melinda Bowles. Porque, se não foi você, quem mais?

Desculpa. Era para ser eu. Não eu solucionando os grandes mistérios do universo e tal. Só que a questão com Melinda é a seguinte, caso você esteja pensando se a pessoa por quem você se apaixonou existe mesmo. A questão *relevante*. Melinda tem namorado. Além disso, ela é super-religiosa, do tipo que se converteu e renasceu. E você não é. Então, mesmo se o namorado de Melinda morresse ou algo do tipo, que é uma preocupação que eu sei que ela tem, nunca daria certo entre vocês dois.

E uma última coisa sobre Melinda, ou talvez na verdade seja sobre você. É agora que eu preciso agradecer. Porque: por *sua* causa, Paul Zell, acho que Melinda e eu ficamos amigas. Porque eu passei o ano todo interessada pela vida dela. Eu pergunto como foi o dia e presto atenção mesmo quando ela me conta. Porque de que outro jeito eu convenceria você de que eu era uma professora de álgebra do ensino médio, com 32 anos de idade e divorciada? E acontece que a gente até tem muita coisa em comum, eu e Melinda, e parece até que eu *entendo* o que ela pensa. Porque ela tem um namorado que está tão distante (no Afeganistão), e ela sente saudade, e eles trocam e-mails, e ela tem medo de ele perder uma perna e tal, e será que eles vão continuar apaixonados quando ele voltar?

E eu tenho você. Eu tinha esse negócio com você, mesmo que eu não pudesse contar de você para ela. Acho que ainda não posso contar.

Billie entra no elevador com um super-herói e o cara que deu um perdido em Aliss. O super-herói fede. Cecê e algo pior, tipo carne estragada. Ele sai no sétimo andar, e Billie respira fundo. Ela está pensando em um monte de coisas. Por exemplo, que por acaso ela não tem medo de altura, o que é algo bom de se descobrir dentro de um elevador de vidro. Ela pensa em procurar uma lanchonete com wi-fi, acessar a internet e entrar no TãoDistante, só que Paul Zell não estará lá. Ela se pergunta se o cara que comprou Mão de Urso o está usando. Isso seria estranho: encontrar alguém que antes era você. O que ela diria? Ela pensa que quer muito tomar um banho e se pergunta se está cheirando tão mal quanto aquele super-herói. Ela pensa nisso tudo e em várias outras coisas também.

— É assim que se combate o crime — diz a outra pessoa no elevador. (Conrad Linthor, embora Billie ainda não saiba o sobrenome dele. Mas talvez você o reconheça.) — Matando de fedor. Se bem que, verdade seja dita, para ficar grande daquele jeito tem que comer muita proteína, e proteína faz feder. É por isso que sou vegetariano. — O sorriso que ele dá para Billie está tão carregado de charme quanto o elevador está com o superfedor.

Billie se orgulha de ter resistência a charme. (É que nem não ter senso de humor. Senso de humor é uma fraqueza. Eu sei que a gente devia poder rir de si mesma, mas essa sugestão é muito ruim quando todo mundo já ri direto da gente.) Ela olha para Conrad Linthor com uma expressão vazia. Se a gente não reage, geralmente as pessoas desistem e nos deixam em paz.

Conrad Linthor tem 18 ou 19 anos de idade, ou talvez 22 e esteja bem preservado. Tem feições regulares e dentes brancos. Billie pensa que ele seria bonito se não fosse tão bonito, e aí ela se pergunta o que quis dizer com isso. Ela percebe que ele é rico, embora, mais uma vez, ela não tenha certeza de como sabe disso. Talvez porque ele tenha apertado o botão da cobertura quando entrou no elevador.

— Deixa eu adivinhar — diz Conrad Linthor, como se ele e Billie estivessem conversando. — Você veio para o teste. — Como Billie continua olhando para ele com uma expressão vazia, agora porque ela não sabe mesmo do que ele está falando, não só porque está se fazendo de burra, ele explica: — Você quer ser parceira de super-herói. Sabe aquele cara que acabou de sair? O Punho Azul? Ouvi dizer que os dele vivem pedindo demissão por algum motivo?

— Vim aqui para encontrar um amigo — diz Billie. — Por que todo mundo me pergunta isso? Você é? Isso, um parceiro?

— Eu? Engraçadinha.

A porta do elevador faz plim e abre, décimo quinto andar, e Billie sai.

— Até mais — diz Conrad Linthor para ela. Parece mais em tom de deboche que de esperança.

Quer saber, Paul Zell? Nunca achei que você seria superlindo e tal. Nunca liguei para qual seria sua aparência. Eu sei que você tem cabelo e olhos castanhos e é meio magro e tem nariz grande. Eu sei porque você me falou que se parece com Boggle, seu avatar. Já eu, sempre morri de medo de que você pedisse uma foto minha, porque aí seria mesmo mentira, mais ainda, porque eu teria mandado uma foto de Melinda.

Meu pai diz que eu sou tão parecida com Melinda quando ela era mais nova que chega a dar medo. Que nós podíamos ser praticamente gêmeas. Mas já vi fotos de Melinda de quando ela tinha minha idade e não me pareço nem um pouco. Na minha idade, Melinda tinha uma aparência meio bizarra, na verdade. Acho que é por isso que ela é tão legal agora e não fútil, porque foi uma surpresa para ela também o fato de ter ficado tão linda. Eu não sou nem linda nem bizarra, então aquela história de patinho feio que vira um cisne incrível que aconteceu com Melinda não vai acontecer comigo.

Mas você me viu, né? Você sabe como eu sou.

$$\times - \times$$

Billie bate na porta do quarto de Paul Zell, só por via das dúvidas. Embora você não esteja aqui. Se você estivesse, ela morreria na hora de ataque cardíaco, mesmo que seja por isso que ela está aqui. Para ver você.

Talvez você esteja se perguntando por que ela veio até aqui, se encontrar você pessoalmente sempre seria um problema tão grande. A verdade? Ela não sabe direito. Ainda não sabe. Só que você disse: Quer se encontrar? Ver se isto é para valer?

O que é que eu devia ter feito? Falado que não? Falado a verdade?

Tem duas camas de solteiro no quarto 1584 e uma mala preta em cima de um suporte. Nada de Paul Zell, porque você vai passar o dia todo em reuniões. O plano é a gente se encontrar no Golden Lotus às 18h.

Ontem você dormiu em uma dessas camas, Paul Zell. Billie se senta na que está mais próxima da janela. É uma pena que já arrumaram o quarto, senão Billie poderia se deitar na cama onde você dormiu ontem e apoiar a cabeça no seu travesseiro.

Ela vai até a mala, e é agora que as coisas começam a ficar meio péssimas, Paul Zell. É por isso que preciso escrever tudo isto na terceira pessoa, porque talvez assim eu possa fingir que não era eu que estava lá, fazendo essas coisas.

Sua mala está aberta. Você é meticuloso, Paul Zell. As roupas sujas no chão do armário estão dobradas. Billie levanta as camisas e calças cáqui dobradas. Até as cuecas estão dobradas. Sua calça é tamanho 42, Paul Zell. Suas meias são comuns. Tem uma caixa de veludo, uma caixa de joalheria, perto do fundo da mala, e Billie a abre. Ela volta a guardar a caixa no fundo da mala. É difícil dizer em que ela estava pensando nessa hora, apesar de eu estar lá.

É impossível dizer tudo para você, Paul Zell.

Billie não fez nenhuma mala, porque o pai dela e Melinda teriam estranhado. (Mas ninguém se surpreende quando você sai para a escola e sua mochila parece entupida de coisas.) Billie pega a saia que pretende usar para o jantar e a pendura no armário. Ela escova os dentes e, depois, coloca a escova na bancada ao lado da sua. Ela fecha a cortina da janela, que só dá vista para outro prédio, com fachada de vidro, que nem os elevadores. Como se fosse impossível fazer qualquer coisa sem que o mundo ficasse olhando, ou talvez porque, se o mundo puder olhar e ver o que a gente está fazendo, então o que a gente faz deve ser valioso, importante e legítimo. É bem longe até a rua lá embaixo, tão longe que a janela do quarto de Paul Zell não abre, provavelmente porque gente como Billie não consegue deixar de imaginar qual seria a sensação de cair.

Tantas pessoas parecidas com formiguinhas lá embaixo, que nem sabem que você está na janela olhando para elas. Billie fica olhando para elas.

Billie fecha a cortina blecaute. Ela puxa a coberta da cama mais próxima da janela. Tira a calça jeans, a camisa e o sutiã e veste a camiseta do Metallica que ela achou na mala de Paul Zell.

Ela se deita em cima de um lençol branco limpo e adormece na escuridão amarela. Ela sonha com você.

Quando ela acorda, seu pescoço está dolorido por causa do travesseiro diferente. O maxilar está tenso porque ela se esqueceu de colocar o aparelho. Ela tem rangido os dentes. Então, é, quem range os dentes sou eu. Não Melinda.

São 16h30, fim de tarde. Billie toma banho. Ela usa o condicionador de Paul Zell.

O hotel onde ela está aparece na CNN. Por causa dos super-heróis.

Nas últimas três semanas, Billie tentou não pensar muito no que vai acontecer no jantar quando ela e Paul Zell se encontrarem. Mas, embora tenha tentado não pensar nisso, ela ainda precisou decidir que roupa ia usar. A saia e o suéter que ela trouxe são de Melinda. Billie está torcendo para que assim pareça que ela é mais velha, mas que não está *tentando* parecer mais velha. Ela comprou um batom na Target, mas, quando passa, fica muito com cara de Billie Indo Para a Escola de Palhaços, então ela limpa o batom e passa só brilho labial. Ela tem certeza de que seus lábios já estão mais vermelhos do que o normal.

Quando ela desce para perguntar de cybercafés, Aliss ainda está na recepção.

— Os hóspedes podem usar a chave do quarto para entrar na área de negócios — diz Aliss.

Billie tem outra dúvida.

— Quem é aquele Conrad? — pergunta ela. — Qual é a dele?

Aliss estreita os olhos.

— A dele é que ele é o maior galinha do mundo. Não que seja da sua conta. Mas não vai achando que ele tem alguma moral com o pai, Senhorita Quero Ser Parceira. Por mais que ele diga o contrário. Se você se engraçar com ele, eu quebro a sua cara. Eu nem faço questão deste emprego mesmo.

— Tenho namorado — responde Billie. — Além do mais, ele é velho demais para mim.

O que é um comentário interessante, pensando bem.

É o seguinte, Paul Zell. Você tem 34 anos de idade, e eu, 15. São 19 anos de diferença. É bastante, né? Sem falar no aspecto legal, que não estou tentando minimizar, eu poderia ter o dobro da minha idade atual e você continuaria sendo mais velho. Pensei muito nisso já. E, quer saber? Tem uma professora lá na escola, a Sra. Christie. Melinda comentou, alguns meses atrás, que a Sra. Christie acabou de fazer 30 anos de idade e o marido dela tem 63. E ainda assim eles se apaixonaram e, pois é, Melinda fala que todo mundo acha meio nojento, mas o amor é assim, e ninguém entende direito como funciona. Só acontece. Já Melinda se casou com um cara *exatamente da mesma idade dela*, que depois ficou viciado em heroína e, além disso, era uma pessoa ruim de modo geral. O que eu quero dizer? Em comparação com os 33 anos entre o Sr. a Sra. Christie, 19 anos não são quase nada.

O maior problema aqui é o momento pouco oportuno. Também, claro, o fato de que eu menti. Mas, exceto pela mentira, por que não poderia ter dado certo entre nós daqui a alguns anos? Por que a gente precisa esperar? Até parece que eu vou me apaixonar por alguém de novo.

Billie usa a chave do quarto de Paul Zell para entrar na área executiva. Tem uma super-heroína em um dos computadores. Ela tem mais de dois metros de altura e cabelo ruivo cacheado. Dá para ver que é uma super-heroína, não uma dentista alta, porque de vez em quando a silhueta dela se estremece com uma ligeira vibração elétrica, como se talvez ela estivesse sendo projetada na cadeira pequena demais a partir de outra dimensão. Ela olha para Billie, que a cumprimenta com um gesto da cabeça. A super-heroína suspira e olha as unhas. Mas tudo bem para Billie. Ela não precisa ser resgatada e não quer fazer teste para nada. Por mais que outras pessoas achem o contrário.

Por algum motivo, Billie decide ser Êxtase Constante ao acessar Tão-Distante. Ela está duplamente escondida. Paul Zell não está conectado, e não tem ninguém no Salão do Rei Nermal, só as peças de xadrez vivo que sempre ficam lá e que não são vivas de verdade. Nem as que ainda estão de pé ou sentadas pacientemente em suas casas, esperando ser movidas, tricotando ou cutucando o nariz ou flertando ou fazendo o que quer que sua programação mande fazer enquanto elas não estão lutando. A preferida de Billie é a Torre do Rei, porque ela sempre ri quando avança para o combate, até quando provavelmente sabe que vai ser derrotada.

Você já teve a sensação de estar sendo observado por elas, Paul Zell? Às vezes me pergunto se elas são só um jogo dentro de outro. Na primeira vez que achei o Salão do Rei Nermal, andei em volta do tabuleiro inteiro e vi o que todo mundo estava fazendo. A Rainha Branca e seu peão estavam jogando xadrez, como sempre. Eu me sentei e fiquei assistindo. Depois de um tempo, a Rainha Branca me perguntou se eu queria jogar uma partida, e, quando eu respondi que sim, o tabuleirinho dela cresceu e cresceu até eu ocupar só uma casa dele, dentro de outro salão idêntico ao salão em que eu estava antes, e tinha outra Rainha Branca jogando xadrez com seu peão, e acho que eu poderia ter sido derrotada várias vezes, mas fiquei nervosa e saí do TãoDistante sem salvar.

Mão de Urso não está no TãoDistante agora. Nem Encantatriz BolaOito Mágica, claro.

Êxtase Constante está com um estoque baixo de ervas de cura e está bem perto dos Prados Sangrentos, então visto seu Manto de Invisibilidade e saio para o campo de batalha. Plantas raras e estranhas brotaram no chão, em lugares ainda encharcados com o sangue de homens e animais. Também estou usando uma Mão Blindada porque algumas das plantas não gostam de ser arrancadas do chão. Quando minha caixa de coleta fica cheia, Êxtase Constante sai dos Prados Sangrentos. Eu saio dos Prados Sangrentos. Billie sai dos Prados Sangrentos. Billie ainda não decidiu o que fazer depois, nem para onde ir, e, além do mais, já são quase seis horas. Então ela salva e sai.

A super-heroína está vendo alguma coisa no YouTube, dois coreanos fazendo *break dance* ao som de *Cânone em Ré Maior*, de Pachelbel. Billie se levanta para ir embora.

— Menina — chama a super-heroína.

— Quem, eu? — responde Billie.

— Você, menina — diz a super-heroína. — Você veio com Milagre?

Billie se dá conta de que houve um engano.

— Não sou nenhuma parceira.

— Então quem é você?

88 Arrume Confusão

— Ninguém — Mas aí, ao lembrar que existe um super-herói chama-do Ninguém, ela acrescenta: — Quer dizer, não sou ninguém especial. — Ela foge antes que a super-heroína possa dizer qualquer coisa.

✕ — ✕

Billie confere o cabelo no banheiro feminino do saguão. Melinda vive ten-tando convencê-la a usar outras roupas além de camiseta e calça jeans, e, sim, ela parece diferente agora, mas Billie, olhando-se no espelho, sente uma vontade súbita de parecer mais ela mesma, esquecendo-se de que o que ela precisa é parecer menos ela mesma. Parecer menos uma maluca mentirosa de 15 anos de idade.

Se bem que, pelo visto, ela parece uma parceira de super-herói.

O *maître* do Golden Lotus pergunta se ela tem reserva. Faltam cinco minutos para as 18h.

— Para 18h — responde Billie. — Duas pessoas. Paul Zell?

— Achei — diz o *maître*. — A outra pessoa da sua reserva ainda não chegou, mas já posso levá-la à sua mesa.

Billie se senta. O *maître* empurra a cadeira dela e Billie tenta não se sentir encurralada. Ao redor, outras pessoas estão jantando, dentistas e super-heróis e talvez pessoas normais também. Os fantasiados definitiva-mente são super-heróis, mas o fato de alguns hóspedes do hotel estarem sem fantasia não significa que são dentistas. Se bem que alguns definiti-vamente são dentistas.

Billie não come nada desde cedo, quando ela comprou um *bagel* no terminal de ônibus da Autoridade Portuária. Seu primeiro *bagel* em Nova York. Canela e passas com requeijão de mirtilo. Sua barriga ronca.

Pessoas que não são Paul Zell são conduzidas às suas mesas, ou vão ao bar e se sentam nos bancos. Billie examina o cardápio. Ela nunca co-meu sushi antes. Um garçom serve um copo d'água para ela. Pergunta se ela gostaria de pedir um aperitivo enquanto espera. Billie recusa. As pes-soas na mesa ao seu lado pagam a conta e vão embora. Ao olhar o relógio, ela vê que são 18h18.

Você está atrasado, Paul Zell.

Billie pensa: talvez ela deva voltar ao quarto e ver se tem algum recado.

— Volto logo — diz ela para o *maître*. Ele não dá a mínima. Tem super-heróis no saguão, dentistas no elevador e o telefone do quarto 1584 tem uma luz que piscaria se tivesse algum recado. Não está piscando. Billie liga para o número da caixa-postal só por via das dúvidas. Nenhum recado.

De volta ao Golden Lotus, não tem ninguém na mesa reservada para Paul Zell, 18h, mesa para dois. Billie se senta de novo mesmo assim. Ela espera até as 19h30 e vai embora enquanto o *maître* acompanha um grupo de super-heróis até uma mesa. Até agora, Billie não reconheceu nenhum dos super-heróis, o que não significa que os superpoderes deles são sem graça. É só que existem muitos, e Billie nunca foi muito de saber sobre super-heróis.

Ela sobe o elevador com paredes de vidro e abre a porta do quarto de Paul Zell sem bater, o que não tem problema, porque não tem ninguém ali. Ela pede serviço de quarto. Deve ser emocionante, porque Billie nunca pediu serviço de quarto na vida. Mas não é. Ela pede um hambúrguer. Bebe um suco do frigobar e assiste ao Cartoon Network. Ela espera alguém bater à porta. Quando batem, é só um funcionário do hotel com o hambúrguer.

Até as 21h, Billie já desceu para a área executiva duas vezes. Ela confere o e-mail, confere o TãoDistante, confere todas as salas de bate-papo. Nada de Boggle. Nada de Paul Zell. Só peças de xadrez, e não é a vez dela. Ela escreve um e-mail para Paul Zell; no fim das contas, decide não enviar.

Quando ela sobe pela última vez, não tem ninguém lá. Só a mala. Ela não espera muito que tenha alguém. A caixa de joalheria continua no fundo da mala.

O prédio comercial na janela ainda está aceso. Talvez as luzes fiquem acesas a noite inteira, mesmo quando não tem ninguém lá. Billie acha que essas luzes são a coisa mais solitária que ela já viu. Mais até do que a luz de estrelas distantes que já estão mortas quando chega até nós. Lá embaixo, pessoas-formiga fazem suas formiguices.

Billie abre o frigobar de novo. Dentro tem minigarrafas de gim, *bourbon*, tequila e rum que ninguém vai beber se Billie não beber. *O que Alice faria?*, pensa Billie. Billie sempre foi fã de Lewis Carroll, e não só por causa do xadrez.

Tem duas cervejas e um pote de amendoim. Billie bebe todas as minigarrafas e as duas latas de tamanho normal de cerveja. Talvez você tenha visto a cobrança na fatura.

É agora que os detalhes começam a ficar um pouco vagos para mim, Paul Zell. Talvez você entenda melhor o que estou descrevendo, o que estou omitindo. Ou talvez não.

É a primeira vez que Billie fica bêbada, e ela não é muito boa nisso. Não tem nada acontecendo, isso ela sabe. Ela persiste. Começa a se sentir bem, como se tudo fosse ficar bem. A sensação de tudo bem aumenta, aumenta, até ela ser totalmente engolida pelo tudo bem. Isso dura um tempo, e aí a consciência dela começa a oscilar, como se ela estivesse dando saltos à frente no tempo, chegando sempre um pouquinho tonta. Aí está ela, zapeando os canais, sem coragem de clicar nos canais pagos de pornô, mas ela pensa em fazer isso. E aí está ela, um pouco depois, passando aquele batom de novo. Dessa vez, ela até que gosta de como fica. Aí está ela, tirando todas as roupas de Paul Zell da mala. Ela tira a aliança da caixa e coloca no dedão do pé. Agora formou um vão. Depois: Billie aparece de novo, encurvada em cima de um vaso sanitário. Está vomitando. Ela vomita várias vezes. Alguém está segurando seu cabelo. Uma mão segura uma toalha de rosto úmida e fria. Agora ela está na cama. O quarto está escuro, mas Billie acha que tem alguém sentado na outra cama. Ele só está sentado.

Mais tarde, ela tem a impressão de ouvir alguém andar pelo quarto, fazendo coisas. Por algum motivo, ela imagina que é a Encantatriz BolaOito Mágica. Vasculhando o quarto, procurando coisas importantes, poderosas, mágicas. Billie acha que devia se levantar e ajudar. Mas ela não consegue se mexer.

Muito mais tarde, quando Billie se levanta e vai ao banheiro vomitar de novo, a mala de Paul Zell sumiu.

Tem vômito na pia e na banheira toda, e no suéter da irmã dela. Billie está com a virilha fria e molhada; ela percebe que se urinou. Ela tira o suéter, a saia, a meia-calça e a calcinha. Continua de sutiã porque não consegue soltar o colchete. Ela bebe quatro copos de água e se deita na outra cama, a que ela não mijou.

Quando ela acorda, é uma da tarde. Alguém pendurou a placa de Não Perturbe na porta do quarto 1584. Talvez tenha sido Billie, talvez não. Ela não vai conseguir pegar o ônibus de volta para Keokuk hoje; ele saiu de manhã, às 7h32. A mala de Paul Zell sumiu, até a roupa suja dele. Não tem uma meia sequer. Nem um fio de cabelo em um travesseiro. Só o condicionador herbal. Acho que você se esqueceu de olhar na banheira.

Não que Billie repare ou pense nisso por algum tempo. Ela está quase feliz de sentir tanta dor de cabeça. Ela merece algo muito pior. Billie esfrega uma das toalhas dentro da pia e em cima da bancada, para limpar o vômito ressecado. Deixa a água quente do chuveiro aberta até o banheiro ficar com cheiro de sopa de vômito. Tira os lençóis da cama onde ela urinou e os enfia, junto com o suéter e a saia destruídos de Melinda e as toalhas sujas de vômito, embaixo da pia do banheiro. A água está só morna quando ela toma banho. Mais do que o que ela merece. Billie gira a torneira até o fim para a direita, e aí dá um grito e gira de volta. O que a gente merece e o que a gente aguenta não são necessariamente a mesma coisa.

Ela chora de forma excessiva enquanto passa o condicionador no cabelo. Desce no elevador até o saguão e vai se sentar no Starbucks. É a primeira vez que ela entra em um Starbucks. O que ela quer mesmo é um *latte* gelado de caramelo e baunilha, mas pede um *espresso* duplo. Mais penitência.

×——×

Billie está despejando pacotinhos de açúcar no *espresso* duplo quando alguém se senta ao lado dela. Não é você, claro. É aquele tal Conrad. E agora já passamos da parte em que eu preciso pedir desculpa para você, mas acho que eu devia continuar, porque a história ainda não acabou. Lembra quando Billie achou que a chave do quarto e a viagem de ônibus pareciam o TãoDistante, pareciam uma missão? Agora é a parte que começa a parecer cada vez mais uma daquelas partidas de xadrez em que a derrota já é certa, e a gente sabe, mas não desiste. A gente continua perdendo, uma peça de cada vez, até ser a maior derrotada do mundo. E acho que a vida é que nem jogar xadrez com alguém muito melhor que a gente. Porque não tem a menor chance de a gente ganhar no fim, né?

Enfim. Parte dois. Em que eu continuo a escrever sobre mim na terceira pessoa. Em que eu continuo agindo feito uma idiota. Pare de ler, se quiser.

x — x

Conrad Linthor se senta sem ser convidado. Ele está bebendo algo gelado.

— Garota parceira. Você está com uma cara horrível.

Durante esta conversa toda, imagine super-heróis de vários tipos. Eles perambulam ou deslizam ou andam com determinação pela mesa de Billie. Acenam com a cabeça para o cara que está sentado na frente dela. Billie repara, mas sem forças para se perguntar o que está acontecendo. Cada molécula de seu corpo está ocupada processando uma carga de mil vidas de sofrimento, angústia, mágoa, vergonha, náusea absoluta e dor.

Billie diz:

— Eis que nos encontramos de novo. — Ela não consegue evitar. É o tipo de coisa que acaba se falando em um hotel cheio de super-heróis. — Não sou parceira. Meu nome é Billie.

— Tanto faz. Conrad Linthor. O que aconteceu com você?

Billie toma um gole do *espresso* amargo. Ela deixou o cabelo cair na frente do rosto. Filhote de pássaro, ela pensa. Me deixa em paz. Cheiro errado.

Mas Conrad Linthor não vai embora. Ele diz:

— Tudo bem. Eu começo. Vamos trocar histórias de vida. Aquela garota na recepção de quando você estava fazendo o check-in? Já dormi com ela algumas vezes. Quando não aparecia nada melhor. Ela gosta muito de mim. E eu sou um babaca, beleza? Nenhuma desculpa. Mas, sempre que eu a magoo, quando a gente se vê de novo, eu sou legal, peço desculpa e a reconquisto. Geralmente, só sou legal para ver se ela vai cair na minha de novo. Não sei por quê. Acho que quero ver qual é o limite dela, o ponto em que ela levanta a mão e me agride. Algumas pessoas mantêm colônias de formiga. Eu prefiro pessoas. Então agora você sabe o que estava acontecendo ontem. E, é, eu sei, eu tenho algum problema.

Billie afasta o cabelo.

— Por que você está me falando isso?

Ele dá de ombros.

— Sei lá. Parece que você está arrasada. Não ligo muito. Só que eu fico entediado. E você parece horrível mesmo, então achei que provavelmente devia ter alguma história interessante. Além do mais, Aliss consegue ver a gente aqui dentro, da recepção, e ela vai surtar com isso.

— Estou bem. Ninguém me machucou. Eu é que sou a vilã.

— Que inesperado. E interessante. Continue — diz Conrad Linthor. — Conte tudo.

Billie conta. Tudo, menos a parte em que ela mija na cama.

Quando ela termina de contar a história, Conrad Linthor se levanta:

— Vem. Vamos falar com um amigo meu. Você precisa da cura.

— Para o amor? — É a tentativa ridícula de Billie de fazer piada. Ela estava se perguntando se ia se sentir melhor se contasse para alguém o que ela fez. Não.

— Para o amor, não — responde Conrad Linthor. — Porque isso não tem cura. Já sua ressaca a gente pode resolver.

Conforme eles atravessam o saguão, letreiros novos anunciam sessões de clareamento dental disponíveis para super-heróis habilitados na suíte 412. Billie olha para a recepção e vê Aliss encarando-a. Aliss passa o dedo pelo pescoço. Se olhar matasse, você não estaria lendo este e-mail.

Conrad Linthor passa por uma porta que claramente não é para ser usada. Billie o acompanha mesmo assim, e eles entram em um corredor, um labirinto de corredores. Se isso fosse um MMORPG, os zumbis ou os morcegos gigantes ou os *gnoles*, com suas cordas mortíferas cheias de nós intricados, apareceriam a qualquer momento. Mas, de vez em quando, eles só passam por funcionários de limpeza do hotel; carregadores fumando escondido. Todo mundo acena com a cabeça para Conrad Linthor, que nem os super-heróis no Starbucks do saguão.

Billie não quer, mas acaba perguntando.

— Quem *é* você?

— Pode me chamar de Eloise — diz Conrad Linthor.

— Como assim? — Billie imagina que eles não estão mais no hotel. O corredor por onde eles estão andando se inclina ligeiramente para baixo. Talvez eles saiam para a margem de um lago subterrâneo, ou para uma masmorra, ou Nárnia, ou o Salão do Rei Nermal, ou até Keokuk, Iowa. O mundo é pequeno, afinal de contas. Maior por dentro.

— Sabe Eloise? A menina que mora no Plaza? Tem uma baleia de estimação chamada Moby Dick?

Ele espera, como se Billie tivesse que saber do que ele está falando. Como ela não fala nada, ele diz:

— Deixa para lá. É só um livro... um clássico da literatura infantil, na verdade, sobre uma menina que mora no Plaza. Que é um hotel. Um pouco melhor que este, talvez, mas deixa para lá. Eu moro aqui.

Ele continua falando. Eles continuam andando.

A ressaca de Billie é um efeito especial. Conrad Linthor não para de falar de super-heróis. O pai dele é um agente. Pelo visto, super-heróis têm agentes. Representa todos os importantes. Conhece todo mundo. Agorafóbico. Nunca sai do hotel. Todo mundo vem até ele. Banquete grande amanhã à noite, para o maior cliente dele. Tiranossauro Hex. Hex vai se aposentar. Vai morar nas montanhas e criar marimbondos-caçadores. O pai de Conrad Linthor vai dar uma festa para Hex. Todo mundo vai aparecer.

As pernas de Billie parecem macarrão. As pontas do cabelo dela são agulhas venenosas. Sua língua é uma esponja áspera, e seus olhos, bolsas de água sanitária.

Dois carrinhos viram que nem cometas na próxima curva do corredor, seguidos de perto por funcionários em desabalada. Eles voam pelo corredor a toda velocidade. Conrad Linthor e Billie colam na parede.

— Tem que ir rápido — explica Conrad. — Senão a comida esfria. Os hóspedes reclamam.

Depois dessa curva, portas enormes, ainda balançando. Grandes o bastante para dar à luz um ônibus com destino a Keokuk. Um leviatã. Uma baleia branca. Billie passa pelas portas e chega às terras remotas de, claro, uma cozinha de hotel. Ao longe, Billie tem a sensação de que são quilômetros de distância, vultos obscuros deslocam-se em meio a nuvens de vapor. Barulhos metálicos, pessoas gritando, o cheiro doce carregado de cebolas caramelizadas, cebolas que nunca mais farão ninguém chorar. Outros fedores salgados.

Conrad Linthor conduz Billie até uma mesa com tampo de mármore. Batedores de cobre, tigelas e panelas amassadas pendem de ganchos.

Billie acha que devia falar alguma coisa.

— Você deve ter muito dinheiro — sugere ela. — Para morar em um hotel.

— Jura, Sherlock? — diz Conrad Linthor. — Senta. Já volto.

Billie sobe, de forma lenta e cuidadosa, em um banco com degraus e apoia a triste cabeça na plataforma fúnebre empoeirada. (Na verdade, é uma estação de confeiteiro, a poeira é farinha, mas a mente de Billie está mal.) Paul Zell, Paul Zell. Ela olha para os azulejos da parede. O coração de Billie está rachado. A cabeça dela é feita de radiação. O *espresso* do Starbucks que ela engoliu fez mil furos em seu estômago miserável.

Conrad Linthor volta rápido demais.

— É ela.

Tem um cara com ele. Magro, com muitas cicatrizes de acne. Ombros largos. Chapeuzinho de papel engraçado e avental manchado.

— Ernesto, Billie — diz Conrad. — Billie, Ernesto.

— Quantos anos você tem mesmo? — pergunta Ernesto. Ele cruza os braços, como se Billie fosse uma carne de segunda que Conrad Linthor estivesse tentando vender como se fosse de primeira.

— Dezesseis, né?

Billie confirma.

— Ela veio para a cidade por causa de algum pervertido da internet?

— De um MMORPG — responde Conrad.

— Não é pervertido — diz Billie. — Ele achou que eu fosse minha irmã. Eu estava fingindo ser minha irmã. Ela tem trinta e poucos anos.

— Qual é o seu palpite? — pergunta Conrad a Ernesto. — Super ou dentista?

— Repito. Não vim aqui para fazer teste nenhum. E eu pareço dentista?

— Você parece problema — diz Ernesto. — Beba isto. — Ele lhe entrega um copo cheio de algo verde gosmento.

— O que é que tem aqui? — pergunta Billie.

— Grama de trigo — diz Ernesto. — E outras coisas. Receita secreta. Tampa o nariz e engole tudo.

— Eca — (Não vou nem tentar descrever o gosto da cura de Ernesto para ressaca. Só que nunca mais eu bebo.) — Eca, eca, eca.

— Continua tampando o nariz — recomenda Ernesto a Billie. Para Conrad: — Eles se conheceram na internet?

— É — responde Billie. — No TãoDistante.

— É, eu conheço esse jogo. Dentista — conclui Ernesto. — Com certeza.

— Só que — diz Conrad — melhora. Não era só um jogo. Dentro do jogo, eles estavam jogando outro. Estavam jogando *xadrez*.

— Ahhhh — Ernesto agora está sorrindo.

— Super-herói — Conrad levanta a mão. — Bate aqui. — Ernesto levanta a dele e bate. — A única questão é qual.

— Qual era mesmo o codinome? — pergunta Ernesto a Billie. — O nome que o cara deu?

— Paul Zell? — responde Billie. — Espera, vocês acham que Paul Zell é um super-herói? De jeito nenhum. Ele faz TI para uma ONG. Alguma coisa relacionada com espécies ameaçadas.

Conrad Linthor e Ernesto trocam mais um olhar.

— Super-herói com certeza — afirma Conrad.

Ernesto diz.

— Ou supervilão. Aqueles doidos todos curtem xadrez. Parece doença.

— De jeito nenhum — repete Billie.

Conrad Linthor fala:

— Porque é impossível Paul ter mentido para você sobre *qualquer* coisa. Porque vocês dois foram completa e absolutamente sinceros um com o outro.

Isso faz Billie se calar.

Conrad Linthor continua:

— Não consigo tirar essa imagem da cabeça. Um super-herói sai e compra uma aliança. E aí é você. Uma garota de 16 anos de idade. — Ele ri. Dá uma cutucada em Billie como se dissesse "Não estou rindo de você. Estou rindo perto de você".

— E aí era eu — diz Billie. — Sou eu.

Ernesto fica sem ar, de tanto que está gargalhando.

Billie fala:

— Acho que é meio engraçado. De um jeito horrível.

— Enfim — diz Conrad. — Como Billie curte xadrez, pensei em mostrar seu projeto para ela. Já arrumaram o salão do banquete?

Ernesto para de rir e levanta a mão, como se estivesse parando o trânsito.

— Ei, cara. Pode ser depois? Tenho que preparar. Vou ficar nas saladas hoje à noite. Sabe?

— Ernesto é um artista — explica Conrad. — Eu vivo falando para ele marcar umas reuniões, levar um portfólio para o centro. Meu pai acha que as pessoas pagariam uma grana alta pelo que Ernesto faz.

Billie não está prestando muita atenção na conversa. Está pensando em Paul Zell. Como é possível que você seja um super-herói, Paul Zell? Dá para não perceber algo tão grande assim? Um segredo tão grande assim? Claro, ela pensa. Provavelmente é fácil não perceber.

— Eu faço coisas com manteiga — diz Ernesto. — Não é nada de mais. Até parece que alguém vai me pagar um milhão por um negócio que eu esculpi em manteiga.

— É uma declaração — afirma Conrad Linthor —, uma declaração artística sobre o mundo em que a gente vive.

— A gente vive em um mundo de manteiga. Não me parece nenhuma grande declaração. Você joga xadrez bem?

— Quê? — pergunta Billie.

— Xadrez. Você joga bem?

— Não jogo mal — responde Billie. — É só para brincar. Paul Zell é muito bom.

— Então ele ganha na maioria das vezes?

— É — Ela pensa um pouco. — Espera, não. Acho que eu ganho mais.

— Você vai ser super-heroína quando crescer? Porque esse pessoal adora xadrez.

Conrad Linthor diz:

— É o triângulo dos super-heróis. Sinais de que talvez você vá crescer e salvar o mundo. Xadrez é um indicador. Coincidências esquisitas são outro. Por exemplo, você está sempre no lugar errado na hora certa. Xixi na cama. Além disso, você tem alguma habilidade.

— Não tenho nenhuma habilidade — afirma Billie. — Nem aquelas bem inúteis, tipo sempre saber a hora certa, ou se vai chover.

— Talvez seu poder se desenvolva mais tarde.

— Não vai.

— Bom, tudo bem. Mas pode acontecer. É por isso que eu reparei em você antes. Você chama a atenção. Ela chama a atenção, né?

— Acho que sim — responde Ernesto. Ele a observa com aquele olhar de avaliar carne de novo. E mexe a cabeça. — É. Ela chama a atenção. Você chama a atenção.

— Eu chamo a atenção — repete Billie. — Eu chamo a atenção como?

— Até Aliss percebeu — diz Conrad. — Ela achou que você estava aqui para fazer um teste, lembra?

Ernesto fala:

— Ah, é. Porque Aliss sabe avaliar caráter muito bem.

— Cala a boca. Olha, Billie. Não é ruim, tá bom? Com algumas pessoas, dá para perceber. Então talvez você seja só uma garota normal. Mas talvez possa fazer algo que ainda nem sabe.

— Você parece minha conselheira pedagógica — diz Billie. — Parece minha irmã. Por que as pessoas vivem tentando falar que a vida vai melhorar? Como se a vida estivesse com uma gripe forte. Tipo, eu estou aqui, e cadê minha irmã agora? Ela foi levar meu pai para Peoria ontem. Para o St. Francis, porque ele tem câncer do pâncreas. E esse é o único motivo por que estou aqui, porque meu pai está morrendo e ninguém vai perceber que eu sumi. Que sorte, né?

Ernesto e Conrad Linthor estão olhando para ela.

— Eu sou uma super-heroína. Ou parceira. O que vocês quiserem. Paul Zell também é super-herói. Todo mundo é super-herói. O mundo é de manteiga. Nem sei o que isso significa.

— Como está a ressaca? — pergunta Conrad Linthor.

— Super — responde Billie. Nem é de propósito. A ressaca passou. Claro que ela ainda se sente péssima, mas não tem a ver com a ressaca. Tem a ver com Paul Zell. Tem a ver com todo o resto.

— Sinto muito, tipo, hã, pelo seu pai. — É Ernesto.

Billie encolhe os ombros. Faz uma careta. Como se tivesse sido combinado, chega um berro penetrante de algum lugar bem longe. E uma gritaria. Alguns risos. Ao longe, parece que tem algo acontecendo.

— Tenho que ir — diz Ernesto.

— Ernesto! — É um cara baixo de chapéu alto. — Oi, Sr. Linthor. Como vai?

— Gregor — responde Conrad. — Tomara que não tenha sido nada sério.

— Não, cara — afirma o baixinho. — Só Portland. Cortou fora a ponta do dedo indicador. De novo.

— Até mais, Conrad — diz Ernesto. — Prazer, Billie. Se cuida.

Enquanto Ernesto vai embora com o baixinho, ele fala:

— Quem é a garota? Ela parece alguém. Parceira de alguém?

Conrad grita para eles.

— Talvez a gente encontre você mais tarde, tudo bem?

Ele conta para Billie:

— Tem um negócio no terraço hoje à noite. Você devia ir. Depois talvez a gente possa ir ver as esculturas de festa de Ernesto.

— Não sei se vou estar aqui. O quarto é de Paul Zell, não meu. E se ele tiver feito o check-out?

— Aí sua chave não vai funcionar. Olha, se você não conseguir entrar, liga para a cobertura depois e me avisa, e eu tento resolver. Agora preciso ir para minha aula.

— Você estuda?

— Só estou fazendo algumas matérias na New School — explica Conrad. — Desenho anatômico. Cinema. Estou trabalhando em um romance, mas não é tipo dedicação exclusiva, sabe?

Billie quase lamenta deixar a cozinha para trás. É o primeiro lugar em Nova York onde ela tem cem por cento de certeza de que não precisa ter medo de encontrar Paul Zell. Não significa que seja uma coisa boa, só que o sentido aranha dela não está formigando sem parar. Não que Billie tenha qualquer versão de sentido aranha. E talvez agora o quarto 1584 também possa ser considerado um porto seguro. A chave ainda funciona. Alguém arrumou a cama e levou embora as toalhas e os lençóis do banheiro. O suéter vermelho e a saia de Melinda estão pendurados na barra do chuveiro. Alguém os enxaguou antes.

Billie pede serviço de quarto. Depois, decide sair para o Bryant Park. Ela vai ver as pessoas jogando xadrez, que é o que ela e Paul Zell iam fazer, o que falavam de fazer na internet. Talvez você esteja lá, Paul Zell.

Ela tem um mapa. Não se perde. Vai andando até lá. Quando ela chega ao Bryant Park, de fato, tem algumas partidas de xadrez em andamento. Idosos, universitários, talvez até alguns super-heróis. Pombos por todo canto no chão. Nova-iorquinos passeando com seus cachorros. Uma moça gritando no telefone. Nada de Paul Zell. Como se Billie fosse reconhecer Paul Zell se o visse.

Billie se senta em um banco ao lado de uma lixeira, e depois de um tempo, alguém se senta ao seu lado. Não é Paul Zell. É uma super-heroína. A super-heroína da área executiva do hotel.

— Eis que nos encontramos de novo.

Billie diz:

— Você está me seguindo?

— Não — diz a super-heroína. — Talvez. Meu nome é Disjuntora.

— Já ouvi falar de você. Você é famosa.

— Famosa é relativo. Sim, já fui na *Oprah*. Mas não sou nenhum Tiranossauro Hex.

— Tem um gibi sobre você. Se bem que, hã, ela não parece você. Não muito.

— O artista gosta de desenhar peitos em tamanho real. Só os peitos.

Elas ficam um pouco em um silêncio confortável.

— Você joga xadrez? — pergunta Billie.

— Claro — diz Disjuntora. — Todo mundo joga, né? Qual é o seu personagem de xadrez preferido?

— Quer dizer jogador? Paul Morphy — responde Billie. — Mas Koneru Humpy tem o melhor nome de todos os tempos.

— Concordo. Então você veio para o arrasta-pé? Arrasta-pé. Que palavra é essa? Deslizamento de pé. Podologia furtiva. Você trabalha com alguém?

— Quer dizer se eu sou uma parceira? Não. Não sou parceira. Meu nome é Billie Faggart. Oi.

— Parceira. Essa é outra. Que faz par. Dois de um. Par de pés. Pode me ignorar. Eu me distraio às vezes.

Disjuntora estende a mão para Billie apertar, e Billie aperta. Ela acha que talvez sinta um choquinho, que nem aqueles brinquedos de pregar peças. Mas não acontece nada. É um aperto de mão normal, só que a mão completamente sólida de Disjuntora ainda parece estranha, que nem estática, como se, na verdade, estivesse em outro lugar. Billie não lembra se Disjuntora é do futuro ou da oitava dimensão. Ou talvez não seja exatamente nem uma coisa nem outra.

Duas criancinhas chegam e pedem o autógrafo de Disjuntora. Elas olham para Billie como se não soubessem se deviam pedir o autógrafo dela também.

Billie se levanta, e Disjuntora diz:

— Espera. Deixa eu dar meu cartão.

— Por quê?

— Só por via das dúvidas. Talvez você mude de ideia em relação ao negócio de parceira. Não é uma carreira de longo prazo, sabe, mas não é algo ruim de fazer por um tempo. Em geral, é lidar com correspondência de fãs, sessões de fotos, treino de insultos.

— Hm, o que aconteceu com sua última parceira? — E, ao ver a expressão no rosto de Disjuntora, ela se pergunta se isso é o tipo de coisa que não se pode falar para super-heróis.

— Caiu de um prédio. Brincadeira. Vendeu a história dela para os tabloides. Usou o dinheiro para virar advogada. — Disjuntora chuta uma lata. — Bum. Enfim. Meu cartão.

Billie olha, mas não tem ninguém por perto para explicar o que isso significa. Talvez você saiba, Paul Zell.

Billie diz:

— Você conhece alguém chamado Paul Zell?

— Paul Zell? Não me é estranho. Esquisito. Paul Zell. Mas não. Acho que não conheço, na verdade. É um cartão profissional. Não uma decisão executiva. Aceita, tá bom? — Billie aceita.

Billie não pretende ir ao arrasta-pé de Conrad Linthor. Ela caminha a esmo. Admira o que é admirável. Pondera de forma agradável se leva um presente para a irmã, decide que discrição é a melhor parte de uma relação familiar harmoniosa. Super-heróis de capa voam e rodopiam e mergulham em volta do Empire State. Nenhum crime em andamento. Espetáculos musicais. Billie anda até ficar com bolhas. Não pensa em Paul Zell. Paul Zell, Paul Zell. Não pensa em Disjuntora. Paga doze dólares para ver um filme, e não me pergunte qual foi ou se era bom. Não lembro. Quando ela sai do cinema para a rua, tudo está vibrando com luz. Brilha que nem o Quatro de Julho. Aparentemente Nova York tem medo de escuro. Billie decide que vai dormir cedo. Agendar o serviço de despertador e ir até o terminal da Autoridade Portuária. Pegar o ônibus. Voltar para Keokuk e não pensar em Nova York nunca mais. Sair do TãoDistante. Desistir da partida de xadrez. Queimar o cartão profissional. Mas: Paul Zell, Paul Zell.

Enquanto isso, de volta no hotel, a nêmese Aliss estava à espreita. Na verdade, ela estava atrás de um arranjo de flores, mas tanto faz. Aliss dá o bote. Billie é presa fácil.

— Vai para a festa do namoradinho? — chia Aliss. Só tem um *s* nessa frase, mas Aliss sabe fazer um *s* render.

Ela enlaça o braço no de Billie. Puxa-a para um elevador.

— Que festa? Que namorado?

Aliss a encara. Aperta o botão identificado como Terraço e, em seguida, o botão de parada de emergência, como se estivesse abrindo as portas do compartimento de carga, uma, duas. Adeus, velho mundo cruel. Essa bomba vai cair.

— Se você se refere a Conrad Linthor, aquilo não foi nada. No Starbucks. Ele só queria conversar sobre você. Na verdade, ele me deu isto.

Porque estava com medo de perder. Mas ele pretende dar para você. Amanhã, eu acho.

Ela pega a aliança que você deixou para trás, Paul Zell.

A essa altura você já deve ter olhado a caixa da joalheria. Visto que a aliança sumiu. Billie a encontrou no meio dos lençóis quando acordou de manhã. Lembra? Eu estava com ela no dedão do pé. Billie andou com a aliança no bolso o dia todo, junto com o cartão. Não cabia no dedo anelar dela.

Eu passei o dia todo colocando-a e tirando do dedo.

Billie e Aliss ficam olhando para a aliança. Parece que as duas estão com dificuldade para falar.

Enfim:

— É minha? — disse Aliss. Ela estende a mão, como se a aliança fosse um cachorro bonitinho. Não uma aliança. Como se ela quisesse fazer carinho. — Isso é um diamante de dois quilates. No mínimo. Estilo antigo. Só me explica uma coisa, por favor. Por que Conrad deu minha aliança para você? Você quer que eu acredite que ele deixou uma garota qualquer andar com minha aliança de noivado por aí o dia todo?

— É, bom, você sabe como é o Conrad.

— É — Ela fica em silêncio mais um bom tempo. — Posso?

Aliss pega a aliança e experimenta no dedo anelar. Cabe. Billie sente uma dor indevida na garganta.

— Uau! Sério, uau! Acho que é melhor eu devolver. Tudo bem. Posso devolver. — Aliss levanta a mão. Arrasta o diamante na parede de vidro do elevador e depois esfrega o arranhão que ficou. E confere o diamante, como se pudesse tê-lo danificado. Mas diamantes são os super-heróis do mundo mineral. Diamantes cortam vidro. Não o contrário.

Aliss aperta o botão. O elevador eleva.

— Acho que você devia ir para a festa, e eu devia ir dormir — diz Billie. — Tenho que pegar um ônibus amanhã de manhã.

— Não. Espera. Agora eu estou nervosa. Não posso ir lá para cima sozinha. Você precisa vir comigo. Só que não podemos parecer amigas, que aí Conrad vai desconfiar. Vai achar que eu *sei*. Você não pode falar para ele que eu sei.

— Não vou. Juro.

— Como está o meu cabelo? Merda. Não fala para ele, mas me demitiram. Do nada. Não era para eu estar aqui. A gerência sabia que tinha alguma coisa entre mim e Conrad. Não sou a primeira garota que acaba demitida por causa dele. Mas não vou falar nada agora. Depois eu conto.

Billie responde:

— Que chato.

— Nem me fala. É um trabalho muito ruim. As pessoas são muito babacas, e ainda assim a gente tem que desejar bom dia. E sorrir. — Ela devolve a aliança. Sorri.

O elevador se abre para o céu. Tem uma placa que diz Festa Particular. Como se o céu todo fosse uma festa particular. São nove e pouco da noite. O céu está laranja. A piscina está da cor que o céu devia ser. Tem super-heróis nadando nela. Aquela bolha de sangue flutua acima da água, que nem uma bola de praia gigante. Está tocando tango, mas não tem ninguém dançando.

Conrad Linthor se espreguiça em uma espreguiçadeira. Ele se aproxima quando vê Billie e Aliss.

— Meninas — diz ele. Ronrona, na verdade.

— Oi, Conrad — responde Aliss. Com a cintura recuada feito um cão de pistola. O cabelo dela é impressionante. O piercing está no rosto. — Festa maneira.

— Billie. Que bom que você veio. Você precisa conhecer algumas pessoas. — Ele pega no braço de Billie e sai com ela. Talvez pretenda jogá-la na piscina.

— Ernesto está aqui? — Billie olha para trás, mas Aliss está conversando com alguém de uniforme.

— Festas assim não são muito para os funcionários do hotel. Eles se encrencam se socializarem com os hóspedes.

— Não se preocupe com Aliss. Aparentemente, ela foi demitida. Mas você já deve estar sabendo.

Conrad sorri. Eles estão no entorno de um grupo de desconhecidos que parecem todos vagamente familiares, vagamente improváveis. Têm escamas, penas, trajes ridículos feitos para realçar físicos ridículos. Por que tudo faz Billie pensar em TãoDistante? Menos o cheiro. Por que super-heróis têm um cheiro esquisito? Paul Zell.

O tango se tornou algo perigoso. Uma mulher está cantando. Não tem ninguém aqui que Billie queira conhecer.

Conrad Linthor está bêbado. Ou chapado.

— Esta é Billie. Minha parceira hoje à noite. Billie, todo mundo.

— Oi, todo mundo — diz Billie. — Com licença. — Ela liberta o braço de Conrad Linthor. Sai na direção do elevador. Aliss escapou do funcionário do hotel e está agachada ao lado da piscina, com um dedo na água. Provavelmente o lado fundo. Dá para ver pelos ombros caídos que ela está pensando em se afogar. Boa ideia: talvez alguém aqui a salve. Quando alguém salva a vida da gente, é melhor se apaixonar logo também. Questão de economia.

— Espera — chama Conrad Linthor.

Ele não é tão velho, conclui Billie. É só um garoto. Nem fez nada muito ruim ainda. Mesmo assim, dá para ver como a ruindade se acumula em volta dele. Carrega que nem raio em um para-raios. Aquele sentido aranha que ela não tem formiga. Paul Zell, Paul Zell.

— Ernesto vai ficar muito chateado — diz Conrad Linthor. Os dois estão correndo. Billie vê o letreiro luminoso da escada e decide não esperar o elevador. Ela desce dois degraus de cada vez. Conrad Linthor desce aos pulos atrás dela. — Ele queria muito que você visse o que ele fez. Para o banquete. Que pena que você não pode ficar. Eu queria chamar você para o banquete. Você podia conhecer Tiranossauro Hex. Pegar uns autógrafos. Fazer contatos. A carreira de parceria é tudo questão de ter os contatos certos.

— Não sou parceira! — grita Billie. — Isso já era uma piada idiota antes de você falar pela primeira vez. Mesmo se eu fosse parceira de alguém, não seria sua. Até parece que *você* seria um super-herói. Só porque você conhece gente. E qual é seu nome secreto, super-herói? Qual é seu superpoder?

Billie para tão de repente na escada que Conrad Linthor tromba nela. Os dois se desequilibram para a frente e batem na parede do patamar no vigésimo segundo andar. Mas não caem.

Conrad Linthor diz:

— Meu superpoder é dinheiro. — Ele se apoia na parede. — O único superpoder que importa. Melhor que invisibilidade. Melhor que voar. Muito melhor que telecinese, teletransporte ou aquele outro. Telepatia. Saber o que outras pessoas estão pensando. Para que saber o que outras pessoas estão pensando? Você sabia que todo mundo pensa que um dia pode ficar milionário? Como se isso fosse muito dinheiro. As pessoas não fazem a menor ideia. Ninguém quer ser super-herói. As pessoas só querem ser que nem eu. Querem ser ricas.

Billie não tem resposta para isso.

— Sabe qual é a diferença entre um super-herói e um supervilão? — pergunta Conrad Linthor.

Billie espera.

— O super-herói tem um agente muito bom. Alguém que nem meu pai. Você nem imagina as coisas que eles fazem e não dão em nada. Uma garota de 16 anos de idade é *fichinha*.

— E Disjuntora?

— Quem? Ela? Não é nada de mais. Velha guarda.

— Vou dormir agora.

— Não. Espera. Você precisa vir comigo ver o que Ernesto fez. É muito legal. Tudo esculpido em manteiga.

— Se eu for ver, você me deixa ir para a cama?

— Deixo.

— Você vai ser legal com Aliss? Se ela ainda estiver lá na festa quando você voltar?

— Vou tentar — responde Conrad Linthor.

— Tudo bem. Vou olhar a manteiga de Ernesto. Ele está por aí?

Conrad Linthor se afasta da parede e dá um tapinha.

— Ernesto? Não sei onde ele está. Como é que eu vou saber?

Eles entram no labirinto proibido. Voltam para a cozinha e a atravessam, agora vazia e escura, e meio que com cara de necrotério. De mausoléu.

— Ernesto tem feito o negócio dentro de um freezer — diz Conrad Linthor. — Tem que manter esses caras no frio. Espera. Me deixa destrancar. Ferramenta legal, né? Peguei emprestado do Jarro Vazio. É um dos clientes do meu pai. Estão fazendo um filme sobre ele. Eu vi o roteiro. É um lixo.

A tranca solta. As luzes se acendem. Antes que eu diga o que tem dentro do freezer, Paul Zell, deixa eu falar o tamanho desse freezer. Vai ajudar a visualizar. O freezer é muito grande. Maior que a maioria dos apartamentos de Nova York, pensa Billie, mas isso é boato. Ela nunca entrou em um apartamento de Nova York.

O que tem dentro do freezer gigante? Supervilões. Pistola Quente, Ninjudeu, Tia dos Gatos, Alelúcifer, Shibboleth, o Trepidador, Robomem, Vegetomem, Mâncio, Adedanha. Vários outros. Fale o nome de um supervilão famoso, que ele, ela ou *el* está no freezer. São de tamanho real. Não são de verdade, mas o coração de Billie dá um pulo. Quem capturou todos eles? Por que estão tão completamente imóveis? Talvez Conrad Linthor seja mesmo um super-herói.

Conrad Linthor encosta no bíceps vermelho polpudo de Alelúcifer. Aperta só um pouco. A cor borra. Um branco-amarelado gorduroso por baixo.

Os supervilões são de manteiga.

— Pintados à mão — diz Conrad.

— Ernesto fez tudo isso? — pergunta Billie.

Ela também quer encostar em um. Vai até Adedanha. Respira em cima das mãos frias estendidas. Dá para ver a linha da vida de Adedanha.

A linha do amor. Billie percebe outra coisa também. As estátuas de manteiga estão todas decoradas para lembrar peças de xadrez. Os trajes característicos foram alterados para preto e vermelho. Tia dos Gatos está com uma coroa de manteiga.

Conrad Linthor põe a mão no ombro de Alelúcifer. Passa o braço em volta de Alelúcifer. E aperta, com força. O braço dele atravessa o pescoço de Alelúcifer. Que nem um braço cortando manteiga. A cabeça solta.

— Cuidado!

— Não dá para acreditar que é de manteiga — diz Conrad. Ele ri. — Vai. Você acredita? Ele fez um jogo de xadrez inteiro com manteiga. E por quê? Para um banquete em homenagem a um cara que combatia o crime? É uma palhaçada. Isto é melhor. A gente, se divertindo. É espontâneo. Não é verdade que você sempre quis lutar contra o vilão e vencer? Agora é a sua chance.

— Mas Ernesto fez isso! — Billie está com os punhos fechados.

— Você ouviu o que ele disse. Não é nada de mais. Não é arte. Não tem nenhuma declaração aqui. É só manteiga.

Ele está com a cabeça lamentável de Alelúcifer nos braços.

— Pesado. Pega. Guerra de comida. — Ele joga a cabeça em Billie. Acerta no peito dela e a derruba no chão.

Ela está caída no piso frio, olhando para a cabeça de Alelúcifer. Um dos lados está achatado. Metade do nariz largo de Alelúcifer está grudado que nem uma lesma no tórax de Billie. O braço direito dela está melado com manteiga colorida.

Billie se senta. Ela recolhe a cabeça de Alelúcifer e a joga de volta em Conrad. Erra. A cabeça de Alelúcifer bate na barriga lustrosa de Robomem. Fica presa, parcialmente afundada.

— Engraçado — diz Conrad Linthor.

Billie dá um grito. Pula para cima dele, e suas mãos parecem garras mortíferas. Os dois vão ao chão em cima do Trepidador. Billie enfia o joelho entre as pernas de Conrad Linthor e crava na manteiga. Ela pega no cabelo de Conrad Linthor e bate a cabeça dele na do Trepidador.

— Ai — exclama Conrad Linthor. — Ai, ai, ai.

Ele se contorce embaixo dela. Pega nas mãos dela e puxa enquanto ela tenta segurar com mais força o cabelo dele. O cabelo está escorregadio por causa da manteiga, e ela não consegue segurar. Ela solta. A cabeça dele cai.

— Sai de cima — pede. — Sai de cima.

Billie dá uma cotovelada na barriga dele. Seus pés deslizam um pouco quando ela se levanta. Ela segura na arma de Pistola Quente para se equilibrar e a quebra.

— Desculpa — diz ela, para a manteiga. — Sinto muito. Muito mesmo.

Conrad Linthor está tentando se sentar. Tem baba no canto da boca dele, ou talvez seja a manteiga.

Billie corre para a porta. Chega na mesma hora em que Conrad Linthor se dá conta do que ela está fazendo.

— Espera! — grita ele. — Não se atreva! Sua vaca!

Tarde demais. Ela já fechou a porta. Apoia o peso do corpo nela, sujando-a de manteiga.

Conrad Linthor esmurra o outro lado.

— Billie! — É um grito fraco. Quase inaudível. — Deixa eu sair, vai? Era só brincadeira. Eu só estava brincando. Foi divertido, não foi?

Aí é que está, Paul Zell. Foi divertido. Aquele momento em que joguei a cabeça de Alelúcifer nele? Foi ótimo. Foi tão bom que eu pagaria um milhão para jogar de novo. Agora eu posso admitir. Mas não *gosto* de ter achado ótimo. Não gosto de ter achado divertido. Mas acho que agora eu entendo por que supervilões fazem o que fazem. Por que eles saem destruindo coisas por aí. Porque a sensação é incrível. Um dia eu vou comprar um monte de manteiga e construir algo com ela, só para poder despedaçar tudo de novo.

Billie podia deixar Conrad Linthor no freezer. Ir embora. Provavelmente alguém o acharia. Né?

Mas ela pensa no que ele vai fazer lá dentro. Vai estraçalhar todos os outros supervilaticínios. Pisotear até virarem pedaços de gordura. Ela sabe que ele vai fazer isso porque consegue se imaginar fazendo a mesma coisa.

Então, pouco depois, ela o solta.

— Não teve graça — diz Conrad Linthor. Ele parece muito engraçado.

Imagine a cena, ele todo decorado com manteiga vermelha e preta. Os lábios estão roxo-azulados. Ele treme de frio. Billie também.

— Nenhuma graça — concorda Billie. — Que palhaçada foi essa? Ernesto é seu amigo. Como é que você pôde fazer isso com ele?

— Ele não é meu amigo de verdade. Não que nem você e eu. É só um cara com quem eu ando de vez em quando. Amigos são um tédio. Eu fico entediado.

— A gente não é amigo.

— Claro — diz Conrad Linthor. — Eu sei. Mas achei que, se eu falasse que a gente era, você talvez acreditasse. Você nem imagina como algumas pessoas são idiotas. Além do mais, eu fiz aquilo por você. Não, é sério. Foi sim. Às vezes, quando um super-herói está em uma situação muito ruim, é aí que finalmente descobre sua habilidade. O que ele consegue fazer. Em alguns casos, é um amuleto, ou um anel, mas em geral é só algo do ambiente. A adrenalina corre. Meu pai vive experimentando coisas comigo só para ver se eu tenho algo que a gente ainda não descobriu.

Talvez tenha alguma verdade nisso, talvez seja tudo verdade, talvez Conrad Linthor só esteja testando Billie de novo. Ela é mesmo idiota assim? Ele a observa agora, para ver se ela está acreditando em alguma coisa.

— Vou embora — diz Billie. Ela confere o bolso só para confirmar que a aliança de Paul Zell continua ali. Ela fez isso o dia todo.

— Espera. Você não sabe como voltar. Precisa de ajuda.

— Deixei um rastro — Dessa vez, ao longo dos corredores todos, ela apertou o diamante na parede. Deixou uma marquinha fina. Algo que ninguém mais pensaria em procurar.

— Está bem. Vou ficar aqui e fazer um ovo mexido. Tem certeza de que não quer?

— Não estou com fome.

Ela está saindo, e Conrad Linthor continua explicando que eles vão se encontrar de novo. Essa é a gênese deles. Talvez eles sejam arqui-inimigos, ou talvez estejam destinados a se unir para salvar o mundo e fazer um monte de...

Depois de um tempo, Billie não o escuta mais. Ela deixa um rastro de manteiga pelo caminho todo até o saguão. Entra no elevador antes que alguém repare em seu estado, ou, talvez a essa altura do fim de semana, os funcionários do hotel já tenham lidado com coisas mais estranhas.

Ela toma banho e vai para a cama ainda fedendo a manteiga. Ela acorda cedo.

A bolha de sangue está no saguão de novo, flutuando acima do chafariz.

Billie pensa em pedir um autógrafo. Fingindo ser fã. Será que dá para estourar aquela bolha com uma caneta esferográfica? Ela tem certeza de que é nesse tipo de coisa que Conrad Linthor costuma pensar.

Billie pega o ônibus. E é o fim da história, Paul Zell. Querido Paul Zell.

Exceto pela aliança. A questão da aliança é a seguinte. Billie a enrolou em papel higiênico e guardou dentro de um envelope do hotel. Escreveu "Ernesto da cozinha" na frente do envelope. Escreveu um bilhete. O bilhete dizia: "Esta aliança pertence a Paul Zell. Se ele vier atrás dela, talvez lhe dê uma recompensa. Acho que umas duzentas pratas parece justo. Diga que eu vou devolver o dinheiro. Mas, se ele não entrar em contato, pode ficar com a aliança. Ou vender. Sinto muito por Alelúcifer, Robomem e o Trepidador. Eu não sabia o que Conrad Linthor ia fazer."

Então, Paul Zell. Essa é a história toda. Menos a parte em que cheguei em casa e vi seu e-mail, em que você explicou o que aconteceu. Que você teve que fazer uma apendicectomia de emergência e nem chegou a ir para Nova York, e o que aconteceu comigo? Eu cheguei ao hotel? Eu me perguntei onde você estava? Você diz que nem imagina a preocupação e/ou raiva que eu devo ter sentido. Etc.

Identidade Secreta 113

Vou ser sincera, Paul Zell. Li seu e-mail, e uma parte minha pensou: "Me salvei." Nós dois vamos fingir que nada disso aconteceu. Vou continuar sendo Melinda, e Melinda vai continuar sendo a Encantatriz BolaOito Mágica, e Paul Zell, quem quer que Paul Zell seja, vai continuar sendo o Ladino Supremo Boggle.

Mas isso seria loucura. Eu seria uma mentirosa de 15 anos de idade, e você seria um cara estranho tão patético e solitário que está disposto a se contentar comigo. Nem comigo. A se contentar com a pessoa que eu estava fingindo ser. Mas você é melhor que isso, Paul Zell. Você precisa ser melhor que isso. Então escrevi esta carta.

Se você leu esta carta até o fim, agora sabe o que aconteceu com sua aliança, e com um monte de outras coisas. Ainda estou com seu condicionador. Se você der a recompensa para Ernesto, me avisa, que eu vendo Êxtase Constante e a Encantatriz BolaOito Mágica. Para lhe devolver o dinheiro. Não tem problema. Eu posso ser outra pessoa, né?

Ou então, talvez, você pode ignorar esta carta. Podemos fingir que eu nunca enviei. Que eu nunca fui para Nova York encontrar Paul Zell. Que Paul Zell não ia me dar uma aliança.

Podemos fingir que você nunca descobriu minha identidade secreta. Podemos nos encontrar algumas vezes por semana no TãoDistante e jogar xadrez. Podemos fazer uma missão. Salvar o mundo. Podemos bater papo. Flertar. Eu posso contar como foi a semana de Melinda, e podemos fingir que algum dia vamos ter coragem de nos vermos pessoalmente.

Mas a questão é a seguinte, Paul Zell. Um dia eu vou ser mais velha. Talvez eu nunca descubra meu superpoder. Acho que não quero ser ajudante. Nem sua, Paul Zell. Se bem que assim seria mais simples. Para ser sincera. E se você for o que ou quem eu imagino que seja. E: talvez eu nem esteja sendo sincera agora. Talvez eu me contente em ser ajudante. Ser sua ajudante. Se você só tiver isso para oferecer.

Conrad Linthor é maluco e perigoso e ruim, mas acho que tem razão em um aspecto. É verdade que as pessoas às vezes se reencontram. Mesmo que não tenhamos nos encontrado de verdade, quero acreditar que você e eu vamos nos reencontrar. Quero que você saiba que existe um motivo para eu ter comprado uma passagem de ônibus e ido para Nova York. O motivo é que eu amo você. Essa parte era verdade mesmo. Eu vomitei mesmo no Papai Noel uma vez. Consigo dar doze cambalhotas seguidas. Dia 3 de maio é meu aniversário, não o de Melinda. Tenho alergia a gatos. Amo você. Não menti sobre tudo.

Quando eu tiver 18 anos de idade, vou pegar o ônibus para Nova York outra vez. Vou andar até o Bryant Park. E vou levar meu jogo de xadrez. Vou fazer isso no meu aniversário. Vou ficar lá o dia todo.

Sua vez, Paul Zell.

Vale das Meninas

—✕—✕—✕—

Uma vez, durante um ou dois meses, decidi que seria um cara diferente. Musculoso. Não pensar tanto sempre. Meu corpo seria um templo, não um boteco sujo. A cozinha preparava vitaminas para mim, ovo cru batido com couve, germe de trigo e pólen de abelhas. Esse tipo de coisa. Parei de beber, joguei todas as delícias de Darius na privada. Fui educado com minha Face. Comecei a correr. Lia os livros, fazia os exercícios que meu tutor passava. Fui um filho exemplar, um bom irmão. Os Antigos não sabiam o que pensar.

(Heroína), claro, desconfiava. (Heroína) sempre desconfiava. Talvez ela tenha visto o jeito como eu olhava para a Face dela quando havia um evento e todo mundo tinha que aparecer em público.

Enquanto isso, eu via o jeito como a Face de (Heroína) olhava para a minha. Nunca que isso acabaria bem. Então desisti dos ovos crus, da virtude, do amor. Voltei direto para a vida antiga, a vida louca, a vida boa, doce, amarga e podre. Era uma vida razoável? Tinha seus momentos.

— Ah, merda — diz (Heroína). — Acho que cometi um erro terrível. Me ajuda, ⬚. Me ajuda, por favor?

Ela solta a cobra. Piso com força na cabeça. A noite não está boa para ninguém aqui.

— Você precisa me dar o código — digo. — Dá o código, que vou pedir ajuda.

Ela se abaixa e vomita champanhe velho nos meus sapatos. Tem duas gotas de sangue no braço dela.

— Dói. Dói demais!

— Dá o código, (Heroína).

Ela chora um pouco e para. Não quer falar nada. Só se senta e balança o corpo. Eu acaricio seu cabelo e peço o código. Como ela não diz, vou lá e começo a tentar números. Tento o aniversário dela, depois o meu. Tento vários números. Nenhum funciona.

×—×

Eu corri pela mesma rota todos os dias naquele mês. Pelo bosque nos fundos da casa de hóspedes principal, entrando no Vale das Meninas quando o sol estava nascendo. É assim que se deve ver as pirâmides, sabe? Quando o sol está nascendo. Gostei de mijar ao pé da pirâmide de Alicia. Depois, falei para Alicia que mijei na pirâmide dela.

— Marcando o território? — perguntou ela. Ela passou os dedos no meu cabelo.

×—×

Não amo Alicia. Não odeio Alicia. A Face dela tem uma boca farta, vermelha. Uma vez, pus o dedo nos lábios dela, só para ver qual era a sensação. Não se deve mexer na Face das pessoas, mas todo mundo que eu conheço faz isso. O que é que a Face vai fazer? Pedir demissão?

Mas Alicia tem pernas melhores. Mais longas, mais redondas, do tipo que seria bom morrer entre elas. Eu queria que ela estivesse aqui agora. O sol já nasceu, mas vai levar um bom tempo até me iluminar. Estamos aqui embaixo no frio, e Heroína não quer falar comigo.

Qual é a de meninas ricas e pirâmides, hein?

×—×

Nos hieróglifos, o nome de pessoas importantes, reis e rainhas e deuses, fica dentro de um cartucho. Assim.

Stevie
Preeti
Nishi
Heroína
Alicia

Liberty
Vyvienne
Yumiko

— Você ia mesmo fazer aquilo? — Heroína quer saber. Isso é antes da cobra, antes de eu saber o que ela está tramando.

— Ia.

— Por quê?

— Por que não? — respondo. — Vários motivos. "Por que" é uma pergunta meio besta, né? Tipo, por que Deus me criou tão bonito? Por que jeans tamanho 38?

Tem um closet na câmara funerária. Procurei algo de útil nele todo. Qualquer coisa de útil. Xales de seda, vestidos de veludo amassado, calças jeans pretas do tamanho errado. Um aparelho de som cheio de músicas do tipo que meninas góticas ricas escutam. Travesseiros adicionais. Prata esterlina. Perfumes, maquiagem. Um gato mumificado. Macarrão. Eu lembro quando Macarrão morreu. A gente tinha oito anos. Já estavam construindo as fundações da pirâmide de Heroína. Os Antigos chamaram os embalsamadores.

Nós ajudamos com o natrão. Tive pesadelo durante uma semana.

Heroína diz:

— São para o além, ok?

— Você não vai ser gorda no além? — Nesse momento, ainda não sei o plano de Heroína, mas estou começando a ficar preocupado. Heroína tem uma queda pelo épico. Acho que é de família.

— Meu *Ba* é magro — diz Heroína. — Ao contrário do seu, ⬭. Você pode ser magro por fora, mas seu coração é obeso. Anúbis vai julgá-lo. Ammit vai devorá-lo.

Ela parece muito séria. Eu devia rir. Tente você rir quando estiver no escuro, dentro da câmara funerária secreta da sua irmã — não a falsa, onde todo mundo se junta para beber, onde certa vez (ah, meu Deus, como essa lembrança ainda é boa) você e a Face da sua irmã transaram em cima da pedra memorial —, sob trezentos mil blocos de pedra calcária, no fundo de um fosso atrás de uma porta em uma antecâmara que talvez alguém, centenas de anos depois, encontre por acaso.

✕ —✕

Que tipo de vida no além uma múmia tem? Se você for (Heroína), acho que acredita que seu *Ba* e seu *Ka* vão se reencontrar no além. (Heroína) acha que vai ser *Akh*, uma imortal. Ela e os outros vão acumulando tudo que acham que precisam ter para uma vida excelente no além. Os Antigos fazem suas vontades. As meninas fazem planos para o além. Os meninos praticam esportes, colecionam carros de corrida ou ônibus espaciais do século XX, conspiram para transar. Eu me especializo neste último.

As meninas encomendam *ushabti* para si e dão umas para as outras nas cerimônias de dedicação de pirâmide, nas festas de debutante. Elas colecionam *shabti* de cantores preferidos, atores, que seja. Leem *O livro dos mortos*. Enquanto isso, suas pirâmides são o lugar aonde vamos para nos divertir. Quando falei com a artista que faz meus *ushabti*, pedi para ela fazer dois tipos diferentes. Um é para pessoas que não conheço bem. O outro *shabti* é para as meninas com quem eu transei. Fiz o molde desse nu. Se é para eu ter a companhia dessas meninas no além, quero ir com todas as partes em ordem.

Já eu, também li um pouco. O que acontece depois que viramos múmia? Ladrões de túmulos desenterram a gente. Às vezes, moem o nosso corpo e vendem como se fosse remédio, fertilizante, pigmento. Antigamente as pessoas davam umas festas de múmias. Convidavam os amigos. Desenrolavam uma múmia. Viam o que tinha dentro.

Talvez ninguém encontre a gente. Talvez a gente acabe em uma mostra de museu. Talvez nossa maldição mate um monte de gente. Eu sei qual é a minha opção preferida.

✕ —✕

— ⬚ — disse Yumiko —, não quero que isso seja sem graça. Fogos de artifício e Faces, celebridades promovendo alguma coisa nova.

Isso foi mais cedo.

Uma vez, Yumiko e eu transamos na pirâmide de Angela, bem na frente de uma porta falsa. Outra vez, ela me deu um soco na lateral do rosto porque me flagrou com Preeti na cama. Deixou minha orelha inchada.

A pirâmide de Yumiko não é tão grande quanto a de Stevie, nem sequer quanto a de Preeti. Mas fica em um terreno mais alto. De cima dela dá para ver até o mar.

— Então o que você quer que eu faça? — perguntei.

— Faça alguma coisa.

Tive uma ideia na mesma hora.

— Deixa eu sair, Heroína.

Viemos aqui para baixo com uma garrafa de champanhe. Heroína me pediu para abrir. Quando eu tirei a rolha, ela já havia fechado a porta. Nenhuma maçaneta. Só um teclado.

— Em algum momento, você vai ter que me soltar, Heroína.

— Você lembra o jogo da melancia? — pergunta Heroína. Ela está deitada em um divã. Estamos recordando os bons e velhos tempos. Eu acho. Íamos ter uma conversa séria. Só que acabou não sendo sobre o assunto que eu imaginava. Não foi sobre o filme que eu tinha feito. O filme *erótico*. Foi sobre o outro negócio.

— Está muito frio aqui embaixo — digo. — Vou ficar resfriado.

— Paciência — responde Heroína.

Eu ando um pouco.

— Jogo da melancia. Com o unicórnio de Vyvienne? — A mãe de Vyvienne é duas vezes mais rica que Deus. A pirâmide de Vyvienne é três vezes maior que a de Heroína. Ela beija que nem um peixe, trepa que

nem um monstro, e seu hobby é criar quimeras. A maioria das propriedades por aqui agora enfrenta um sério problema com unicórnios, graças
a (Vyvienne). Eles são territoriais. Não dá para mexer com eles durante a
época de acasalamento.

Enfim, inventei uma versão de tourada francesa, *Taureau Piscine*, só
que com unicórnios. Entrar junto com o unicórnio na piscina rende um
ponto. Fizemos *Licorne Pasteque* também. Pegamos uma mesa e algumas
cadeiras e as instalamos no gramado. Cortamos as melancias e nos reve-
zamos. Pode comer a melancia, mas só enquanto estiver sentado à mesa.
Enquanto isso, o unicórnio vai ficando cada vez mais furioso por você
estar no território dele.

Foi estupidamente incrível, até que o imbecil do unicórnio quebrou
a pata ao entrar na piscina e alguém teve que meter uma bala na cabeça
dele. Além do mais, um dos Antigos ficou bravo por causa de uma das
cadeiras. Parece que era uma antiguidade. Inestimável. O unicórnio estra-
çalhou o encosto.

— Lembra o tanto que (Vyvienne) chorou? — pergunta (Heroína).
Até isso faz parte da lembrança feliz para (Heroína). Ela odeia (Vyvienne)
. Por quê? Algum motivo sem graça. Eu esqueço os detalhes. Resumindo:
(Heroína) é gorda. (Vyvienne) é babaca.

— Fiquei com mais pena de quem ia ter que limpar a piscina —
respondo.

— Mentiroso. Você nunca teve pena de ninguém na vida. Você é um
exemplo clássico de sociopata. Ia matar todos os nossos amigos. Estou
fazendo um favor enorme ao mundo.

— Eles não são nossos amigos. Nenhum deles sequer gosta de você.
Não sei por que você quer salvar qualquer um que seja.

(Heroína) não fala nada. Seus olhos ficam rosados.

Eu digo:

— Vão encontrar a gente em algum momento.

Nós dois temos implantes, claro. Implantes para impedir as meninas
de engravidar, para fazer a gente vomitar se experimentar drogas ou beber. Tem como contornar isso. Darius sempre consegue arrumar soluções

novas. O implante — a Comitiva — também serve para as equipes de segurança dos nossos pais monitorarem a gente. Em caso de sequestro. Caso a gente vá para lugares proibidos ou fuja. Ricos não gostam de perder suas coisas.

— Esta câmara tem umas propriedades de abafamento bem interessantes — argumenta Heroína. — Eu mesma instalei o equipamento. Negócio de espionagem de primeira linha. Sabe como é que é, só por via das dúvidas.

— Dúvida de quê?

Ela ignora essa.

— Além disso, paguei um cara para armar trezentos mil rastreadores de microponto. Cento e cinquenta têm o seu perfil. Cento e cinquenta têm o meu. São programados para se ativar e desativar em grupamentos aleatórios, a intervalos irregulares, pelos próximos três meses, a partir de dez minutos atrás. Você acha que é o único que sofre no mundo. Que é infeliz. Você nem me enxerga. Estava tão ocupado com sua obsessão por Tara e Philip que não vê mais nada.

— Quem?

— Sua Face e minha Face — responde Heroína. — Seu monstro. — Os olhos dela estão com lágrimas, mas sua voz continua calma. — Enfim. Os rastreadores estão sendo distribuídos para pessoas em *raves* pelo mundo todo hoje. Estão colados no material promocional dentro de um CD de uma das minhas bandas preferidas. Ninguém que você conhece. Ah, e todos os convidados da festa de Yumiko receberam também, e deixei um CD em todas as portas falsas de todas as pirâmides, como oferenda. Todos estão sendo ativados agora mesmo.

Sempre fui o bonito. O popular. Às vezes eu esqueço que Heroína é a inteligente.

— Eu amo você, ⬚.

Liberty se apaixona o tempo todo. Mas fiquei curioso. Falei.

— Você me ama? Por que você me ama?

Ela pensou um pouco.

— Porque você é louco. Você não liga para nada.

— É por isso que você me ama? — perguntei. Estávamos em um baile de gala ou algo do tipo. Tínhamos acabado de voltar do banheiro masculino, onde todo mundo estava experimentando a droga nova de Darius.

Minha Face estava com meus pais na frente de todas as câmeras. Os Antigos adoram minha Face. O filho que eles queriam ter. Alguém passou com uma bandeja, e a Face de [Heroína] pegou uma taça de champanhe. Ela estava perto da mesa do bufê. A outra mesa do bufê, a que era para Faces e Antigos e celebridades e RPs e todas as outras tribos e puxa-sacos.

Minha querida. Minha trabalhadora. Face da minha irmã. Tentei chamar a atenção dela, fazendo palhaçada com minha *legging* de látex, mas eu era invisível. Todo gesto, toda palavra era para elas, para ele. As câmeras. Minha Face. E eu? Nadica de nada. Nem um borrão. Espaço negativo.

Ela havia falado que não podíamos continuar juntos. Disse que tinha medo de ser flagrada em quebra de contrato. Como se isso não acontecesse o tempo todo. Que nem com o Sr. Amandit, pai de [Preeti] e [Nishi]. Foi pela Face de [Liberty] que ele largou a esposa. A Face da melhor amiga das filhas dele. Acho que eles estão na Islândia agora, o Sr. Amandit e a garota zé-ninguém que já foi Face.

E tem [Stevie]. Todo mundo sabe que ela está apaixonada pela própria Face. É constrangedor.

Enfim, ninguém sabia de nós. Sempre tomei cuidado. Mesmo se [Heroína] se metesse, o que ela diria? O que faria?

— Eu amo porque você é você, [ ] — disse [Liberty]. — Você é a única pessoa que eu conheço que é mais bonita que sua Face.

Eu estava segurando um espeto de frango. Quase o enfiei no braço de [Liberty] antes de me dar conta. Minha boca estava cheia de frango mastigado. Cuspi em [Liberty]. Acertou na bochecha dela.

— Porra, [ ]! — O pedaço de frango caiu no chão. Todo mundo estava olhando. Ninguém tirou foto. Eu não existia. Ninguém tinha feito nada de errado.

Fora isso, todos nos divertimos. Até (Liberty) concorda. Essa foi a vez em que todos nós aparecemos com uns negócios que eu achei na internet. Borracha vermelha, um monte de coisa pontuda, correntes e couro, consolos e saqueiras, dentes de vampiro e vísceras plastinadas. Eu tinha um par de peitos de látex vermelho bem bacana balançando nos meus ombros que nem dragonas. Eu tinha um morcego mal dopado preso dentro do meu penteado *pompadour*. Como que ela podia não olhar para mim?

Essas crianças de hoje em dia, como dizem os Antigos. Fazer o quê?

Talvez eu fique algum tempo aqui embaixo. Vou tentar encarar do jeito que eles encaram, os Antigos.

Você é um Antigo. Aí você pensa: *não seria mais fácil se seus filhos obedecessem? Que nem seus funcionários? Não seria bom, pelo menos quando você estivesse em público com sua família?* Os Antigos são ricos. Estão acostumados a pessoas que obedecem.

Quando se é tão rico quanto os Antigos, você é sua própria marca. É isso que as pessoas sempre falam para eles. Seus filhos são uma extensão da sua marca. Eles podem melhorar seu ibope ou podem diminuí-lo. Geralmente, podem diminuí-lo. Então tem o dispositivo que implantam para deixar a gente invisível para as câmeras. A Comitiva.

E aí tem a Face. Que é um zé-ninguém, uma pessoa de verdade, que vem e ocupa seu lugar na mesa. Ela estuda, tem acesso aos melhores serviços de saúde, recebe salário e todos os mesmos brinquedos que você. Ela fica com seus pais sempre que a equipe dos Antigos decide que é necessário ou oportuno. Se você acessar a internet ou ligar a TV, lá está ela, sendo você. Sendo melhor do que você jamais conseguiria ser como você mesmo. Quando se olha no espelho, você precisa tomar cuidado, para não começar a se sentir muito estranho. É você mesmo?

A maioria dos políticos também tem Face. Por segurança. Porque não devia ser relevante a beleza de alguém, ou o talento para discursar, mas claro que é. A diferença é que os políticos decidem ter suas Faces. Eles decidem.

Os Antigos gostam de dizer que é porque somos crianças. Vamos entender quando crescermos, quando começarmos nossa vida adulta sem máculas, sem provas de nossos erros, nossas indiscrições na internet. Nada de vídeos sexuais. Nada de fotos constrangedoras da gente com símbolos nazistas ou com os peitos de fora em Nice. Nada de imagens antes da plástica no nariz, antes do silicone, antes do fim da acne.

Os Antigos colocam a gente em faculdades boas, e aí o mundo se desequilibra só por um instante. Nossas Faces se aposentam. Passamos alguns anos cometendo nossos próprios erros, expostos, e depois nos acomodamos e herdamos nossos milhões, bilhões etc. Herdamos a terra, como diz o provérbio. Os ricos herdarão a terra.

Nós nos casamos, juntamos nosso dinheiro com outro dinheiro, melhoramos nosso ibope, viramos Antigos, adquirimos filhos, e pode apostar que esses filhos vão ter suas Faces, assim como nós tivemos.

$$\times - \times$$

Nunca embarquei na onda egípcia que nem as meninas. Sempre gostei mais dos deuses nórdicos. Sabe. Loki. A morte de Baldur. Ragnarok.

Nenhum dos outros caras foi à festa de Yumiko. Só a Face deles. Os caras foram todos para a Lua há uma semana, mais ou menos. Passaram a semana inteira de farra lá. Nunca curti esse negócio de viagem espacial. Há várias maneiras de se divertir sem sair do planeta.

$$\times - \times$$

Não foi difícil conseguir o que eu estava procurando. Darius não pôde me ajudar, mas ele conhecia um cara que conhecia um cara que sabia exatamente do que eu estava falando. A gente se encontrou em Las Vegas, e por que não? Vimos um show juntos e, depois, entramos na internet e vimos um vídeo que tinha sido filmado no laboratório dele. Em algum lugar na Moldávia, segundo ele. Ele disse que se chama Nikolay.

Mostrei meu vídeo. O que eu tinha feito para o negócio de dedicação da pirâmide de (Yumiko).

Estávamos ambos muito bêbados. Eu havia tomado o bloqueador de Darius, e Nikolay ficou interessado. Expliquei a Comitiva, a necessidade de contorná-la para poder se divertir. Ele foi compreensivo.

Gostou muito do vídeo.

— Esse sou eu — falei para ele. — Esse é (   ).

— Você não — respondeu ele. — Você está fazendo piada comigo. Você tem dispositivo de Comitiva. Mas a menina, ela é muito bonita. Muito sexy.

— É minha irmã. Tem 17 anos.

— Outra piada — disse Nikolay. — Mas, se fosse minha irmã, eu comeria mesmo assim.

×———×

— Como você pôde fazer isso comigo? — (Heroína) quer saber.

— Não teve nada a ver com você. — Eu dou um tapinha em suas costas quando ela começa a chorar. Não sei se está falando do vídeo de sexo ou da outra coisa.

— Já foi ruim quando você transou com ela — diz ela, às lágrimas. — Foi praticamente incesto. Mas eu vi o vídeo. — O vídeo, então. — O que você deu para (Yumiko). O que ela vai botar na internet. Você não entende? Ela sou eu. Ele é você. Somos nós naquele vídeo, somos nós fazendo sexo.

— Para os egípcios servia — tento consolá-la. — Além do mais, não somos nós. Lembra? Eles não são a gente.

Tento me lembrar de como era quando éramos só nós. Os Antigos dizem que dormíamos no mesmo berço. Eu era um bebê, ela subia e se deitava também. (Heroína) chorava quando eu caía. (Heroína) sempre foi a que chorava.

— Como você sabia o que eu ia fazer?

— Ah, faça-me o favor, (   ) — diz (Heroína). — Eu sempre soube quando você estava prestes a passar dos limites. Você fica com um sorriso na cara, como se estivesse ganhando um boquete do mundo todo. Além disso, Darius me falou que você andou perguntando sobre umas merdas bem ruins. Ele gosta de mim, sabe? Gosta muito mais de mim que de você.

— Ele é o único.

— Vá se foder — diz (Heroína). — Enfim, você não era o único que tinha planos para hoje. Estou cansada deste lugar. Cansada dessa gente.

Tem uma fileira marcial de *shabti* em uma prateleira de pedra. Nossos amigos. Pessoas que gostariam de ser nossos amigos. Astros do rock com quem os Antigos andavam, astros de cinema. Príncipes sauditas que gostam de meninas gordas e melancólicas com dinheiro. Ela pega um príncipe e joga na parede.

— Fodam-se (Vyvienne) e todos os unicórnios dela.

Ela pega outro *shabti*.

— Foda-se (Yumiko).

Tiro (Yumiko) dela.

— Fodi — afirmo. — Nota três de cinco. Pelo entusiasmo. — Largo o *shabti* no chão.

— Você é asqueroso, ( ) — diz (Heroína). — Já se apaixonou? Alguma vez, pelo menos?

Ela está jogando verde. Ela sabe. Claro que sabe.

Por que você transou com ele? Está apaixonada por ele? Ele sou eu. Por que eu não sou ele? Fodam-se vocês dois.

— Fodam-se nossos pais — Pego uma lamparina a óleo e jogo nos *shabti* da prateleira.

O lugar fica mais claro por um instante, e depois mais escuro.

— É engraçado — diz (Heroína). — A gente fazia tudo juntos. E aí paramos de fazer. E agora, é estranho. Você com o seu plano do que ia fazer. E eu com o meu plano. É como se a gente estivesse de novo dentro da cabeça um do outro.

— Você comprou um agente biológico? A gente devia ter ido junto. Dois pelo preço de um.

— Não — Ela parece tímida, como se tivesse medo de eu rir dela.

Espero. Em algum momento ela vai dizer o que precisa me dizer, e aí vou entregar o pequeno cilindro de metal que Nikolay me deu, e ela vai destrancar a porta da câmara funerária. Aí vamos subir de novo para fora e aquele vídeo não vai ser o fim do mundo. Vai ser só assunto para as pessoas conversarem. Vai ser algo para enlouquecer os Antigos.

— Eu ia me matar — diz Heroína. — Aqui embaixo. Ia descer aqui depois dos fogos, mas aí decidi que não queria estar sozinha para isso.

O que é a cara de Heroína: dar um showzinho e se tocar de que se esqueceu de distribuir os ingressos.

— E aí descobri o que você estava tramando. Pensei que eu devia impedir. Não teria que ficar sozinha. E finalmente faria jus ao meu nome. Eu salvaria todo mundo. Mesmo que ninguém soubesse.

— Você ia se matar? — pergunto. — De verdade? Tipo, com uma arma?

— Tipo com isto — Ela põe a mão na caixa incrustada de gemas em seu cinto. Tem algo pequeno enrolado dentro dela, uma corrente esmaltada. A corrente se desenrola, vira uma cobra.

Alicia foi a primeira a ter uma Face. Eu ganhei a minha quando tinha 8 anos. Eu não sabia direito o que estava acontecendo. Conheci vários meninos da minha idade, e os Antigos se sentaram e conversaram comigo. Explicaram o que estava acontecendo, disseram que eu podia escolher a Face que eu quisesse. Escolhi a que parecia mais legal, a que parecia que seria uma companhia divertida. Era esse o nível da minha estupidez na época.

Heroína não conseguiu escolher, então escolhi por ela. Fique com *ela*, falei. A vida é estranha assim. Eu a escolhi dentre todas as outras.

Yumiko disse que já conversou com sua Face. (A gente fala o mínimo possível com nossas Faces, embora às vezes transemos uns com as dos outros. O fruto proibido sempre é mais bizarro. Foi por isso que fiz o que fiz? Como é que eu vou saber?) (Yumiko) disse que a Face dela aceitou assinar um contrato novo quando (Yumiko) fizer 18 anos de idade. Ela não vê motivo para abrir mão de uma Face.

✕ — ✕

(Nishi) é a irmã mais nova de (Preeti). Só começaram as obras para a pirâmide de (Nishi) no verão passado. Equipes da diretoria da empresa do pai dela vieram instalar a primeira série de pedras. Um exercício de formação de equipe. Geralmente são detentos condenados à prisão perpétua do presídio de segurança máxima de Pelican Bay. Quando começam a trabalhar, eles parecem mais ou menos iguais, detentos e diretores. É um trabalho pesado. A gente gosta de ir assistir.

De vez em quando, um arqueólogo consultor ou um arquiteto se aproxima e tenta puxar assunto. Eles acham que a gente quer contexto.

Falam de bens sepulcrais, de que um dia arqueólogos do futuro vão saber como era a vida porque umas meninas ricas decidiram que queriam construir suas próprias pirâmides.

A gente acha engraçado.

Eles gostam de reclamar do clima. Aparentemente, não é o ideal.

— Claro, talvez elas não existam mais daqui a alguns séculos. Considerando eventos geológicos. Terremotos. Tem a dimensão geopolítica. Ladrões de túmulos.

Eles continuam falando sobre a astúcia dos ladrões de túmulos.

A gente os embebeda. Perguntamos sobre a maldição das múmias só para vê-los ficarem nervosos. Perguntamos se eles não têm medo dos Antigos. Perguntamos o que acontecia com os homens que construíram as pirâmides do Egito. Eles não desapareciam? Só para garantir que ninguém soubesse onde as coisas boas estavam enterradas? Falamos que tínhamos feito amizade com um ou dois integrantes da equipe de consultores da pirâmide de (Alicia). Comentamos que já faz algum tempo que não conseguimos falar com eles, desde que a pirâmide ficou pronta.

✕ — ✕

Eles estavam na parede externa inacabada da pirâmide de (Nishi). Acho que passaram a noite toda lá. Conversando. Fazendo amor. Planejando.

Não me viram. Invisível, é isso que eu sou. Eu estava com meu celular. Filmei até acabar a memória. Tinha um unicórnio na campina perto de uma pirâmide. A pirâmide de (Alicia). Duas coisas impossíveis. Três coisas que não deviam existir. Quatro.

Foi aí que desisti de me tornar alguém novo, das corridas, da couve, da coisa toda. Foi aí que desisti de me tornar o novo eu. Esse trabalho já pertencia a outra pessoa. Outra pessoa já tinha a única coisa que eu queria.

— Dá o código — digo repetidamente. Não sei quanto tempo faz. O braço de (Heroína) está verde e preto e inchado que nem bola de aniversário. Tentei sugar o veneno. Talvez isso tenha ajudado. Talvez eu tenha pensado nisso tarde demais. Meus lábios estão formigando um pouco. Estão um pouco dormentes.

— ( )? — pergunta (Heroína). — Não quero morrer.

— Você não vai morrer. Dá o código. Deixa eu salvar você.

— Não quero que eles morram. Se eu der o código, você vai matá-los. E eu vou morrer sozinha aqui embaixo.

— Você não vai morrer — Acaricio a bochecha dela. — Não vou matar ninguém.

Depois de um tempo, ela concorda:

— Tudo bem.

E me fala o código. Talvez seja uma sequência de números com algum significado para ela. Provavelmente é só aleatório. Já falei que ela era mais inteligente que eu.

Repito o código, e ela meneia a cabeça. Eu a cobri com um xale, porque ela está com muito frio. Deito sua cabeça em um travesseiro e afasto seu cabelo.

Ela diz:

— Você a amou mais do que a mim. Não é justo. Ninguém nunca me amou mais.

— Quem disse que eu a amei? Você acha que isso tudo foi por amor? Sério, Heroína? Isso foi só eu sendo burro de novo. E você salvando o dia.

Ela fecha os olhos. Dá um sorriso horrível, cego.

Vou até a porta e digito o código.

A porta não abre. Tento de novo, e de novo ela não abre.

— Heroína? Dá o código de novo?

Ela não fala nada. Vou até ela e a sacudo de leve.

— Fala o código mais uma vez. Vai. Mais uma vez.

Seus olhos continuam fechados. Sua boca se abre. A língua cai para fora.

— Heroína. — Belisco seu braço. Falo seu nome várias vezes. E então eu piro. Faço uma zona. Que bom que Heroína não está aqui para ver.

E agora é algum tempo depois, e Heroína continua morta, e continuo preso aqui embaixo com uma heroína morta e um gato morto e um monte de *shabtis* quebrados. Sem comida. Sem música boa. Só um cilindro pequeno com algo terrível preparado pelo meu bom amigo Nikolay e uma loja inteira de calças jeans tamanho 38 e os restos de uma garrafa de champanhe muito caro.

Os egípcios acreditavam que toda noite o espírito da pessoa sepultada em uma pirâmide saía para o mundo pelas portas falsas. O *Ba*. O *Ba* não pode ser aprisionado em uma salinha escura no fundo de um fosso oculto embaixo de um monte de pedras. Talvez eu saia voando alguma noite, uma parte minha. A melhor parte. A parte minha que era boa. Sigo tentando combinações, mas não sei quantos números Heroína usou, qual combinação. É um trabalho de Sísifo. É algo para se fazer. Não tem mais muito óleo nas lamparinas. Nas lamparinas que restam. Quebrei a maioria.

Entra um pouco de ar por baixo da porta, mas não é muito. O cheiro aqui dentro é ruim. Enrolei Heroína no xale e a escondi dentro do closet.

Ela está lá com Macarrão. Coloquei Macarrão no braço dela. De vez em quando eu pego no sono e, quando acordo, percebo que não sei quais números já tentei, quais não.

Os Antigos devem estar se perguntando o que aconteceu. Vão achar que teve a ver com aquele vídeo. O pessoal deles vai trabalhar no controle de danos. Eu me pergunto o que vai acontecer com minha Face. O que vai acontecer com *ela*. Talvez um dia eu saia voando. Meu *Ba* vai voar até ela, que nem um pássaro.

Um dia, alguém vai abrir a porta que eu não consigo. Vou estar vivo, ou não. Posso abrir o cilindro ou posso deixar fechado. O que você faria? Converso sobre isso com Heroína no escuro aqui embaixo. Algumas vezes eu decido por um, outras vezes, decido por outro.

Morrer de sede é uma morte difícil.

Não estou muito a fim de beber minha própria urina.

Se eu abrir o cilindro, vou morrer mais rápido. Será minha maldição contra você, a pessoa que abrir a tumba. Por que você devia viver se ela e eu estamos mortos? Se ninguém se lembra do nosso nome?

Heroína.

Tara.

Não quero que você saiba meu nome. Era o nome dele, na verdade.

História de Origem

— Dorothy Gale — disse ela.

— Pode ser. — Ele falou com um tom relutante. Talvez lamentasse não ter pensado nisso antes. Talvez não achasse que voltar para casa fosse tão heroico assim.

Eles estavam sentados na encosta de uma montanha. Acima deles, visitantes do antigo parque temático Terra de Oz já haviam transitado em cestos de balão moldados de plástico sobre a Estrada de Tijolos Amarelos. Algumas das pilastras de sustentação estavam retorcidas para trás em cima de pinheiros pequenos, mirrados e oportunistas. Havia algo de majestoso nas pilastras agora que seu trabalho havia concluído. Gigantes tombados. Samambaias azuis comidas por traças recobriam os tijolos amarelos descascados.

A casa dos tios de Dorothy Gale tinha uma planta bem pensada. Você chegava pela trilha, entrava na saleta da frente e olhava à sua volta. Atravessava a cozinha. Havia louça nos armários da cozinha. Margaridas em um vaso. Fotos nas paredes. Você seguia sua Dorothy até o porão com o resto do grupo, via o tornado do filme girar pela parede escura e suja, e, quando todo mundo subia a outra escada, idêntica, até a outra porta do porão, idêntica, era a mesma casa, eram os mesmos cômodos, mas tudo revolvido pelo tornado. O chão da saleta agora estava inclinado, e, ao sair pela porta da frente (dos fundos), você via duas pernas de gesso com meias embaixo da casa. Dois sapatinhos vermelhos-rubi. Uma estrada de tijolos amarelos. Você não estava mais na Carolina do Norte.

A casa inteira agora era uma ruína. Nenhum dos quadros estava reto. Havia salamandras nas paredes e hera-venenosa subindo pela pia da cozinha. Cogumelos no porão e um colchão velho que alguém arrastara escada abaixo. Era bom torcer para que Dorothy Gale tivesse se mudado de lá.

Eram 16h, e os dois estavam ligeiramente bêbados. O nome dela era Bunnatine Powderfinger. Ela o chamava de Biscuit.

Ela disse:

— Vai, claro que é. Os sapatinhos vermelhos, eles são tipo o poder especial dela. Ela sempre foi uma super-heroína, só que não sabia. E ela vem de outro mundo para Oz. Tipo Super-Homem às avessas. E tem vários parceiros. — Ela os imaginou saltitando de braços dados pela estrada. Enfrentando o mal. Esmagando-o com casas, molhando-o com baldes d'água. Cantando músicas idiotas e não dando a mínima para o caso de alguém ouvir.

Ele grunhiu. Ela sabia o que ele achava. Parceiros eram para pessoas preguiçosas demais para escrever anúncios de classificados pessoais.

— O Mágico de Oz. Até ele tem uma identidade secreta. E ele quer que tudo seja verde, tudo dele é verde, que nem o Lanterna Verde.

Isso do verde era verdade, mas tão alheio à questão que ela mal conseguia suportar. O Mágico de Oz era uma farsa. Ela argumentou:

— Mas ele *não* é incrível e poderoso. Só finge ser incrível e poderoso. A Bruxa Má do Oeste é mais incrível e mais poderosíssima. Ela tem macacos voadores. Parece uma cientista maluca. Ela tem até um ponto fraco secreto. Água é que nem kriptonita para ela.

Ela sempre achou que a atriz Margaret Hamilton era sexy para caramba. O jeito como ela pedalava aquela bicicleta e o vento a levantava e a carregava pelo ar que nem um amante invisível; aquela melodiazinha engraçada, debochada e estridente que saía do nada. Aquele nariz.

Quando levantou o rosto, ela viu que ele tinha vestido aquele traje bobo do avesso. Com que frequência isso acontecia? Tinha uma formiga na calcinha dela. Ela decidiu achar isso erótico, mas então se deu conta de que podia ser um carrapato. Não, era uma formiga.

— Margaret Hamilton, meu bem — disse ela. — Eu pegava.

Ele a estava observando se contorcer, claro. Bêbado demais na hora para fazer algo. Por ela, tudo bem. E ela também estava bêbada demais para ficar com vergonha por ter formigas nas calças. Que nem aquela música de Ella Fitzgerald. *Finis, finis.*

O tapado grandão, o velho camarada dela, falou:

— Eu assistiria. Mas ela vira uma poça bruxenta enorme quando leva um balde na cara. Não dá. Quando chove ela fala "Ops, foi mal, não dá para combater o crime hoje"? Subtexto sexual interessante aí, aliás. Bem garota com garota. Garota encontra nêmese, deixa-a molhada, ela se derrete. E dá um grito orgásmico no processo.

Como ele consegue estar bêbado e falar assim? Tinha mais formigas. Ela havia se deitado em cima de um formigueiro enquanto eles transavam? Coitadas das formigas. Coitada de Bunnatine. Ela se levantou e tirou o vestido e a calcinha — nada de traje bobo para ela — e sacudiu vigorosamente. Saíam com as patinhas para o alto, suas formigas. Ela fingiu que estava sacudindo-o para meter um pouco de juízo nele. Ou talvez ela quisesse tirar um pouco do juízo dele? Quem sabia? Ela é que não.

Ela afirma:

— Margaret Hamilton não combateria o crime, meu bem. Ela dominaria o mundo. Só precisa de uma roupa de mergulho. Uma roupa sexy de mergulho.

Ela se vestiu de novo. Talvez fosse disso que ela precisava. Uma roupa de mergulho. Profilaxia para impedi-la de se derreter. A bebida não adiantou nada. Como é que chamavam? Lubrificante social? E a ajudou a não se importar tanto. Anestésico. Ajudou-a a segurar a barra depois, quando ele foi embora de novo. Supercola.

Nenhum balde d'água à mão. Ela podia jogar o resto de sua cerveja, mas aí ele só olharia e diria: *Por que você fez isso, Bunnatine?* Ele ficaria magoado. Tapado.

Ele perguntou:

— Por que você está me olhando desse jeito, Bunnatine?

— Aqui. Toma mais uma Little Boy — disse ela, desistindo, dando-lhe um sorriso largo. É, ela estava sentada em um formigueiro. Definitivamente era um formigueiro. Formiguinhas super-heroicas estavam saindo em massa para defender sua casa, para afugentar a enorme e maligna, ainda que infinitamente desejável, catástrofe da bunda de Bunnatine. — Vai deixar seu peito cabeludo e depois vai fazer tudo cair de novo.

✕ —✕

— Gostou do desfile? — Todo ano a mesma coisa. Balões subindo, subindo, como se mal pudessem esperar para sair da cidade, brutamontes enormes em cima de caminhonetes e, nas calçadas, garotas adolescentes com cartazes. A GENTE TE AMA. EU AMO MAIS. QUERO TER SEU SUPERBEBÊ. Garotas adolescentes sem sutiã. Umas piranhas, coitadas. O grandalhão tapado nem percebeu, e azar o delas se tiver percebido. Ela poderia contar umas histórias para elas.

— É — respondeu ele. — Foi ótimo. Melhor desfile de todos os tempos.

Qualquer outra pessoa teria achado que ele estava sendo cem por cento sincero. Ninguém o conhecia como ela. Ele parecia um fofo, mas, mesmo quando tentava ser delicado, deixava marcas.

Ela disse:

— Gostei quando leram aquele monte de poesia. Grandalhão saltitante / sozinho no céu distante.

— É. De quem foi essa ideia?

— Foi patrocinado pelo *The Daily Catastrophe*. A Sra. Dooley, no colégio, pediu para todos os alunos escreverem os poemas. Guardei uma cópia do jornal. Imaginei que você ia querer para sua coleção.

— Essa é a melhor parte de salvar o mundo. A poesia. É por isso que eu faço.

Ele estava jogando pedras em uma coruja que estava pousada no galho de uma árvore por algum motivo. Devia estar doente. Corujas não costumam fazer isso. Uma pedra derrubou algumas folhas. Bam! Arrancou um pedaço de casca. Pá! A coruja continuou sentada.

Ela disse:

— Não seja babaca.

— Desculpa.

x — x

Ela insinuou:

— Você parece cansado.

— É.

— Ainda não está dormindo direito?

— Não.

×——×

— Chapeuzinho Vermelho.

— De jeito nenhum. — O tom foi de superioridade. *Até parece*, Bunnatine, sua burrinha. — Tudo bem, ela tem uma fantasia, mas é devorada. Não tem nenhum superpoder. Bolinhos não contam.

— Bela Adormecida? — Ela pensou em uma menina dentro de uma torre antiga e bolorenta, dormindo por um século. Formigas rastejando em cima dela. Ratos. Os lábios de um cara. Aquela menina devia ter tido o pior bafo do mundo. Incrível pensar que alguém ia querer beijá-la. E beijar pessoas adormecidas? Ela não concordava. — Ou ela não conta, porque um cara teve que chegar lá e salvá-la?

Ele estava com um olhar distante. Como se estivesse pensando em alguém, alguma garota que ele vira dormir. Ela sabia que ele dormia com outras. Mulheres gratas por terem sido salvas de malfeitores ou de encontros às cegas desagradáveis. Modelos e estrelas de cinema e entregadoras e trapezistas também, provavelmente. Ela lia nos tabloides. Ou talvez ele estivesse pensando na capacidade de dormir por cem anos. Até quando eles eram crianças, ele sempre fora inquieto demais para dormir a noite inteira. Sempre ia até a casa dela e jogava pedras em sua janela. O rosto prensado nela. Acorda, Bunnatine. Acorda. Vamos combater o crime.

Ele disse:

— O superpoder dela é a capacidade de dormir em qualquer situação. História de origem: tragicamente, ela espeta o dedo em uma roca. Qual é a dos contos de fadas e livros infantis, Bunnatine? Rapunzel tem tanto cabelo que consegue formar uma escada cabeluda. Não é tão atraente. Quem mais? A menina em Rumpelstiltskin. Ela transforma palha em ouro.

Ela sentia saudade dessas conversas quando ele não estava por perto. Mais ninguém na cidade falava assim. Os mutantes eram simpáticos, mas se interessavam mais por música. Não conversavam muito. Não era que nem conversar com ele. Ele sempre tinha alguma resposta, alguma sacada, um trocadilho, uma cantada brega sem vergonha que a fazia morrer de rir, e ela sempre caía. Provavelmente era toda a troca de insultos sagazes durante as brigas grandes. Provavelmente ela se confundiria. Insultos quando ela devia *PÁ! PÁ!* quando ela devia insultar.

Ela disse:

— É o contrário. É Rumpelstiltskin que transforma palha em ouro. Ela só usa o coitado e depois contrata alguém para espioná-lo e descobrir o nome dele.

— Legal.

— Não, não é legal. Ela trapaceia.

— E daí? Ela devia entregar o filho dela para um baixinho qualquer que cria ouro?

— Por que não? Quer dizer, ela provavelmente não era a melhor mãe do mundo e tal. O filho dela não se tornou ninguém especial quando cresceu. Não tem nenhum conto de fadas sobre esse garoto.

— Sua mãe.

— Quê?

— Sua mãe! Qual é, Bunnatine. Ela era uma super-heroína.

— Minha mãe? *Ha ha.*

Ele disse:

— Não é brincadeira. Já faz alguns anos que eu penso nisso. Trabalhar de garçonete? Era só o disfarce dela.

Ela fez uma careta e logo desfez. Era o que ela sempre havia imaginado: ele tivera uma queda pela mãe dela.

— E qual é o superpoder dela?

Ele roeu uma unha com aqueles dentões retos.

— Não sei. Não conheço a identidade secreta dela. É secreta. Então não se bisbilhota. Não é de bom tom, inclusive entre arqui-inimigos. Mas eu estava no restaurante uma vez, na época do nosso ensino médio, e ela estava carregando oito pratos ao mesmo tempo. Um era uma tigela de sopa, eu acho. Três em cada braço, um nos dentes, um em cima da cabeça. Porque alguém no restaurante tinha apostado que ela não conseguia.

— É, eu lembro. Ela deixou tudo cair. E trincou um dente.

— Só porque aquele escroto do Robert Potter a fez tropeçar — destacou ele.

— Foi sem querer.

Ele pegou na mão dela. Ia morder a unha dela agora? Não, estava examinando a palma. Como se fosse lê-la ou algo do tipo. Não era difícil ler a mão de uma garçonete. Você passará o resto da vida se metendo em problemas. Ele disse, delicadamente:

— Não foi, não. Vi tudo. Ele sabia o que estava fazendo.

Ela ficou com vergonha de ver como sua mão parecia pequena na dele. Como se ele tivesse crescido e ela nem tivesse se dado ao trabalho. Ela ainda se lembrava de já ter sido mais alta.

— Sério?

— Sério. Robert Potter é o nêmese da sua mãe.

Ela recolheu a mão. Botou uma cerveja na dele.

— Para de debochar da minha mãe. Ela não tem nenhum nêmese. E por que essa palavra sempre parece nome de doença? Robert Potter é só um escroto.

— Uma vez, Potter falou que me pagaria dez dólares se eu lhe desse uma calcinha da minha mãe. Foi na época em que eu e ela não nos dávamos bem. Eu tinha uns 14 anos de idade. A gente estava no mercado, e ela me bateu por algum motivo. Então ele deve ter achado que eu toparia. Todo mundo viu quando ela me bateu. Acho que foi porque eu falei que o cereal Rice Krispies era cheio de açúcar e que ela devia parar de tentar me envenenar. Aí depois ele veio falar comigo no estacionamento.

Cerveja fazia as pessoas falarem demais. Pode botar na lista. Não era o aspecto preferido dela em relação a cerveja. Quando ela se desse conta, estaria chorando sobre alguma besteira ou implorando para que ele ficasse.

Ele estava sorrindo.

— Você deu?

— Não. Falei que daria por vinte dólares. Então ele me pagou os vinte e eu embolsei o dinheiro. Tipo, ele não ia contar para ninguém mesmo.

— Legal.

— É. Depois eu o obriguei a me dar mais vinte dólares. Falei que, se ele não desse, eu contaria a história toda para minha mãe.

Mas essa não era a história toda, claro. Ela duvidava que algum dia contaria a história toda para ele. Mas o resultado da história foi que ela teve dinheiro suficiente para cerveja e um pouco de maconha. Ela pagou um cara para comprar cerveja. Foi na noite em que ela trouxera Biscuit para cá.

Eles haviam transado no colchão do porão da casa da fazenda que estava arruinada, e depois transaram no teatro, no palco apertadinho onde antigamente meninas de vestido azul e peruca inflamável cantavam e sapateavam. Folhas por todos os lados. Cheiro de fumaça, alguém mais adiante na montanha, conferindo o alambique, talvez fumando sem parar. Lendo revistas femininas. Biscuit dizendo: *Machuquei você? Assim está bom? Quer outra cerveja?* Ela tivera vontade de chutá-lo, de fazê-lo parar de cuidar dela e de continuar beijando. Ela sempre se sentia assim perto de Biscuit. Ou talvez ela sempre tenha se sentido assim e Biscuit não tinha nada a ver com isso.

Ele disse:

— E você chegou a contar para ela?

— Não. Eu tinha medo de que ela partisse para cima dele com um martelo e acabasse sendo presa.

Quando ela chegou em casa naquela noite, a mãe estava olhando para Bunnatine como se soubesse de tudo, mas não sabia, não sabia. Ela falou:

— Eu sei o que você andou fazendo, Bunnatine. Seu corpo é um templo e você trata como se fosse lixo.

Então Bunnatine respondeu:

— Não ligo.

E não ligava mesmo.

✕ — ✕

— Sempre gostei da sua mãe.

— Ela sempre gostou de você.

Gostava mais de Biscuit do que de Bunnatine. Bom, as duas gostavam mais dele. Graças a Deus que a mãe dela nunca transara com Biscuit. Ela imaginou um universo paralelo em que sua mãe se apaixonava por Biscuit. Eles saíam juntos para combater o crime. Convidavam Bunnatine para seu esconderijo secreto / refúgio amoroso no Dia de Ação de Graças. Ela ia e arrebentava o lugar. Eles apareciam na *Oprah*. Enquanto estavam no estúdio, algum supervilão — certo, beleza, aquele escroto do Robert Potter — executava seu plano terrível, pavoroso, implacável. Ele estava livre para saquear, pilhar e descartar esse universo paralelo como uma laranja parcialmente chupada, e a culpa era toda dela.

A questão é que *havia* universos paralelos. Ela imaginava a pobre Bunnatine paralela mandando um alerta pelo véu místico que separa os universos. Ir à *Oprah* ou salvar o mundo? Faça o que você tiver que fazer, meu bem.

O Biscuit deste universo disse:

— Ela está no restaurante hoje?

— É a noite de folga dela — respondeu Bunnatine. — Ela vai jogar pôquer com uns amigos. Vai voltar para casa com mais dinheiro do que ela ganha em gorjetas e me dar um sermão sobre os males dos jogos de azar.

— Estou bem quebrado, mesmo. Aquela poesia toda me exauriu.

— Então onde você está hospedado?

Ele não falou nada. Ela detestava quando ele fazia isso.

Ela perguntou:

— Você não confia em mim, meu bem?

✕ —— ✕

— Lembra Volan Crowe?

— Quem? Aquele garoto da escola?

— É. Lembra a história em quadrinhos de super-herói dele?

— Ele desenhava quadrinhos?

— Ele inventou o Mann Man. Um super-herói com todos os poderes de Thomas Mann.

— Ninguém volta para casa.

— Esse é outro Thomas. Thomas Wolfe.

— Totómas Wolfeman. Um super-herói peludo que se perde na estrada de tijolos amarelos tentando voltar para casa.

— Totó Thomas Virginia Woolfmana..

— E agora com mais superpoderes ainda.

— Que fim levou ele?

— Não morreu de tuberculose?

— Ele não. Quis dizer o garoto.

— Ele não acabou descobrindo que tinha um superpoder?

— É. Ele conseguia pendurar um quadro completamente reto em qualquer parede. Nunca precisava usar um degrau.

— Achei que ele tinha tentado destruir o mundo.

— É, isso mesmo. Ele estava se chamando de algo esquisito. Garoto Rápido com Dinheiro Secreto. Algo assim.

— E você?

Ela respondeu:

— Eu?

— É.

— Tomando conta daqui. Não pagam muito, mas é dinheiro fácil. Eu tinha outro trabalho, mas não deu certo. Um lugar na beira da I-40. Tinha um palco, faziam espetáculos. Nada bizarro demais. Então eu e Kath, lembra que ela fazia o corpo brilhar, a gente ganhava uma grana extra duas noites por semana. Apagavam as luzes, e ela saía para o palco sem roupa e se iluminava toda por dentro. Era bem bonito. E na minha vez, os caras podiam pagar a mais para se deitar no palco. Lembra aquele chapéu, meu chapéu preferido? O que era cor-de-aveia, com pompom e orelhas de tricô?

— Lembro.

— Bom, eles mantinham a temperatura baixa lá. Acho que era pra gente subir no palco com o bico dos peitos duro. Para que a gente se mexesse com um pouco mais de vigor. Mas eu usava o chapéu. Convenci a gerência a me deixar usar o chapéu, porque não flutuo muito bem quando minhas orelhas ficam frias.

— Eu que dei aquele chapéu — afirmou.

— Eu amava aquele chapéu. Aí eu usava o chapéu e um vestido, algo modesto, tipo garota comum, e subia no palco e pairava a um palmo do rosto deles. Para que eles vissem que eu estava sem calcinha.

Ele estava sorrindo.

— Tirando a calcinha para salvar o mundo, Bunnatine?

— Cala a boca. Eu olhava para baixo e os via deitados no palco, como se eu os tivesse paralisado. — *Zap.* — Não era para eles encostarem em mim. Só olhar. Eu sempre me sentia a um milhão de quilômetros de altura acima deles. Como se eu fosse um pássaro. — *Um avião.* — Eu só precisava abrir e fechar as pernas, dar uns chutes, levantar um pouquinho a barra do vestido. Dar voltinhas. Sorrir. Eles ficavam deitados lá e respiravam com esforço, como se estivessem fazendo todo o trabalho. E quando a música parava, eu flutuava para fora do palco. Mas aí Kath se mudou para cantar em um cabaré de Atlantic City. E depois um babaca ficou atrevido. Um universitário. Ele pegou no meu tornozelo, e eu dei um chute na cabeça dele. Então agora voltei para o restaurante com a minha mãe.

Ele perguntou:

— Por que é que você nunca fez isso para mim, Bunnatine? Flutuar assim?

Ela encolheu os ombros.

— Com você é diferente — respondeu ela, como se fosse. Mas claro que não era. Por que haveria de ser?

— Vai, Bunnatine. Mostra suas coisas.

Ela se levantou e se estremeceu com destreza para fazer a calcinha cair até os tornozelos. Tudo parte do show.

— Fecha os olhos um instante.

— Nem pensar.

— Fecha os olhos. Eu aviso quando for para abrir.

Ele fechou os olhos, e ela respirou fundo e se permitiu levitar. Ela só conseguia subir pouco mais de meio metro até aquela velha mão invisível puxá-la para baixo de novo e mantê-la presa pouco acima do chão. Antigamente, ela chorava por causa disso. Agora ela só achava engraçado. Ela balançou a calcinha no dedão do pé. Deixou-a cair no rosto dele.

— Certo, meu bem. Pode abrir os olhos.

Os olhos dele estavam abertos. Ela o ignorou, cantarolou um pouco. *Why oh why oh why can't I.* Segurou o vestido pela barra para poder olhar pelo decote e ver o chão, vê-lo olhando para cima.

— Cacete, Bunnatine — exclamou ele. — Que pena que eu não trouxe uma câmera.

Ela pensou naquelas meninas todas na calçada.

— Nada de encostar — disse ela, e começou a se tocar.

Ele pegou no tornozelo dela e puxou. Puxou-a até o chão. Enfiou a cabeça por baixo do vestido, e a outra mão. Pegou um seio e, depois, o ombro, para fazê-la cair em cima dele, e a deixou sem ar. Sua boca a sustentava, mantendo-a com os joelhos pouco acima do chão, e a bochecha bateu no osso da bacia dele. Parecia uma partida de Twister, tinha um quê de jogo de tabuleiro nesse traje novo dele. O traje dele tinha uma emenda, para que ele pudesse parar e ir ao banheiro, pelo que ela imaginava, no meio da luta contra o crime. Não ser pego de calça arriada. A mão muito ocupada estava lá embaixo, soltando o velcro. A outra mão continuava fechada em volta do tornozelo dela. O rosto dele era áspero. Bum, pá. Os dedos dos pés dela se dobraram.

Ele disse por dentro do vestido dela:

— Bunnatine, Bunnatine.

— Não fale de boca cheia, Biscuit — repreendeu ela.

Ela disse:

— Apareceu um repórter de tabloide querendo ouvir umas histórias.

Ele ameaçou:

— Se algum dia eu ler sobre você e eu, Bunnatine, vou voltar e fazer você se arrepender. Estou falando para o seu bem. Se você fizer algo assim, vão vir atrás de você. Vão usá-la contra mim.

— E como você sabe se já não sabem? Quem quer que sejam?

— Eu saberia. Eu farejo esses desgraçados de longe.

Ela se levantou para urinar. E disse:

— Eu não faria nada assim, de qualquer jeito.

Ela pensou nos pais dele e se sentiu mal. Não devia ter falado nada sobre o repórter. Cara seboso. Ficava olhando os peitos dela enquanto ela servia o café.

Ela estava agachada atrás de uma árvore quando viu os enhos. Dois. Estavam se esforçando demais para ser invisíveis. Só pontinhos malhados no meio do ar. Estavam olhando para ela como se nunca tivessem visto nada tão degenerado. Como se fosse o fim do mundo. Foram embora quando ela se levantou.

— Isso aí — disse ela. — Deem o fora. Se vocês falarem disso para alguém, vou arrebentar as suas fuças, seus bâmbis.

Ela falou:

— Certo. Então, eu estava pensando nesse negócio de fantasia. Seu traje novo. Eu não ia falar nada, mas isso está me deixando bolada. Qual é a dessas listras doidas e do bordado?

— Você não gostou?

— Gostei do raio. E da torre. E dos sapos. É psicodélico, Biscuit. Por favor, explica por que vocês usam uns trajes tão idiotas? Prometo que não vou contar para ninguém.

— Não são idiotas.

— São, sim. Colante é idiota. Parece que você está se exibindo. Olha o tamanho do meu pau.

— Colantes são confortáveis. Conferem liberdade de movimento. Podem ir para a máquina de lavar. — Ele começou a falar outra coisa, mas parou. Sorriu. Disse, quase com relutância: — Às vezes circulam boatos de algum babaca que coloca enchimento nas coxas.

Ela começou a rir. Rir a fazia soluçar. Ele deu um tapa nas costas dela.

Ela perguntou:

— Já se esqueceu de botar a roupa para lavar? Já teve que ir combater o crime na hora de lavar roupa?

Ele respondeu:

— Melhor que terno e gravata, Bunnatine. Você pode mandar ver em uma máquina de costura, tipo *faça você mesmo*, mas quem tem tempo? É tudo publicidade. Passar uma imagem grandiosa e ousada. Mas não é bom parecer estiloso demais. Nike ou Adidas demais. Ano passado eu precisei de um traje novo, fiz umas consultas e achei uma cooperativa de mulheres em uma praia remota lá na Costa Rica. Elas têm um acordo com uma instituição de caridade aqui dos Estados Unidos. Centros de coleta em quarenta cidades grandes onde dá para doar trajes de banho, macacões e shorts colantes, e vai tudo para a Costa Rica. Tem uma casa de praia que alguma celebridade importante do rock doou para elas. Um caixote grande de vidro e concreto, e a maré sobe e desce por baixo do piso de vidro. Fui lá para tomarem minhas medidas. Aquelas mulheres são artistas de verdade, talentosas, supercriativas. São todas mães solteiras, também. Elas levam os filhos para o trabalho, e as crianças ficam correndo pra lá e pra cá, todas com umas fantasias de super-herói excelentes. Elas fazem trabalhos para qualquer um. Até profissionais de luta livre. Vilões. Chefões do crime, políticos. Mocinhos e bandidos. Às vezes você pode estar no meio de uma luta, com um grande babaca, e os dois vão se cansando, e aí você começa a reparar no traje dele, e o cara também está olhando, e aí vocês dois se perguntam se seus trajes vieram do mesmo lugar. E você pensa se devia parar e falar algo legal sobre o traje do outro. E vocês dois acham incrível que aquelas mulheres possam sustentar a família assim.

— Ainda acho colante idiota. — Ela pensa naquelas crianças vestidas com trajes de super-herói. Provavelmente cresceram e viraram traficantes ou faxineiras ou doadores de órgãos.

— Quê? Qual é a graça?

Ele disse:

— Não consigo parar de pensar em Robert Potter e na sua mãe. Ele queria uma calcinha limpa? Ou queria uma calcinha suja?

— O que você acha?

— Acho que vinte pratas não era dinheiro suficiente.

— Ele é um pervertido.

— E você acha que faz muito tempo que ele está apaixonado por ela?

— Quê?

— Vai ver eles tiveram um caso muito tempo atrás.

— De jeito nenhum! — Ela teve vontade de vomitar.

— Não, sério, e se ele for seu pai e tal?

— Vai à merda!

— Ah, qual é. Você nunca se perguntou? Quer dizer, ele pode ser seu pai. Sempre foi óbvio que ele e sua mãe têm assuntos mal resolvidos. E ele vive tentando falar com você.

— Para de falar! Agora!

— Se não o quê, você vai arrebentar a minha cara? Quero ver você tentar. — Ele parecia achar graça.

Ela cruzou os braços. Ignore-o, Bunnatine. Espere até ele beber mais. *Depois*, arrebente a cara dele.

Ele disse:

— Qual é. Eu lembro quando a gente era criança. Você esperava até sua mãe voltar do trabalho e dormir. Você dizia que costumava entrar de fininho no quarto dela e fazer perguntas enquanto ela dormia. Só para ver se ela diria quem era o seu pai.

— Já tem tempo que eu não faço isso. Ela finalmente acordou e me flagrou. Ficou muito furiosa. Nunca a vi tão brava. Nunca contei isso para você. Eu tinha vergonha demais.

Ele não falou nada.

— Aí eu continuei implorando, até que ela inventou uma história sobre um cara de outro planeta. Um *turista*. Um turista com asas e tal. Ela disse que ele voltaria algum dia. É por isso que ela nunca juntou os trapos nem se casou. Ela continua esperando a volta dele.

✕ — ✕

— Não olha para mim desse jeito. Eu sei que é lorota. Tipo, se ele tinha asas, por que eu não tenho asas? Teria sido muito legal. Voar. Voar de verdade. Até quando eu treinava todo dia, nunca subi mais que meio metro acima do chão. Mísero meio metro. Para que é que meio metro serve? Trabalhar de garçonete. Eu flutuo de vez em quando, então não fico com varizes que nem minha mãe.

— Provavelmente você conseguiria subir mais se tentasse direito.

— Quer me ver tentar? Aqui, segura isto. Certo. Um, dois, três. Para cima, para cima, e um pouco mais para cima. Viu?

Ele franziu o cenho e olhou para as árvores. Tentando segurar o riso. Ela o conhecia.

— Quê? Ficou impressionado ou não?

— Posso ser sincero? Sim e não. Você podia aprimorar sua técnica. Está bambeando um pouco. E não entendo por que seu cabelo todo subiu e começou a balançar. Você sabe que ele está fazendo isso?

— Eletricidade estática? — perguntou ela. — Por que você é tão cruel?

— Ei. Só estou tentando ser sincero. Só queria saber por que você nunca me falou nada disso sobre o seu pai. Eu podia dar uma sondada, ver se alguém conhece.

— Não é da sua conta — afirmou. — Mas obrigada.

— Achei que nossa amizade fosse melhor que isso, Bunnatine.

Ele parecia magoado.

— Você ainda é meu melhor amigo no mundo inteiro. Prometo.

— Adoro este lugar — declarou ele.

— É. Eu também. — Só que, se ele gostava tanto assim, por que nunca ficava? Tão ocupado salvando o mundo que não podia salvar a Terra de Oz? Coitados dos Munchkins. Coitada de Bunnatine. A cerveja estava quase acabando.

Ele disse:

— E o que estão pensando? As construtoras? O que estão planejando?

— O de sempre. Demolir tudo. Construir apartamentos.

— E você não liga?

— Claro que eu ligo! — exclamou ela.

— Sempre acho que agora parece bem mais real. Essa deterioração. O fato de que a Estrada de Tijolos Amarelos está desaparecendo. Dá a sensação de que Oz foi um lugar de verdade. O abandono faz com que seja mais real, sabe?

A cerveja transformou Biscuit no rei filósofo. Mais uma característica da cerveja. Ela tomou outra para ajudar com a filosofia. Ele também.

Ela disse:

— Às vezes tem coiotes por aqui. Ursos também. Os mutantes. Uma vez vi um Pé-grande e dois bebezinhos Pés-grandes.

— Não acredito.

— E um monte de veados. Uns caras vêm aqui na temporada de caça. Quando eu pego, eles sempre fazem alguma piada sobre caçar Munchkins. Acho que são imbecis por virem aqui armados. Mutantes não gostam de armas.

— Quem gosta?

— Lembra a Tweetsie Railroad? Aquela montanha-russa mambembe? Lembra que aqueles caras fantasiados de índios subiam no trem?

Ele respondeu:

— Doce de chocolate. Sua mãe comprava doce de chocolate para a gente. Lembra quando a gente se sentava na primeira fila e tinha aquela dançarina? A com o tufo de oito centímetros de pelos pubianos aparecendo pelas pernas da roupa de baixo dela? Durante o cancã?

Ela exclamou:

— Não me lembro disso!

Ele se inclinou por cima dela e mordiscou seu pescoço. As pessoas iam achar que ela havia sido atacada por um bando de lulas. Marquinhas vermelhas de sucção por todo canto. Ela bocejou.

Ele falou:

— Ah, vai! Você lembra! Sua mãe começou a rir e não conseguiu parar. Tinha um cara sentado bem ao nosso lado, e ele ficou tirando fotos.

— Como é que você se lembra disso tudo? Eu mantive um diário durante a escola toda e ainda não lembro tudo que você lembra. Tipo, o que eu lembro é que você ficou uma semana sem falar comigo porque eu disse que achava *A revolta de Atlas* chato. Que você me contou o final de *O império contra-ataca* antes de eu ver. *"Ei, adivinha? Darth Vader é o pai de Luke!"* Quando eu estava gripada e você foi ver sem mim?

— Você não acreditou.

— A questão não é essa!

— É. Acho que não. Foi mal.

✕ — ✕

— Tenho saudade daquele chapéu. O dos pompons. Um bêbado qualquer roubou do meu carro.

— Vou comprar outro para você.

— Não se preocupe. É só que eu voava melhor quando estava com ele.

Ele disse:

— Não é voo de verdade. Está mais para pairar.

— Ué, e você é especial porque pula de lá para cá que nem uma peteca? Beleza, pelo visto é isso mesmo. Mas você parece idiota. Essas pernas enormes. Esse traje. Alguém já falou isso?

— Por que você é um pé no saco tão grande?

— Por que você é tão cruel? Por que precisa ganhar todas as brigas?

— Por que você tem que ganhar, Bunnatine? Eu preciso porque preciso. Eu preciso vencer. É o meu trabalho. Todo mundo sempre quer que eu seja um cara bonzinho. Mas eu sou um cara do bem.

— Qual é a diferença mesmo?

— Um cara bonzinho não faria isto, Bunnatine. Nem isto.

— Digamos que você ficou presa em um prédio. Está pegando fogo. Você está no sexto andar. Não, no décimo.

Ela ainda estava meio zonza por causa da primeira apresentação. Ela disse:

— Ei! Me coloca no chão! Seu babaca! Volta! Para onde você vai? Vai me deixar aqui em cima?

— Espera, Bunnatine. Vou voltar. Vou voltar para salvá-la. Pronto. Pode soltar agora.

Ela se agarrou desesperadamente ao galho. A vista era tão bonita que era insuportável. Quase dava para ignorá-lo, fingir que ela havia subido até ali sozinha.

Ele ficou pulando.

— Bunnatine. Solta.

Ele pegou no punho dela e puxou. Ela se fez o mais pesada possível. O chão voou na direção deles, e ela se retorceu, com força. Caiu para fora dos braços dele.

— Bunnatine! — gritou ele.

Ela se conteve a um palmo de se espatifar nas ruínas da Estrada de Tijolos Amarelos.

— Estou bem — afirmou ela, pairando. Mas ela estava melhor do que bem! Como era bonito ali embaixo também.

Ele parecia muito ansioso.

— Nossa, Bunnatine, sinto muito.

Ela teve vontade de rir ao vê-lo tão preocupado. Pôs os pés no chão com cuidado. O mundo todo era de vidro, e o vidro era uma taça cheia de champanhe, e Bunnatine era uma bolha, subindo, subindo, subindo.

— Para de pedir desculpa, está bem? Foi ótimo! A cara que você fez. Ficar no ar daquele jeito. Vamos, Biscuit, de novo! Faz de novo! Desta vez eu deixo você fazer o que quiser.

— Você quer que eu faça aquilo de novo? — disse ele.

Ela se sentia uma criancinha. Exclamou:

— De novo! De novo!

Ela não devia ter entrado no carro com ele, claro. Mas era só o velho Potter tarado, e ela tinha vantagem. Ela explicou como ele lhe daria dinheiro. Ele ficou só ouvindo. Disse que teriam que ir ao banco. Ele dirigiu com ela até o outro lado da cidade e estacionou atrás do Food Lion.

Ela não estava preocupada. Ainda tinha vantagem. Ela disse:

— O que foi, pervertido? Vai revirar o lixo?

Ele estava olhando para ela.

— Quantos anos você tem?

Ela respondeu:

— Catorze.

— Já está bom.

— Por que você foi embora depois do ensino médio? Por que você sempre vai embora?

— Por que você terminou comigo no segundo ano?

— Não responda a uma pergunta com outra. Ninguém gosta quando você faz isso.

— Bom, talvez seja por isso que eu fui embora. Porque você vivia gritando comigo.

— Você me ignorava no ensino médio. Como se tivesse vergonha de mim. *Até mais, Bunnatine. Para, Bunnatine. Estou ocupado.* Você não me achava bonita? Vários caras na escola me achavam bonita.

— Eram todos idiotas.

×——×

— Não quis dizer nesse sentido. É só que eles eram mesmo idiotas. Vai, você também achava.

— Podemos mudar de assunto?

— Tudo bem.

×——×

— Não é que eu tinha vergonha de você, Bunnatine. Você me distraía. Eu estava tentando manter uma média alta. Tentando aprender alguma coisa. Lembra aquela vez em que a gente estava estudando e você rasgou minhas anotações todas e comeu?

×——×

— Vi que ainda não encontraram aquele cara. Aquele maluco. O que matou seus pais.

— Não. Não vão encontrar. — Ele jogou pedras no lugar onde a coruja estivera antes. Acertou aquela coruja ridícula, invisível, ausente.

— É? — disse ela. — Por que não?

— Cuidei do assunto. Ele queria que eu o encontrasse, sabia? Só queria chamar minha atenção. É por isso que você precisa tomar cuidado, Bunnatine. Tem gente que não gosta mesmo de mim.

— Seu pai sempre foi um fofo. Sempre dava vinte por cento de gorjeta. Um dólar inteiro se só tomava café.

— É. Não quero falar dele, Bunnatine. Ainda dói. Sabe?

— É. Desculpa. E como está a sua irmã?

— Está bem. Ainda em Chicago. Tiveram neném. Uma menininha.

— É. Acho que fiquei sabendo. Bonitinha?

— Ela se parece comigo, dá para acreditar? Mas parece bem. Normal.

— A gente se sentou em cima de hera-venenosa?

— Não. Olha. Tem um veado ali. Olhando a gente.

— Quando você pega no trabalho?

— Só às 6h. Só preciso passar em casa antes e tomar um banho.

— Legal. Ainda tem cerveja?

— Não. Foi mal — disse ela. — Devia ter trazido mais.

— Tudo bem. Deixa comigo. Você quer?

— Por que você não vai embora?

— Para ser garçonete em outro lugar? Eu gosto daqui. Foi aqui que eu cresci. Era um lugar bom para crescer. Gosto de todas as árvores. Gosto das pessoas. Gosto até dos turistas que dirigem bem devagar entre aqui e Boone. Só preciso achar outro emprego, senão minha mãe e eu vamos matar uma à outra.

— Achei que vocês estivessem se dando bem.

— É. Desde que eu faça exatamente o que ela mandar.

— Eu a vi no desfile. Com uma garotinha.

— É. Ela tem cuidado da filha de uma amiga do restaurante. Minha mãe curte. Ela tem lido um monte de contos de fadas para a garota. Ela não suporta as coisas da Disney, e é só isso que a garota quer. Agora elas estão lendo *O mágico de Oz*. Eu tinha ficado de pegar um autógrafo seu, aliás. Para a garota.

— Claro! Tem uma caneta?

— Ah, merda. Não tem importância. Fica para a próxima.

Começou a anoitecer devagar, e depois bem rápido no final, como sempre, até no verão, como se a luz do dia se desse conta de que tinha que ir para algum lugar imediatamente. Outro lugar. Nos fins de semana, ela vinha para cá e lia livros de suspense no carro. Mariposas batiam nos vidros. Ela saía de vez em quando para caminhar e ver se a garotada estava arranjando confusão. Ela conhecia todos os lugares em que eles gostavam de ir. Às vezes os mutantes estavam no lugar onde ficava o palco, treinando. Eles haviam começado uma banda. Viviam perguntando se ela tinha certeza de que não sabia cantar. Ela realmente não sabia cantar. Tudo bem, diziam os mutantes sempre. Você pode uivar só. Gritar. A gente gosta. Eles davam cigarros em troca da aguardente dela. Contavam piadas longas e convolutas de mutantes, com um monte de gestos com as mãos e conclusões incompreensíveis. A noite era o período preferido dela. À noite ela podia imaginar que ali era mesmo a Terra de Oz, que, quando o sol não pudesse mais ficar longe, quando o sol finalmente subisse de novo, ela ainda estaria ali. Em Oz. Não aqui. Bata os calcanhares, Bunnatine. Não tem casa melhor do que nosso lugar de verão.

Ela disse:

— Ainda tem tido pesadelo?

— Aham.

— Aquele sobre o fim do mundo?

— É, sua enxerida. Aquele.

— Ainda acaba com o grande incêndio?

— Não. Um dilúvio.

— Lembra aquele seriado?

— Qual?

— Aquele. *Buffy: a caça-vampiros*. Até minha mãe gostava.

— Vi algumas vezes.

— Eu sempre pensava que aquele vampiro, Angel, cada vez que ficava do mal, dava para saber que era malvado porque ele começava a usar calça de couro preta.

— Por que essa sua obsessão com as roupas das pessoas? Porra, Bunnatine. Era só uma série de TV.

— É, eu sei. Mas aquela calça de couro preta que ele usava devia ser a calça *do mal* dele. Que nem calça de gordo.

— Quê?

— Calça de gordo. O tipo de calça que gente que emagrece mantém no armário. Só para o caso de engordar de novo.

Ele olhou para ela. Aquele rosto grande e feioso dele estava vermelho e cheio de manchas por causa da bebedeira.

Ela disse:

— Então minha pergunta é a seguinte. O vampiro Angel mantém uma calça de couro preta no armário? Só por via das dúvidas? Que nem calça de gordo? Vampiros têm armário? Ou ele doa a calça do mal para a caridade quando volta a ser do bem? Porque, aí, sempre que ele fica do mal, precisa comprar uma calça do mal de novo.

Ele respondeu:

— É só televisão, Bunnatine.

— Você não para de bocejar.

Ele sorriu para ela. Um sorriso de garoto bonzinho. Deixava meninas de qualquer idade malucas. Ele disse:

— Só estou cansado.

— Desfiles são mesmo de matar.

— Vai à merda.

— Vai. Dorme um pouco. Vou ficar acordada e vigiar em caso de mutantes, arqui-inimimimigos e caçadores de autógrafos.

— Acho que só por uns minutinhos. Você gostaria bastante dele.

— De quem?

— Do arqui-inimigo com quem estou saindo. Ele tem um senso de humor ótimo. Mandou um caixote de piano cheio de filhotes de gato albinos semana passada. Algum projeto que ele está fazendo. Mijaram por todo canto. Tive que achar lares para todos. Claro que antes conferimos se não eram bombinhas ou se estavam possuídos por demônios ou programados para hipnotizar criancinhas com seus olhos vermelhos rodopiantes de gatinhos. Para dar pesadelos. Teria sido um inferno para a assessoria de imprensa.

— E qual é a desse? Por que ele quer destruir o mundo?

— Ele não fala. Acho que não está muito empolgado. Vive fazendo essas maluquices que nem isso dos gatinhos. Teve uma vez com uma máquina que transformava tudo em suco de tomate. Mas alguém que andava com ele antigamente disse que ele nem gosta de suco de tomate. Se um dia ele tentar sequestrá-la, Bunnatine, não aceite, em hipótese alguma, se ele oferecer uma partida de xadrez. Tente evitar o assunto xadrez. Ele é um daqueles caras que acha que todo mestre do crime devia jogar xadrez, mas ele é péssimo. Fica emburrado.

— Vou tentar lembrar. Você está confortável? Põe a cabeça aqui. Está com frio? Esse traje não parece muito quente. Quer meu casaco?

— Pare de amolar, Bunnatine. Estou pesado demais?

— Dorme, Biscuit.

A cabeça dele era tão pesada que ela não conseguia imaginar como ele andava com aquilo em cima do pescoço o dia todo. Ele não estava dormindo. Ela o ouvia pensar.

Ele disse:

— Sabe, um dia eu vou fazer merda. Um dia vou fazer merda e o mundo não vai ser salvo.

— É. Eu sei. Um grande dilúvio. Não tem problema. Só se cuida, tudo bem? E eu vou me cuidar, e o mundo vai se cuidar também.

A perna dela estava molhada. Que nojo. Ele estava babando na perna dela.

— Eu sonho com você, Bunnatine. Sonho que você também está se afogando. E que não posso fazer nada. Não posso salvá-la.

Ela disse:

— Você não precisa me salvar, meu bem. Lembra? Eu flutuo. Deixa tudo virar água. Deixa virar água. Deixa virar cerveja. Suco de tomate. Deixa a Terra de Oz afundar. Oztlantis. Pequenas sereias Dorothy mutantes felizes. Deixa aquelas casas de montanha e condomínios de esqui se afundarem todos, completamente, e os veados e os tijolos e as meninas do colegial e as pessoas que não dão gorjeta. O mundo não é grande coisa mesmo, sabe? Biscuit? Talvez ele não queira ser salvo. Então para de se preocupar. Vou flutuar. Sou isopor. Os dedos dos meus pés não vão estar nem molhados quando você vier me buscar.

— Ah, que bom, Bunnatine — disse ele, babando —, tirou um peso dos meus ombros... — E adormeceu. Ela ficou sentada embaixo daquela cabeça pesada e escutou o ar se deslocar no alto entre as folhas invisíveis. Parecia o som de água correndo rápido. Cachoeiras e lagos de água inundando a encosta da montanha. Mas isso era em outro universo. Aqui tinha só noite e vento e árvores e as estrelas que estavam aparecendo. Ei, pai, seu escroto.

Suas pernas ficaram dormentes, e ela precisava ir ao banheiro de novo, mas não queria acordar Biscuit. Ela se encurvou e o beijou no alto da cabeça. Ele não acordou. Só murmurou *"Para, Bunnatine. Me ame sozinha"*. Ou algo do tipo.

✕ — ✕

Ela se lembra de quando era criança. Nove ou 10 anos. Entrando de fininho em casa às quatro da madrugada. Biscuit, o melhor amigo dela, também foi para casa, para se deitar na cama e não dormir. Eles têm aula amanhã. Ela está cansada, está morrendo de fome. Combater o crime dá trabalho. A mãe dela está na cozinha, fazendo panquecas. Algo na aparência dela indica a Bunnatine que ela também passou a noite toda fora.

Talvez também esteja combatendo o crime. Bunnatine sabe que a mãe é uma super-heroína. Não é só garçonete. Esse é só o disfarce dela.

Sua mãe diz:

— Quer panqueca, Bunnatine?

Ela esperou o máximo possível e, depois, levantou a cabeça dele e a apoiou no chão. Cobriu os ombros dele com seu casaco. Que nem estender um lenço em uma mesa. Olha só o grandalhão, deitado tão sossegado. Talvez ele durma por cem anos. Mas o mais provável é que os mutantes o acordem, em algum momento, com seus berros selvagens. Eles agora curtem *kazoo* e gritos metaleiros. Ela ouve os sons de aquecimento deles. Biscuit andava com uns mutantes na escola, anos e anos atrás. Eles vão se divertir com o traje novo dele. Vai ter um reencontro de dez anos da turma do ensino médio, e Biscuit vai voltar para casa para comparecer. Ele fica emocionado com essas coisas. Mutantes, por sua vez, não são de fazer desfiles ou reencontros de turma. Mas são bons em guardar segredo. Eram ótimos como babás quando sua mãe não podia cuidar da garota.

Ela mantém o farol apagado durante a descida toda montanha abaixo. Desliga o motor também. Só desliza montanha abaixo, que nem uma asa preta.

Quando chega em casa, está praticamente sóbria, e é claro que a garota ainda está dormindo. Sua mãe não fala nada, mas Bunnatine sabe que ela não aprova. Ela acha que Bunnatine devia contar para Biscuit sobre a menina. Mas é um pouco tarde para isso, e quem sabe? Vai ver nem é filha dele.

A menina sujou a cara e o travesseiro todo de chocolate. Sobra do desfile, provavelmente. A mãe de Bunnatine adora doces. A menina provavelmente ficou sentada comendo no escuro depois que a mãe de Bunnatine a colocou para dormir. Bunnatine dá um beijo na testa da menina. Vai buscar uma toalha de rosto, volta e limpa um pouco do chocolate. A menina não acorda. Vai ficar muito chateada por causa do autógrafo. Talvez Bunnatine forje logo a letra de Biscuit. Escreva algo bem legal. Biscuit não vai ligar. Bunnatine queria se enfiar na cama da menina, se aninhar em volta dela e se aquecer de novo, mas já faltou a dois turnos nessa semana. Então ela toma um banho quente e vai ficar com a mãe na cozinha até ter que sair para o trabalho. Nenhuma das duas tem muito a dizer uma para a outra, o que é normal, mas a mãe de Bunnatine prepara ovo com torradas para ela. Se Biscuit estivesse aqui, ela faria o café da manhã dele também, e Bunnatine imagina isso, tomar café com Biscuit e a mãe dela, esperar o sol nascer para o dia poder começar de novo. Aí a menina entra na cozinha, chorando e estendendo os braços para Bunnatine.

— Mamãe — reclama. — Mamãe, tive um sonho muito ruim.

Bunnatine a pega no colo. Que menininha pesada. O nariz dela está escorrendo, e ela ainda cheira a chocolate. Não admira que tenha tido pesadelo. Bunnatine diz:

— Shhh. Calma, meu bem. Foi só um pesadelo. Só um sonho. Conta o sonho para mim.

A Lição

A briga começa dois dias antes da data prevista para Thanh e Harper viajarem para o casamento. O casamento é em uma ilha particular pequena em algum ponto do litoral da Carolina do Sul. Ou do Alabama. A noiva é uma velha amiga. A briga é sobre várias coisas. O antigo ressentimento de Thanh em relação à carga horária atroz do trabalho de Harper, a descoberta por parte de Harper de que Thanh, durante um acesso de diligência, jogou fora todos os restos sortidos de queijo de Harper ao limpar a geladeira.

A briga é sobre dinheiro. Harper trabalha demais. Thanh é diretor-assistente de escola pública de Brookline. Ele não recebe aumento há três anos. A briga é sobre o relacionamento de Thanh com a mulher que está, de forma precária, grávida de seis meses da criança que Harper e Thanh tanto queriam. Thanh tenta explicar de novo para Harper. Ele nem gosta tanto assim de Naomi. Mas é claro que ele se sente grato. *Por que ser grato a ela?*, pergunta Harper. *A gente está pagando. Ela está fazendo isso porque nós estamos lhe dando dinheiro. Não porque ela quer ser nossa amiga. Sua.* O que Thanh não fala é que talvez ele até gostasse de Naomi em outras circunstâncias. Por exemplo, se eles tivessem que ficar lado a lado durante um voo longo. Se eles nunca tivessem que se ver de novo. Se ela não estivesse esperando o bebê de Harper e Thanh. Se ela estivesse fazendo melhor esse trabalho de esperar o bebê. Eles decidiram não saber o gênero do bebê.

A questão é que gostar de Naomi não é a questão. Na verdade, a questão é ela passar a gostar de — até amar — Thanh e, por associação, claro (claro!), Harper. É ela ver que eles merecem amor. Claro que eles merecem amor. A boa vontade de Naomi, a amizade dela, a *afeição*, é uma garantia. Os dois têm medo, Thanh e Harper, de que Naomi mude de ideia quando o bebê nascer. Aí eles vão ficar sem bebê, sem meios de recorrer na justiça e sem dinheiro para tentar de novo.

Enfim, o queijo era velho. Harper está engordando. A barba, que Thanh detesta, não engana ninguém. Thanh gastou dinheiro demais no presente de casamento. E as passagens também não foram baratas.

Naomi, a barriga de aluguel, está em repouso. Duas semanas atrás, um cirurgião deu um ponto no colo do útero. Uma cerclagem, que quase parece algo bonito. *Como a gente foi arranjar uma barriga de aluguel com incompetência cervical?*, diz Harper. *Ela tem só 27 anos!*

✗ — ✗

Naomi sai da cama para ir ao banheiro e, uma vez a cada dois dias, pode tomar banho. Seus colegas da faculdade a visitam, e do que você acha que eles falam quando não estão conversando sobre linguística? Thanh e Harper, provavelmente, e o tanto que Naomi está sofrendo. Ela confidencia com os amigos? Fala que está pensando em ficar com o bebê? Foi o óvulo dela, afinal de contas. Essa ideia provavelmente foi idiota.

Thanh mantém uma escova de dente no apartamento de Naomi. Mais fácil do que subir correndo. O prédio deles é cheio de russos idosos com contratos de aluguel de valor tabelado. As mulheres caminham de salto alto nas esteiras. Fofocam em russo. Nunca sorriem para Thanh quando ele entra na academia para levantar peso ou correr. Elas o veem entrar e sair do apartamento de Naomi. Devem achar curioso. Às vezes Thanh trabalha na mesa da cozinha de Naomi. Certa noite, ele pega no sono ao lado dela na cama, enquanto Naomi está contando alguma história de sua infância, com a TV ligada. Naomi assiste a um episódio atrás de outro de *CSI: Investigação Criminal*. Tanto sangue! Não deve fazer bem para o bebê. Quando Thanh acorda, ela está olhando para ele. *Você peidou dormindo*, diz ela. E ri. *Que horas são?* Ele olha o celular e vê que não tem nenhuma ligação perdida. Harper deve estar no trabalho ainda. *Ele não gosta muito de mim*, diz Naomi. *Ele gosta de você!*, diz Thanh. (Ele sabe de quem ela está falando.) *Quer dizer, ele não gosta muito de gente. Mas ele gosta de você.*

Hm, diz Naomi. *Ele vai gostar do bebê*, diz Thanh. *Você devia ver quando ele fala de creches, aulas de arte, já está pensando em bichos de estimação. Talvez um gerbo, para começar? Ou um camaleão. Ele já começou uma poupança para a faculdade. Hm*, diz Naomi de novo. *Ele é bonito*, diz ela. *Admito. Você devia ter visto quando ele tinha 25 anos*, diz Thanh. *Desde então, é só ladeira abaixo. Está com fome?* Ele esquenta o *pho ga* que preparou lá em cima. Receita da mãe dele. Lava a louça depois.

Outro dia, ele viu sem querer uma mensagem de texto no celular de Naomi. Para uma das amigas dela. EU VIVO CHEIA DE TESÃO O TEMPO TODO. Eles deviam ter usado o óvulo de uma doadora. Mas isso teria custado mais, e quem é que tem tanto dinheiro? Quem quer que seja, não são Harper e Thanh. Eles olharam catálogos. QI, *hobbies*, histórico genético. Parecia impessoal. Que nem pedir comida em um cardápio na internet. Vamos pedir frango ou camarão? Naomi e Harper têm cabelo louro denso e encaracolado, formato parecido de queixo, de corpo, porte atlético. Então eles decidiram usar o esperma de Thanh. Harper diz uma vez, tarde da noite: ele acha que seria mais difícil amar o próprio filho.

Thanh quer contar para Harper sobre a mensagem. Talvez o fizesse rir. Ele não ri. Não riria.

Em algum momento, a briga vira sobre o casamento. Será que eles deviam cancelar? Thanh acha que, se eles viajarem agora, vai acontecer algo horrível. O bebê vai nascer. Ele não pode falar isso para Harper. Isso também faria mal para o bebê.

Nesta fase da gravidez, os pulmões do feto ainda não se desenvolveram o bastante. Se Naomi entrar em trabalho de parto agora, o bebê pode sobreviver ou pode morrer. Cinquenta por cento de chance. Se o bebê sobreviver, terá uma chance em cinco de nascer com alguma deficiência grave. Harper quer ir ao casamento. Não vai ninguém que ele conhece, exceto Thanh e Fleur, mas Harper gosta de conhecer pessoas, especialmente quando ele sabe que não precisa vê-las nunca mais. Harper gosta de gente nova. Harper e Thanh já estão juntos há dezesseis anos. Casados há seis. Enfim, quando eles vão ter outra chance para fazer uma aventura? A próxima etapa da vida deles se arrasta no horizonte.

Naomi fala para irem. As passagens não têm reembolso. Vai ficar tudo bem. Han, a mãe de Thanh, aceita vir de Chicago e ficar com Naomi. Han e Naomi viraram amigas de Facebook. Han não entende nada da vida de Thanh, ele já aprendeu isso há muito tempo, mas o ama mesmo assim. Ela também ama Naomi, porque Naomi está esperando seu neto. A mãe da própria Naomi não está no circuito. Os pais de Harper são uns babacas.

×——×

Eles vão ao casamento de Fleur.

×——×

Fleur sempre foi a responsável pelas festas. Sempre dava as melhores festas, do tipo que as pessoas ainda comentavam muito depois de se mudarem para bairros mais abastados — Newton, Sudbury, Lincoln —, festas cuja recuperação demandava dias dentro de quartos pouco iluminados. Fleur, quando tinha vinte e poucos anos, era frugal, implacável, psicologicamente astuta. Sabia extrair o máximo possível de diversão, o máximo possível de frivolidade exaustiva, de todos os eventos. E agora Fleur conta não só com a perspicácia do improviso sórdido, mas também com dinheiro. Quem está bancando isso tudo? A família de David, o noivo de Fleur, é dona da ilha. Ele trabalha com algo que Fleur não explica em detalhes. Viagens. A família tem dinheiro. A família dele atua na indústria de minipetiscos. Uma van busca Harper e Thanh, outros dois casais e duas mulheres de Chula Vista. Amigos de Fleur. Fleur se mudou para Point Loma há alguns anos, e foi lá que ela conheceu David, fazendo o que quer que seja que ele faz. As mulheres se chamam Marianne e Laura. Elas dizem que David é legal. Bom com as mãos. Um pouco sinistro. Elas não o conhecem direito. Conhecem Fleur do *bikram yoga*. O ar-condicionado da van não está funcionando. A van leva os convidados do casamento desde o aeroporto regional miúdo por onde todo mundo chegou em aviõezinhos miúdos de hélice até um cais igualmente miúdo. Tudo tamanho míni. O barco que vai para a Ilha da Garra Feia tem fundo de vidro. *Que gracinha*, diz Marianne. O piloto, um cara negro com os olhos mais verdes que Thanh já viu na vida, é gay. Inquestionavelmente gay. Aqui embaixo o Atlântico é mais brando. Parece maior. Mas talvez seja porque tudo o mais é muito menor. Tem um *cooler* no barco; dentro dele, garrafas térmicas transparentes individuais com algo cítrico e alcoólico. Em um cesto, pacotes de petiscos, bolachas e biscoitos. Quando tinha vinte e poucos anos, Fleur trabalhou de *bartender* em vários bares de Boston. Ela e Thanh se conheceram no Man Ray. Já faz bastante tempo que o Man Ray fechou. Milhares de anos.

Han mandou uma mensagem para Thanh. *Está tudo bem. Certo? Bem! Ótimo!* Ela e Naomi estão vendo musicais de Bollywood. Comendo batata frita. Naomi quer saber tudo sobre Thanh e Harper quando eles eram jovens e estúpidos. (Não foram essas as palavras que Han usou. Mesmo assim.) *Não fale nada para ela*, responde Thanh. *É sério.*

Harper está de ótimo humor. Raridade, ultimamente. Ele parece cem anos mais jovem do que quando eles pegaram o táxi hoje cedo. Ele pede informações aos dois casais. Convidados de qual dos noivos. De onde eles vêm. O que fazem. Todo mundo aqui é amigo de Fleur, mas ninguém tem um histórico tão extenso e distinto quanto Harper e Thanh. Harper, alegando dor nas costas, se deita no fundo de vidro do barco. Todo mundo precisa mexer os pés. Ninguém se incomoda. Ele conta uma história de quando Fleur, embriagada e furiosa, sabe-se lá por quê, chutou a frente de um *jukebox* em um bar de Allston. O Silhouette. Todos aqueles meninos do rock alternativo do começo da década de 1990, com seus jeans pretos sujos. Pernas que pareciam gravetos, jeans tão apertados que mal os deixavam dobrar os joelhos quando eles se sentavam. Thanh antigamente admirava aquelas bundas quase inexistentes. Bunda de rock de Allston. Está tocando uma música do U2 quando Fleur chuta a máquina. Harper, com talento para bolar inverdades espetaculares, improvisa uma história. Uma vez Bono gozou em cima da irmã caçula dela quando ela pegou no sono no camarim depois de um show. Depois disso, Fleur ganha bebidas de graça sempre que eles vão ao Silhouette. Ela até trabalha lá por alguns meses.

Esse é o tipo de história que se deve contar para desconhecidos a caminho de um casamento? *Melhor*, Thanh imagina, *do que a história do albatroz*. A melhor parte da história de Harper é que Harper nem estava no Silhouette naquela noite. Eram só Thanh e Fleur, em uma noite qualquer. Foi Thanh que inventou a história sobre Bono. Mas não existe história que Harper não incremente mais ainda, não redecore. Thanh se pergunta se essa história ainda circula. Será que alguém chegou a contar para o próprio Bono? Talvez Thanh deva procurar no Google. Dá para ver o perfil encurvado do que deve ser a Ilha da Garra Feia, a mais ou menos um quilômetro de distância. *A maré está baixa*, diz o piloto pelo interfone. *Vocês podem ir andando daqui. A água tem um metro de profundidade, no máximo. Vocês podem nadar! Se quiserem.* Harper se levanta de um salto. Suas costas, boas como nunca. *Com certeza*, diz ele. *Quem topa?* Harper tira os sapatos, a calça jeans, a camisa. Tem aquela barriga grande e peluda. Continua de cueca. Passa por cima da borda do barco e desce a escada. Dois homens e uma mulher chamada Natasha o acompanham. Todos só de roupa de baixo.

Thanh continua embaixo do toldo branco do barco. Marolas agradáveis se debatem contra o casco. Está soprando uma brisa muito agradável. Ele gosta da aparência da água através do fundo de vidro. Que nem um truque de mágica. Para que estragar? Além do mais, ele se esqueceu de tirar a roupa da secadora antes da viagem. Está sem cueca. O barco chega à praia primeiro, mas, antes de Thanh sair para o píer, Harper nada por baixo do vidro. Aperta os lábios no fundo. E, com movimentos sugestivos, começa a mexer o quadril. Estou aqui, Thanh, transando com um barco. Viu, Thanh? Eu falei que a gente ia se divertir.

Fleur está no píer, beijando os amigos. O piloto do barco também. Por que não? Ele é muito bonito. Fleur está de biquíni branco e cartola. Thanh nunca a viu de cabelo tão comprido. Ela o deixou voltar à cor natural. *Eu sou a comitiva do casamento*, diz ela, ainda dando beijos amorosos. *Beijos exuberantes!* Ela cheira a frangipana e *bourbon*. *Representando tanto a noiva, eu, quanto meu noivo, David. Porque ele ainda não chegou. Está atrasado. Olha só você, Thanh! Vocês dois! Faz dois anos mesmo? Meu Deus! Vamos para a cabana. Todo o resto vai ter que dormir em uma iurte na praia, uma cabana circular. Bom, todo mundo menos os idosos, que estão hospedados no continente. Mas você e Harper vão ter uma cama. Uma cama dentro de um quarto de verdade, e tem até porta. Lembra o apartamento em Somerville? A garota que veio da Irlanda para visitar a namorada e levou um pé na bunda antes de o avião pousar? A gente colocou um colchão atrás do sofá, e ela ficou lá o verão todo? Vocês viram Barb? Ela continua em Praga? Vocês já sabem se vão ter menino ou menina? Como é essa mulher, a barriga de aluguel?*

Ela não para de falar. Beijar, falar, Fleur gosta de fazer as duas coisas. Os outros convidados são despachados para procurar suas iurtes. Lenny, a irmã de Fleur, os leva embora. Thanh nunca gostou de Lenny. Faz mais de uma década que ele não a vê, mas continua não gostando. Harper veste a calça de novo, e eles acompanham Fleur pela praia. *Você já dormiu com ela?*, perguntou Harper uma vez para Thanh. *Claro que não*, disse Thanh.

A Cabana Garra Feia é um caixote de madeira feio decorado com um contorno branco tipo decoração de biscoito. Dois andares. Uma varanda torta, uma porta telada batendo. Janelinhas de mansarda atochadas embaixo do beiral descamado do telhado. *A ilha deve valer uns três milhões*, diz Fleur. *A cabana? Um dia o vento vai jogar no mar, e eu vou me prostrar de joelhos e dar graças a Deus. Qual é o tamanho da ilha?*, pergunta Harper. *Três quilômetros. Por aí. Dá para contornar em meia hora. Ela fica maior a cada tempestade. Mas aí o continente é que está ficando menor.*

Tem baldes e panelas espalhados pelo chão pintado da cabana. Em cima de bancadas. No sofá com manchas de umidade e dentro da lareira. *Choveu a noite toda*, diz Fleur. *A manhã toda também. Achei que choveria o dia inteiro. O telhado é uma peneira.* Ela os leva para o andar de cima e por um corredor tão baixo que Harper precisa se abaixar para passar sob uma viga. *Aqui*, diz ela. *O banheiro é na porta ao lado. A água é toda de coleta, então, se vocês quiserem um banho quente, tomem à tarde. A caixa-d'água fica no telhado.* O quarto onde eles vão dormir tem espaço para uma cama de solteiro, encostada na parede embaixo da janela. Tem uma mesa de três pernas. Na cama, uma vasilha de vidro com um dedo de água de chuva. Fleur diz: *Vou levar isso embora.* Na mesinha, tem um bicho empalhado. Parece felino, mas com um rabo curiosamente achatado. Tem cara de bravo. Um focinho enrugado com bigodes. *O que é isso?*, pergunta Harper. *Um castor?* Fleur diz: *Isso? É alguma coisa nativa daqui. A espécie tinha garras venenosas, ou botava ovo, ou algo assim. Está extinta. E isso vale uma fortuna. Os bichos eram um transtorno tão grande que todo mundo os erradicou. Mataram a tiros, capturaram, picotaram para usar de isca. Foi muito tempo atrás, antes de esse tipo de coisa ser uma questão. Enfim! Ninguém se deu ao trabalho de inventar um nome para o que eles eram, mas depois que sumiram o nome da ilha foi inspirado neles. Eu acho. Garra Feia. Esse troço com certeza vale mais que esta casa.* Thanh olha o celular de novo. *Não tem sinal aqui*, diz Fleur. *Vocês precisam voltar ao continente para isso.* Harper e Thanh trocam um olhar. *Tem algum telefone na casa?*

Não.

Thanh e Harper brigam sobre a necessidade de Thanh de voltar para ver se tinha alguma mensagem, de ligar para Han e Naomi. De eles ficarem ou não no continente. *A gente podia ter uma cama de verdade*, diz Thanh. *Fleur vai entender. Quero ficar aqui*, diz Harper. *E não vamos falar nada disso para Fleur. É o casamento dela! Você acha que ela quer ter que fingir preocupação por algo que provavelmente nem vai ser problema? Está bem. Então eu pego o barco quando ele for buscar mais gente*, diz Thanh. *Vou ligar para ver se está tudo bem, e volto logo em seguida. Não*, diz Harper. *Eu vou. A gente fala para Fleur que é coisa de trabalho.*

Por acaso, Harper pode ir nadando/andando até o continente. Mas a maré vai subir mais tarde, então ele vai voltar de carona no barco. Ele coloca o celular e algumas notas de vinte dentro de dois sacos plásticos. Fleur puxa Thanh para um lado assim que Harper entra na água. *O que foi?*, diz ela. *Está tudo bem? Estamos bem*, diz Thanh. *Sério. Bem. Ok*, diz Fleur. *Vem me ajudar a preparar bebidas e me contar coisas. Preciso de um curso intensivo sobre vida de casada. Como é o sexo? Bom, para começar*, diz

Thanh, *você precisa de um bom lubrificante e muito preparo. Também recomendo dois ou três trapezistas. E uma banda marcial. A banda é essencial.* Eles preparam bebidas. As pessoas se agregam na varanda. Alguém toca músicas de Leonard Cohen em um violão. Tem ostras e cachorro-quente e meios tomates frios recheados de espinafre e queijo. Mais bebidas. Thanh diz para Fleur: *Fala de David. Ele é um cara bom? Como é que eu respondo a isso?*, diz Fleur. Ela pegou um pouco de sol. Seu rosto tem algumas rugas que Thanh não lembra se existiam. Ela está fazendo algo que costumava fazer nos velhos tempos. Pegando copos esquecidos e terminando de bebê-los. *O trabalho de David é horrível. Sabia que mandaram me investigar quando a gente foi morar junto? Para ver se eu representava algum risco de segurança. Nós estamos em lados opostos do espectro político. Mas ele me trata bem. E é rico. Isso não atrapalha. E eu o amo. Bom*, diz Thanh. Ele pega o copo vazio da mão dela.

Já são nove da noite quando Harper volta. As pessoas estão brincando de Verdade ou Consequência. Ou, como Fleur chama, Risco de Segurança ou Fazer Algo Idiota Porque É Divertido. Tem outras pessoas com Harper no barco. *Graças a Deus*, diz Fleur. *Ele chegou.* Mas não é David. São três homens e uma mulher, todos de calça com pregas finas e camisa branca. *São o bufê?*, alguém pergunta. Fleur pede silêncio. *Amigos de David*, diz ela, e vai recebê-los no píer. Nada de beijo agora. *Thanh*, diz Harper. *Vamos conversar em algum lugar.*

Eles estão no alto da escada quando Thanh vê uma tigela de plástico no chão, com água de chuva. *Espera*, diz ele para Harper, e vomita dentro da tigela. Leva a tigela para o banheiro, despeja o vômito e a água no vaso. Lava a tigela. Lava a boca. Certo. Ele está bem. Harper está no quarto deles, sentado na cama pequena. *Está tudo bem*, diz ele. *Estão no hospital. Ela teve contrações. Deram algo para interromper as contrações. E mais alguma coisa, hã, Dexametasona. Pesquisei no celular. É um corticoide. Aumenta a quantidade de surfactantes nos pulmões. Seja lá o que for isso. Assim, se ele nascer, vai ter mais chance. Ele*, diz Thanh. *Ah*, diz Harper. *É. Naomi deixou escapar. Desculpa. A gente precisa voltar*, diz Thanh. *Thanh*, diz Harper.

Não dá. Não tem nenhum voo. Nenhuma vaga. Pelo menos não para amanhã. Eu liguei. Han está lá. As contrações pararam. Amanhã de manhã, bem cedo, você pode ir até o continente e falar com elas. Thanh se deita na cama. Não tira a roupa. Tem areia entre os dedos de seus pés. Ele está com frio. Harper se deita ao seu lado. Harper diz: *Vai ficar tudo bem. Todo mundo vai ficar bem.* Eles já estão quase dormindo quando Thanh diz: *Esse tal David, não sei, não. Voltei com uns amigos de trabalho dele,* diz Harper. *Barra pesada, aqueles caras. Perguntei o que exatamente David fazia, e eles começaram a falar da lição do 11 de Setembro.* Thanh diz: *Alguém perguntou se eles eram o bufê. Bufê,* diz Harper. *Até parece que alguém comeria algo servido por eles.*

Um barulho soa à noite. *Thanh,* diz Harper. *Ouviu isso? Isso o quê?,* pergunta Thanh. Mas aí ele escuta também. Barulho fraco de farfalhar, barulho de folhas secas. Pequenos arranhões. Harper sai da cama e acende a luz. O barulho para. Harper apaga a luz. Quase imediatamente, o barulho recomeça. Harper se levanta, a luz se acende, o barulho para. Quando acontece pela terceira vez, Harper deixa a luz acesa. O Garra Feia empalhado os observa com seus olhos de vidro, os lábios retraídos em um esgar perpétuo. Não tem nada no quarto além de Harper e Thanh e o Garra Feia, a mesa e a cama e as malas deles. Thanh olha o celular. Nenhuma mensagem, nenhum sinal. A cama é pequena demais. Harper começa a roncar. Ele não roncava antes. Não acontece mais nenhum barulho. Thanh só pega no sono de novo quando o sol está nascendo.

De manhã, Fleur e várias outras pessoas estão fazendo muito barulho na varanda. Tem berros. Gritinhos de alegria. David já chegou? Eles descem. *Vai,* diz Fleur. *Experimenta. Todo mundo vai ganhar um.* Ela está tirando vestidos de noiva de dentro de um conjunto de malas enormes. *Lembram?,* diz ela para Thanh e Harper. *Lembram quando eu ganhei aquele monte de dinheiro no pôquer em Somerville?* Ela fala para todas as outras pessoas: *Eu não sabia o que fazer com aquilo. Na semana seguinte era a liquidação de vestidos de noiva na Filene's Basement. É famosa,* diz ela para seus amigos da Califórnia. *Todo mundo ia. Mesmo quem nunca, jamais pretendia se casar. Você podia ir para ver mulheres adultas brigarem por causa de vestidos, e aí, quando via, estava comprando um vestido também. Então eu fui e fiquei meio fascinada com os vestidos que ninguém mais queria. Todos os que eram muito horríveis. No fim do dia, eles praticamente pagam para alguém levar. Gastei todo o meu dinheiro do pôquer em vestidos de noiva. Eu estava guardando desde então. Para uma festa. Ou um casamento. Alguma coisa. Aqui,* diz ela para Harper. *Este vai ficar bem em você. Guardei este só para você.*

Então Harper tira a camisa. Ele pisa dentro do vestido e o puxa até o peito. Tem manga japonesa. Pérolas falsas. Botões falsos nas costas. Houve mesmo um tempo em que mulheres usavam algo assim e ninguém achava estranho e todo mundo chorava e fingia que elas estavam lindas? Quanto Fleur pagou? Tem uma etiqueta ainda presa. Três mil dólares. Riscado. Mais preços, todos riscados. Fleur vê que Thanh está olhando. *Você* sabe *que eu não paguei mais de cinquenta pratas por nenhum deles,* diz ela. Harper e Thanh se casaram em um fórum. Usaram ternos bons. Cuecas vermelhas, porque vermelho dá sorte. É preciso ter sorte. Está aí um conselho que Thanh podia dar a Fleur sobre a vida de casados. Tenha sorte.

Como estão as iurtes?, pergunta Thanh à mulher da van. Marianne? Ou Laura. Tanto faz. *As iurtes? Muito boas,* diz a mulher. *Sempre quis ficar em uma iurte. Eu também,* diz Thanh. Ele nunca na vida pensou por um segundo sequer em iurtes. *Aqui,* diz a mulher, *pode fechar meu zíper?* Ele fecha o zíper dela. *Você ficou bonita,* diz ele. *Sério?,* diz ela. *É,* diz ele. *Cai bem em você, por algum motivo.* Mas ela não parece contente com isso, não tão contente quanto estava em relação à iurte. Talvez porque é um vestido muito horroroso. As pessoas do (não) bufê estão jogando Copas nos degraus. Harper diz para Fleur: *Preciso ir para o continente de novo. Trabalho.* Fleur diz: *A maré está alta. Não sei quando o barco vai voltar. Ele já veio hoje cedo, com compras de mercado. Depois do almoço, talvez? Antes vamos fazer uma expedição. Põe um vestido.* (Essa foi para Thanh.) *Vocês também.* (Essa foi para o pessoal do bufê.) *Finjam que é uma missão de coleta de informações em campo. Quem precisar de café, tome café.*

Todo mundo é agradável. Convidados com vestidos de noiva pegam café, frutas e sanduíches prontos. Passam protetor solar, ou colocam chapéu, e saem marchando atrás de Fleur. Thanh e Harper vão junto. Todo mundo vai. Até o pessoal do bufê.

O centro da ilha, pelo menos o que Thanh imagina que seja o centro da ilha, é um terreno elevado. Louro e pinheiro. Solo barrento, salpicado de areia. Tem uma espécie de trilha, entremeada de raízes, e Fleur fala para todos andarem nela. Sumagre-venenoso, diz ela. Concavidades. Os pinheiros se adensam mais, a ponto de a procissão precisar seguir em fila única. Thanh tem que segurar a barra de seu vestido emprestado horrível. A trilha começa a ficar escorregadia, cheia de agulhas de pinheiro velhas. Não tem nenhuma brisa, só o aroma medicinal de pinheiro e sal. Ninguém fala nada. O pessoal do bufê está logo na frente de Thanh, Harper está atrás. Ele aposta que esse pessoal tem um telefone com sinal. Se o barco não vier logo, ele vai dar um jeito de pegá-lo. Por que eles dormiram até tão tarde? Han não vai servir de nada para Naomi em caso de problema. Ela não vai servir de nada para Thanh e Harper. Por outro lado, de que Thanh e Harper serviriam? No entanto, eles não deviam estar aqui. Aqui não serve de nada para ninguém. O grupo chega a uma clareira. No centro tem uma cavidade, uma depressão com o que Thanh percebe que é água. Um lago? Não é grande o bastante para ser um lago. Tem uma mancha de algas, colorida que nem gema de ovo. *Então*, diz Fleur. *Chegamos! É aqui que a família de David vem todo ano, para fazer um pedido. Né, Sheila, Robert?* Ela está se dirigindo a um casal mais velho. Thanh só reparou na presença deles agora, embora sejam as únicas pessoas na clareira que não estão de vestido de noiva. *Isso devia destacá-los*, pensa ele. Mas não destaca. Mesmo se eles ateassem fogo no próprio corpo, provavelmente nem assim as pessoas repariam. Tem um amontoado de pedrinhas e conchas e pedaços de cerâmica quebrada. Fleur pega uma pedra e diz: *Vocês fazem um pedido e jogam alguma coisa lá dentro. Vai, todo mundo pode fazer um. Vai, vai.* Ela joga sua pedrinha. Os convidados se agrupam em volta do buraco sujo. *É muito fundo?*, pergunta alguém para Fleur. Ela dá de ombros. *Talvez*, diz ela. *Provavelmente não. Sei lá.* Alguém pega uma concha e a joga lá dentro. As pessoas fazem pedidos. Harper revira os olhos para Thanh. Encolhe os ombros. Pega uma pedrinha. As pessoas estão fazendo pedidos de tudo que é tipo. Um homem com um vestido de seda moiré com gola oriental, é o melhor dos vestidos horríveis, pede um emprego novo. É justo. O pessoal do bufê faz seus pedidos, secretos. Até o pessoal do bufê pode fazer pedidos. Marianne pensa: *Que minha mãe morra. Que ela morra logo.* E Fleur? O que ela pediu? Fleur pede do fundo do coração: *Por favor, que ele chegue aqui logo. Que ele chegue em segurança. Por favor, que ele me ame. Por favor, que dê certo.* Thanh não quer fazer nenhum pedido. Ele desconfia de desejos. *Vai*, diz Fleur. Ela põe um pedaço de concha na mão de Thanh. E espera. Ele deveria pedir para que o bebê dentro de Naomi continue um pouco mais lá dentro? Qual seria o custo desse pedido? Ele deveria pedir para o bebê sobreviver? Se sobreviver, que seja saudável, forte e feliz? Ele pode pedir para que Naomi não queira ficar com o bebê. Pode pedir para ser um bom pai. Para que Harper seja um bom pai. Seria um bom pedido? Um pedido seguro? Thanh acha perigoso exigir algo de Deus, do universo, de um buraco lamacento. Como ele vai saber qual devia ser seu desejo? Fleur está esperando. Então Thanh joga seu pedaço de concha lá dentro e tenta, com todas as forças, não fazer pedido algum. Mesmo tentando, ele sente algo — aquele desejo, o que é, o que é? — subindo do estômago, dos pulmões, do coração, escapando. Tarde demais! Lá se vai o pedaço de concha de Thanh junto com todas as outras pedrinhas e afins, os outros desejos. Harper vê o rosto de Thanh. Ele quer que esse olhar desapareça. O que pode ser feito? Ele quer voltar e ver se o barco chegou. Ele vai para o continente de novo se Thanh deixar. Harper não acredita em desejos, mas joga sua pedrinha mesmo assim. Ele pensa: *O que será que estava fazendo aquele barulho ontem à noite?* Ele desce a trilha toda de mãos dadas com Thanh. Os vestidos são ridículos. A graça que eles tinham antes não existe mais. Agora mais parece trabalho. Os pais de David estão bem na frente de Harper e Thanh. Eles não fizeram nenhum pedido, mas talvez já tenham tudo que querem. Thanh pondera. Que tipo de coisa eles pediram para o filho? Harper decide que, se o barco não tiver voltado, ele vai atravessar a nado com esse vestido ridículo. Que história ótima seria. Ele não está pensando em Naomi e no bebê. Está se esforçando ao máximo para não pensar nem um pouco neles. Que desperdício vai ser, que desastre vai ser se as coisas derem errado a essa altura do campeonato. Thanh vai querer tentar de novo? Eles não terão condições de pagar. De alguma forma, vai ser tudo culpa de Harper. Eles não deviam ter vindo ao casamento.

Um bebê que nasce com 24 semanas deve pesar cerca de meio quilo. O barco está no píer. David não veio nele. Thanh diz: *É melhor eu ir agora. Não*, diz Harper. *Fica. Eu vou. É melhor você ficar. Almoça. Dorme um pouco.* Na verdade, Thanh devia ir, mas é Harper quem vai. Ele não está de vestido. Antes de poder entrar na UTI neonatal, é preciso lavar as mãos e os antebraços até os cotovelos por pelo menos dois minutos inteiros, cada. Tem um relógio, e é para olhar o ponteiro dos minutos. É para proteger os bebês contra infeções. Fleur sugere brincadeiras diversas. *Frisbee*, pique-bandeira, Marco Polo na água. O pessoal do bufê participa dessas brincadeiras todas como se não estivessem nem um pouco de brincadeira. Uma aliança de casamento caberia no pulso de um bebê de 24 semanas. Todos os vestidos de noiva foram amontoados na praia junto com uns pedaços de madeira. Vai ter uma fogueira à noite. O barco trouxe o almoço. Thanh não quer almoçar. Em um bebê do sexo masculino que nasceu com 24 semanas, a bolsa escrotal e a glande do pênis ainda não se formaram. A pele não retém calor nem umidade. O corpo não tem gordura. Nenhuma reserva. Espetam um monte de agulhas, tubos, fios, monitores. Astronautas com as menores fraldas do mundo. As orelhas ainda não parecem orelhas. Ele é colocado em um ninho de lã sintética. Rosa que nem algodão-doce. Thanh não quer brincar de pique-bandeira. Fleur fez jarras e mais jarras de Garra Feia Island Iced Tea, e Thanh bebe um copo atrás de outro. Ele se senta na areia e bebe. Fleur fica um tempo sentada com ele, e eles conversam sobre assuntos que não têm importância para nenhum dos dois. Fleur bebe, mas não tanto quanto Thanh. Ela deve estar curiosa. Será que ela se pergunta por que ele está bebendo desse jeito? Ela não fala nada. A mãe de David se senta ao lado deles. Ela diz: *Sempre quis escrever um livro sobre este lugar. Um livro infantil. Ia ser sobre os Garras Feias, antes que as pessoas tivessem vindo para cá. Mas não consegui pensar em qual seria a lição. Livros infantis precisam ter alguma lição, não acham? A gente sempre devia aprender alguma coisa ao ler uma história. É importante.* As estatísticas de sucesso são melhores para meninas prematuras do que para meninos. As piores de todas são de meninos brancos. Enfermeiros têm um nome para isso: Branquinhos Fracotes. Fleur diz: *Vou me casar amanhã. Se David não chegar, vou me casar com o Garra Feia. O do seu quarto. Vou colocar a aliança naquele esporãozinho venenoso. Seria engraçado, né? Fica vendo. Vou mesmo.* A certa altura, Thanh está sentado sozinho, e aí, mais tarde, alguém está de pé na frente dele. Harper. *Oi*, diz Harper. *Oi, querido. Thanh? Quê?*, diz Thanh. Quê. Ele acha que é isso que ele diz. Está fazendo uma pergunta, mas não sabe ao certo o que está perguntando. Harper fala algo sobre alguém chamado William. Os olhos de um bebê de 24 semanas ainda estão colados. Ele pode ingerir cerca de cinco gramas de leite materno por dia através de uma sonda nasogástrica. Todas as fraldas precisam ser pesadas. A produção de urina é monitorada. Frequência cardíaca. Ganho de peso. Crescimento de vasos sanguíneos na retina. Os pulmões só vão terminar de se desenvolver na semana 37. A saturação de oxigênio no sangue é monitorada. Tudo é registrado em um fichário. Os pais podem olhar o fichário. Podem fazer perguntas. Talvez seja necessário um ventilador oscilante de alta velocidade. Às vezes é necessário fazer uma traqueostomia. Suplemento de oxigênio. Transfusões de sangue. Todas essas intervenções têm um preço. Um custo. Há risco de paralisia cerebral. Hemorragia cerebral. Lesão pulmonar. Perda de visão. Enterocolite necrosante. Permanecer vivo é difícil. Os enfermeiros dizem: *Ele é brabo. Está lutando.* Isso é bom. Harper vai embora. Algum tempo depois, ele volta com Fleur. A fogueira foi acesa. Está escuro. *Você precisa comer alguma coisa*, diz Fleur. *Thanh? Aqui.* Ela abre um pacote de bolachas. Thanh obedece e come uma bolacha atrás de outra. Beberica água. As bolachas são adocicadas. Secas. Os enfermeiros não necessariamente chamam bebês prematuros pelo nome. Por que não? Talvez seja mais fácil. Chamam os bebês de Amendoim, Bolinho. Que bolinho lindo. Que amendoinzinho. Os pais podem visitar a UTI neonatal em qualquer horário, de dia ou de noite. Alguns pais sentem dificuldade para visitar. Sua presença não é essencial. Não há qualquer atividade vital. Seu filho pode morrer. Não existe privacidade. Toda manhã e toda noite, os médicos fazem a ronda. Os pais podem acompanhar. Podem fazer perguntas. Os pais podem fazer perguntas. Nem sempre haverá respostas. Tem cartazes motivacionais. Assistentes sociais. Analistas financeiros. Um bebê que nasce com 24 semanas é caro! Quem diria que um bebê custaria tanto? Fleur e Harper ajudam Thanh a subir a escada e se deitar na cama. Harper está falando: *Amanhã de manhã. Vamos tentar um voo de encaixe. Vire-o de lado. Para o caso de ele vomitar. Pronto. As primeiras 24 horas são as mais importantes.*

Harper está roncando no ouvido de Thanh. Foi isso que o acordou? Tem outro barulho no quarto. Aquele farfalhar de novo. Aquele barulho de celofane. *Você ouviu?*, pergunta Thanh. A língua dele está grossa. *Harper.* Harper diz: *Aagh.* O barulho aumenta. Harper diz: *Caramba, Thanh.* Thanh está sentado na cama agora. Ainda está bêbado, mas está processando as coisas que Harper tentou contar há algumas horas. Naomi teve o bebê. *Harper,* diz ele. Harper se levanta e acende a luz. Tem movimento no quarto, uma espécie de fluxo líquido. Besouros estão se despejando — uma catarata — para fora do Garra Feia até a mesa e descendo a parede, percorrendo o chão, indo em direção à cama e à janela. Um senso de urgência no avanço deles, alguma tarefa necessária e premente que eles estão executando. A massa irrequieta e concentrada deles é a sombra de algo invisível, que está se deslocando pelo quarto. Noite rastejante. Haverá uma noite na UTI neonatal, muito mais tarde, em que Thanh vai olhar para outra incubadora. Ver, à luz violeta, uma aranha andando pela parede interna. *Todo ano*, diz a enfermeira quando ele a chama. *Toda primavera, acontece uma migração ou algo do tipo.* Aranha por todo canto. Ela enfia a mão e recolhe a aranha com um copo.

— Santo Cristo! — exclama Harper. — Que porra é essa?

Ele e Thanh saem do quarto o mais rápido possível. Descem a escada e saem da casa. Vão correndo pela praia pedregosa até o píer. A silhueta das iurtes, em silêncio no escuro. O céu cheio de muitas estrelas. Deus tem um apreço fora do normal por estrelas, também por besouros. Os pequenos e as muito distantes. Harper está com a mala. Thanh pegou os sapatos deles. Com certeza eles deixaram alguma coisa para trás.

Eles se sentam no píer. *Você se lembra de alguma coisa do que eu falei ontem à noite?*, pergunta Harper. Thanh diz: *Fala. Nós temos um filho*, diz Harper. *O nome dele é William. Sua mãe escolheu. William. Ela queria que ele tivesse nome. Por via das dúvidas. Vamos ligar quando chegarmos ao continente. Vamos pegar o primeiro avião. Se não tiver nenhum voo, vamos alugar um carro. Podemos nadar*, diz Thanh. *É uma péssima ideia*, diz Harper. Ele passa os braços em volta de Thanh. Respira no cabelo dele. *Vai ficar tudo bem*, diz Harper. *Talvez não fique tudo bem*, diz Thanh. *Não sei se eu consigo fazer isto. Por que a gente quis isto?* Harper diz: *Olha*. Ele aponta. Bem longe, eles veem as luzes do continente. Mais perto: luz avançando pela água. A luz se transforma em um barco, e o barco chega perto o bastante para que o piloto possa jogar uma corda para Harper. Ele puxa o barco. Um homem desembarca. Ele olha para Harper, para Thanh, um pouco confuso. É o noivo. Ele diz:

— Vocês estavam me esperando?

Thanh começa a rir, mas Harper escancara os braços e abraça David. Dá as boas-vindas. David então sobe pela praia até a casa. Sua sombra o acompanha, toca o mato da praia e as pedrinhas. Que tipo de pessoa ele é? Não é bom, mas é amado por Fleur, e que importa para Thanh e Harper, afinal? Até gente de bufê se casa. Não é proibido por lei. Eles entram no barco e voltam para o continente. Peixes nadam até o fundo de vidro, em direção à luz. Harper paga ao piloto, que se chama Richard, cem pratas para ele os levar ao aeroporto. Quando eles embarcam no avião de hélice que vai levá-los até Charlotte, onde eles vão pegar outro avião para Boston, Thanh está passando por uma ressaca de proporções sobrenaturais. A ressaca anula sua capacidade de raciocínio. É uma bênção. Durante a espera antes do voo, Harper fala com Han, e uma vez com Naomi. Thanh e Harper ficam de mãos dadas no táxi durante o trajeto todo até o Hospital Pediátrico, e Han os encontra no saguão principal.

— Vamos subir — diz ela. — Vamos subir para vocês conhecerem seu filho.

Na ilha, Fleur e David se casam. Tem bolo. O presente de casamento, que custou dinheiro demais, é aberto. Passam-se dias. Passam-se meses. Anos. Às vezes, Thanh se lembra de Garra Feia, da procissão de vestidos de noiva, do pessoal do bufê, do barco que se aproximava da ilha. Do lugar onde ele pegou uma pedrinha. Às vezes, Thanh pondera. Foi isso o que ele desejou, mesmo tentando não desejar absolutamente nada? Foi este momento? Ou foi isto? Ou isto. Pequenas alegrias. A sombra do vale da sombra. Até aqui, até aqui, ele se perguntava. Talvez fosse.

Um dia, eles conseguem tirar o menino, o filho deles, da UTI neonatal e levá-lo para casa. Eles prepararam o quarto. Deu tempo, afinal, tempo de sobra para decorar o quarto com as coisas de sempre. Um berço. Bichos de pelúcia. Um tapete. Uma poltrona. Uma luminária.

Um dia, o berço fica pequeno demais. O menino aprende a andar. Naomi se forma. Às vezes ela leva o menino ao zoológico ou a museus. Um dia, ela diz para Thanh: *Às vezes eu esqueço que ele não morreu. A situação esteve tão ruim por tanto tempo! Às vezes eu acho que ele morreu mesmo, e que esse é outro menino. Eu o amo do fundo do coração, mas às vezes não consigo deixar de chorar pelo outro. Você já sentiu isso?* Harper ainda trabalha demais. Às vezes ele conta para o menino a história de como ele nasceu, e da ilha, e do casamento. Da aliança de Harper que caberia no pulso dele. De que Harper, com um vestido de noiva, pegou um barco com fundo de vidro e foi avisado de que o filho deles tinha nascido. Han envelhece. Ela diz: *Às vezes eu acho que, quando morrer e virar fantasma, vou voltar para aquele hospital. Passei tanto tempo lá. Vou ser um fantasma que lava as mãos e espera. Não vou saber o que mais assombrar.* O menino cresce. É o mesmo menino, ainda que às vezes seja difícil acreditar que pode ser verdade. Thanh e Harper continuam casados. O menino é amado. O amado sofre. Todos os amados sofrem. O amor não basta para impedir. O amor não basta. O amor basta. Aquilo que você desejou. Era isso?

Aqui se encerra a lição.

Namorado Novo

Ainslie não rasga o papel ao abrir presentes. Ela sempre foi cuidadosa com suas coisas, inclusive com as que não importam. Immy é de rasgar, mas o presente não é de Immy, o aniversário não é de Immy. Às vezes Immy acha que talvez a vida não seja de Immy. *Boa sorte da próxima vez, Immy*, diz ela para si mesma.

Ainslie passa a unha por baixo da fita adesiva e, com cuidado, despe do papel de embrulho rosa o pacote em forma de caixão.

O Namorado novo de Ainslie está ali dentro.

No aniversário de Ainslie, este ano, são só Ainslie e suas mais antigas e melhores amigas. Só Ainslie, Sky, Elin e Immy. Proibido parentes. Sem meninos.

Antes, teve sushi e bolo e um monte de fotos para postar na internet e mostrar para todo mundo o quanto elas estão se divertindo.

Nada de presente, disse Ainslie, mas é claro que Immy, Elin e Sky trazem presentes. Ninguém fala sério quando diz isso. Nem Ainslie, que já tem tudo.

É normal querer dar alguma coisa para sua melhor amiga porque você a ama. Porque você quer que ela saiba que você a ama. Não é competição. Ainslie ama Elin e Immy e Sky igualmente, embora Immy e Ainslie sejam amigas há mais tempo.

O coração de Immy não é tão grande quanto o coração de Ainslie. Immy ama Ainslie mais do que ninguém. Ela também a odeia mais do que ninguém. Teve bastante prática com as duas coisas.

Elas estão no solário. Como se desse para ter um espaço reservado para o sol, pensa Immy. Bom, se desse, a mãe de Ainslie provavelmente teria.

Mas o sol já se pôs. O mundo é noite e pertence a todas elas, ainda que pertença principalmente a Ainslie. Ainslie distribuiu dezenas de velas pilares, uma pequena floresta de candelabros espelhados, seus dois Namorados. Os dois estão com chapeuzinhos de aniversário, porque com Namorados é assim, segundo Elin, que é cheia de opiniões e não tem medo de expressá-las. Não se pode levá-los muito a sério.

Claro que todo mundo pode ter opinião. Immy tem várias. Na opinião dela, para não se levar um Namorado a sério, antes é preciso ter um Namorado, e só Ainslie tem um. (Dois.) (Três.)

Criaturas da noite com chapéus bobos, o Namorado Vampiro (Oliver) e o Namorado Lobisomem (Alan) jazem em divãs listrados de vermelho e branco e contemplam sua namorada, Ainslie, com olhares amorosos idênticos. Immy decide não comer um segundo pedaço de bolo. Um pedaço já devia ser o suficiente para qualquer pessoa.

Contudo, ali no chão, bem debaixo do bolo (ainda tem bastante, Immy, sério, por que você não pega mais um pedaço?) e dos candelabros, bem debaixo do nariz de todo mundo, o novo Namorado estava esperando desde o início. Immy soube, na hora, assim que entrou no solário, exatamente qual Namorado seria.

É escuro dentro da caixa, claro. Noite embrulhada com papel rosa. Os olhos dele estão abertos ou fechados? Ele escuta o que elas estão falando? O amor vai despertá-lo.

Amor, ah, o amor. Terrível, maravilhoso amor.

X — x

Ainslie levanta a tampa do caixão, e pétalas de rosa branca se esparramam para fora, pelo chão todo, e...

— Ah — diz Sky. — Ele é, hm, lindo.

Pétalas de rosa verdadeiras, esmagadas e amassadas. Provavelmente não são o melhor tipo de material para embalagens, mas, nossa, que cheiro que está preenchendo o ar!

Não é noite, afinal de contas.

Os olhos do Namorado estão fechados. Seus braços estão cruzados na frente do peito, mas as mãos estão abertas e cheias de pétalas de rosa. O cabelo é escuro. O rosto é muito jovem. Talvez com uma expressão um pouco surpresa; os lábios estão afastados, só um pouco, como se ele tivesse acabado de ser beijado.

— Ele é qual? — pergunta Elin.

— O Fantasma — responde Immy.

Ainslie estende a mão, toca no rosto do Namorado Fantasma, afasta uma mecha de cabelo dos olhos dele.

— Tão macio — diz. — Tão estranho. Namorado de mentira, cabelo de verdade.

— Achei que tivessem parado de vender esses — observa Elin.

— Pararam — afirma Immy. Ela está sentindo um aperto muito forte no peito, como se de repente estivesse cheia de veneno. Tem que manter tudo lá dentro. Que nem se jogar em cima de uma bomba para salvar o resto das pessoas. Só que a bomba é você mesma.

Por que Ainslie sempre consegue o que quer? Por que Ainslie sempre consegue o que *Immy* quer? Ela diz:

— Pararam. Não dá para comprar mais.

— A não ser que seu nome seja Ainslie, né? — retruca Sky sem uma sombra sequer de malícia perceptível. Ela pega um punhado de pétalas e joga em Ainslie. Elas todas jogam pétalas de rosa. Quando Immy põe a mão dentro do caixão, ela se esforça muito para não roçar no Namorado Fantasma de Ainslie.

— Que nome você vai dar para ele? — pergunta Elin.

— Não sei — responde Ainslie. Ela está lendo o manual. — Então, tem dois modos. Corpóreo ou Espectral. O Corpóreo é, tipo, o normal. — Ela gesticula com a mão na direção do Namorado Vampiro, Oliver. Ele acena de volta. — No Modo Espectral, parece uma projeção de cinema, e ele fica flutuando. Dá para ficar com ele assim, mas é meio aleatório. Tipo, ele pode sumir ou aparecer.

— Hã — diz Sky. — Então não dá para ver sempre, mas talvez ele esteja observando você? E se você estiver trocando de roupa ou no banheiro ou algo assim e de repente ele aparece?

— Vai ver foi por isso que tiraram do mercado — presume Elin. Ela está rasgando uma pétala branca em pedacinhos mais e mais miúdos, e sorrindo, como se isso fosse uma diversão para ela.

— Dá para personalizar — revela Ainslie. — Se tiver um objeto que pertencia a alguém que morreu. Tem um compartimento em algum lugar. Eca! Dentro da boca dele. Tem que colocar alguma coisa dentro. Sei lá. Essa parte parece meio besta. Tipo, é para a pessoa acreditar mesmo em fantasmas e tal.

— Não deve ser uma boa ideia — responde Immy. — Foi por isso que tiraram do mercado, lembra? Teve um monte de histórias.

— As pessoas são muito *impressionáveis* — diz Ainslie.

— Bota ele em pé logo! — exclama Elin. — Sem duplo sentido.

— Para que a pressa? — pergunta Ainslie. — A gente precisa pensar em um nome antes.

Elas discutem nomes para o Namorado novo enquanto Ainslie abre presentes de amizade. Tiram mais fotos. Ainslie segurando a garrafa de absinto que Sky fez a partir de uma receita da internet. Elas jogam pétalas de rosas nela, então tem pétalas em seu cabelo. É muito bonito.

Oliver e Alan com seus chapéus, Ainslie sentada no colo de Oliver. Elas trocam a cabeça de menino de Alan pela cabeça de lobo. Ele não fala quando está com a cabeça de lobo, mas continua muito bonitinho de smoking. Mais do que a maioria dos meninos de verdade.

Mais fotos. O Namorado novo dentro da caixa, Ainslie inclinada para beijá-lo. Ainslie com as botas de camurça vermelha que sua avó mandou. Ainslie com os ingressos que Elin lhe deu para um show de uma banda que as duas curtem. Dois ingressos, um para Ainslie e outro para Elin, claro.

Immy não gosta muito de música. Sky também não gosta muito de música. Música é para Elin e Ainslie. Enfim.

O presente de Immy para Ainslie é uma gargantilha de miçangas com um medalhão antigo feito para repousar bem na base do pescoço branco de Ainslie.

As miçangas são de cristal e azeviche.

Tem um segredo no medalhão.

A gargantilha está dentro de uma caixinha em um compartimento na bolsa de Immy, e ela não tira. Ela finge procurar e, por fim, diz para Ainslie:

— Oh, oh. Será que deixei seu presente lá em casa?

Ainslie responde:

— Tanto faz, Immy. Pode me dar segunda na escola.

Ela faz circular o absinto caseiro, e todas bebem direto da garrafa. Assim, pensa Immy, é mais difícil as outras verem se cada uma está tomando só uns golinhos ou até se está só fingindo beber. O gosto parece um pouco herbal e um pouco pasta de dente.

— Você podia chamar de Vincent — sugere Sky. Ela está vendo nomes de bebê no celular. — Ou Bran? Banquo? Tor. Foster, hm, acho que Foster não. Mas devia ser algo antiquado, nomes de fantasma deviam ser antiquados.

— Porque hoje em dia ninguém morre — ironiza Ainslie, e toma um gole da garrafa de absinto.

Goles de mentira, Immy aposta. Vamos ficar bêbadas de mentira e nos divertir de mentira com Ainslie e seus Namorados de mentira. Porque ela tem bastante certeza de que isso é tudo mentira, essa noite toda, o jeito como ela está se comportando ao lado de Ainslie, Elin e Sky hoje à noite, ou talvez o ano todo. E, se não for mentira, se for tudo verdade, essa diversão, essas amigas, essa vida, então é pior ainda, né?

Immy não faz a menor ideia de por que está com um humor tão péssimo. Só que, espera, não. Sejamos sinceras. Ela sabe. Está de péssimo humor porque é uma péssima amiga que quer tudo que pertence a Ainslie. Exceto, talvez, a mãe de Ainslie. Ainslie pode ficar com a mãe.

Immy sempre quis um Namorado, desde que lançaram, antes mesmo de Ainslie saber o que era. Foi Immy quem falou deles para Ainslie. E aí Ainslie teve Oliver e Alan, e aí era possível comprar a edição limitada do Namorado Fantasma, e aí tiraram o Namorado Fantasma do mercado e não dava mais para comprar, mas tudo bem, porque aí, mesmo se Immy não pudesse ter um Namorado Fantasma, Ainslie também não podia ter. Só que agora ela tem.

Nunca teve nada que Immy quisesse tanto quanto um Namorado Fantasma.

— Que tal Quentin? É um bom nome — sugere Sky.

— Que tal Justin? — pergunta Elin.

Aí todas elas olham para Immy. Ela retribui o olhar para Elin, que diz:

— Oops. — E encolhe os ombros e sorri.

— Ainslie pode chamar o Namorado Fantasma de Ainslie do que ela quiser — responde Immy. Ela sabe qual é o tipo de amizade que ela tem com Elin. Às vezes uma amizade mais parece uma guerra.

Ainslie pode ficar com Elin também.

Enfim, foi Immy quem terminou com Justin. E é *Justin* quem não consegue superar, e enfim, *enfim*, é Elin quem ainda está a fim dele.

Immy já passou dessa fase.

Ainslie diz:

-- Vou chamar de Mint.

Todas riem, e Ainslie afirma:

— Não. É sério. O nome dele é Mint. Ele é meu Namorado Fantasma. Posso chamar do que eu quiser.

— Esquisito — pondera Elin. — Mas tudo bem.

— Venham — diz Ainslie. Então elas cercam o caixão, e Ainslie se abaixa e enfia os dedos no cabelo do Namorado Fantasma, mexendo até claramente achar o lugar certo.

Os olhos dele se abrem. São olhos bem bonitos. Cílios longos. Ele olha para elas, uma de cada vez. Seus lábios se afastam, só um pouco, como se ele estivesse prestes a falar alguma coisa. Mas não fala.

Immy está corada. Ela sabe que está corada.

— Oi — cumprimenta Ainslie. — Eu sou sua namorada. Ainslie. Você é Mint. Você é meu Namorado.

As pálpebras do Namorado novo se estremecem e fecham. Cílios que parecem leques pretos. Pele que parece pele. Até as unhas dele são perfeitas e muito realistas, mais do que qualquer coisa que Immy já viu na vida.

Quando os olhos se abrem de novo, ele só olha para Ainslie.

— Beleza, então a gente se vê mais tarde — conclui Ainslie.

Ela endireita o corpo e diz para Immy, Elin e Sky.

— Vocês querem botar uma música e dançar?

— Espera — diz Elin. — E ele? Quer dizer, *isto*. Você vai deixar isto ali?

— Eles levam um tempinho para acordar pela primeira vez — responde Sky. Sky tem uma Aia Bíblica. Esther. Os pais de Sky foram meio religiosos por um tempo.

— Ah, é — lembra Ainslie. — Tem mais um negócio. A gente precisa escolher um modo. Corpóreo ou Espectral. O que vocês acham?

— Corpóreo — sugere Elin.

— Corpóreo — diz Sky.

— Espectral — propõe Immy.

— Beleza — concorda Ainslie. — Espectral. Pode ser. — Ela abaixa a mão e passa os dedos pelo cabelo do Namorado outra vez. — Pronto. Agora vamos sair para o terraço e dançar ao luar. Vem, Oliver. Alan. Vocês também.

Ainslie e Elin ficam encarregadas da *playlist*. A lua está perfeitamente redonda e luminosa. A noite está quente. Ainslie fala para Oliver e Alan dançarem com Immy e Sky.

Que é o tipo de coisa que Ainslie faz. Ela nunca é egoísta. É preciso ter coisas para poder ser generosa com elas. Né?

Immy e Oliver dançam. Ela está nos braços dele, na verdade, com a mão dele na parte de baixo das costas. É meio que uma valsa o que eles estão fazendo, o que não combina muito com a música, o que quer que seja, mas Oliver só sabe valsa ou tango — ou uma dança meio de ficar parado e balançando para lá e para cá. Sky saltita com Alan, que ainda está com a cabeça de lobo. Dançar com Alan é até mais divertido do que com Oliver, mas os saltinhos cansam depois de um tempo.

— Você está feliz, querida? — indaga Oliver, o Namorado Vampiro, tão baixo que Immy precisa pedir para ele repetir. Não que seja, a rigor, necessário. Oliver sempre faz as mesmas perguntas.

— Sim — responde ela. Depois: — Bom, não sei. Não muito. Eu podia estar mais feliz. Gostaria de estar mais feliz. — Por que não? Se não dá para ser sincera com o Namorado Vampiro de sua melhor amiga, com quem mais você seria? Vampiros têm tudo a ver com segredos e infelicidade. Infelicidade secreta. Dá para ver nos olhos negros e inescrutáveis deles.

— Queria que você fosse feliz, meu amor — afirma Oliver. Ele a aperta mais junto ao corpo e roça o nariz no cabelo dela. — Como eu posso ser feliz se você não é?

— Ainslie é seu amor. Não eu — diz Immy. Ela não está nem um pouco a fim. Além do mais, às vezes é mesmo muito esquisito brincar de amor eterno de mentirinha com um Namorado emprestado quando, na verdade, o que você quer é seu próprio Namorado. Seria muito, muito melhor ter seu próprio. — Então, assim, não seja infeliz por minha causa.

— Como queira — declara Oliver. — Serei infeliz por minha causa. Que felicidade a minha, ó deliciosa, ser infeliz junto com você.

Ele a aperta mais ainda em seus braços, a ponto de ela precisar pedir para ele fazer só um pouco menos de força. É uma linha tênue que separa o ato de aconchegar daquele de espremer como se fosse um suco de caixinha, e Namorados Vampiros às vezes ultrapassam ela, talvez sem nem perceber.

Tem também o grude incessante e a melancolia incessante e todo o papo incessante de deliciosa e eternidade e de que eles gostam quando a gente lê poesia para eles, inclusive do tipo antigo, com rimas. É para ser educativo, sim? Que nem os Namorados Lobisomens que falam sem parar sobre o meio ambiente, e que também vivem tentando fazer a gente sair para correr com eles.

Immy não entende de música. Ela não quer entender. Como se a música quisesse fazer a gente sentir alguma coisa. Só porque é um acorde menor, a gente tem que sentir tristeza? Só porque acelera, o coração tem que bater mais rápido? Por que a gente tem que fazer o que a música quer? Por que não é ela que deveria fazer o que a gente quer? Immy não quer uma trilha sonora para a própria vida. E não quer que as letras bonitas de alguém interfiram com o que ela está pensando de fato. Seja o que for que ela estiver pensando.

Immy não quer um Namorado Vampiro. Nem um Namorado Lobisomem. Não mais.

— Quero mais absinto — diz Ainslie. — Alguém busca lá o absinto.

— Eu vou, querida — responde Oliver.

— Não — interrompe Immy. — Eu vou. — Se mandar um Namorado buscar uma garrafa de absinto caseiro, é bem possível ele voltar com um frasco de condicionador. Ou um abajur.

— Valeu, Immy — agradece Ainslie.

— Não tem problema — Mas talvez não dê para confiar em uma amiga tampouco, porque, em vez de voltar logo com o absinto, ela fica parada no solário, olhando para o Namorado Fantasma. Os olhos dele estão fechados de novo. Ela estende a mão e encosta no rosto dele. Só um dedo. A pele é muito macia. Não parece pele de verdade, claro, mas também não parece mais nada. Os olhos não se abrem desta vez; ele ainda não acordou completamente. De qualquer forma, Ainslie o colocou no Modo Espectral. O corpo vai ficar deitado ali. O fantasma vai fazer o que quer que seja que fantasmas fazem.

Talvez ele já esteja aqui, pensa ela. Talvez a esteja observando.

Ela não se sente como se estivesse sendo observada. Ela se sente completamente sozinha.

Então é movida por algum impulso, talvez, e ela enfia a mão na bolsa e pega o presente de Ainslie. Ela rasga o embrulho e a fita, sem cuidado.

Dentro do medalhão tem um anel trançado de cabelo humano. Vitoriano, segundo a loja na internet. Provavelmente é cabelo dos filhos da própria pessoa que vendeu, mas tanto faz.

Duas partes da trança são bem pretas; uma é loura acinzentada. Preto para Ainslie, louro para Immy.

O anel não cabe em nenhum dos dedos de Immy. Talvez eles sejam gordos. Ela volta ao caixão e se agacha.

— Ei — diz ela, baixinho. — Sou amiga de Ainslie. Immy.

Ela põe dois dedos nos lábios dele. Respira fundo e prende o ar, como se estivesse prestes a pular de uma ponte em águas muito profundas. Bom, está mesmo. Ela então enfia os dedos na boca do Namorado Fantasma de Ainslie. Tem os dentes, e, certo, aqui a língua. Isso é esquisito? É muito esquisito. Immy não vai dizer que não é esquisito, mas segue em frente mesmo assim. Seus dedos realmente não deviam estar onde estão.

Não é molhado que nem uma boca de verdade e uma língua de verdade seriam. Os dentes parecem bem realistas. A língua é esquisita. Ela não para de pensar em como é esquisito. Ela passa um dedo embaixo da língua não de verdade, e ali, por baixo, tem um lugar onde, quando ela aperta, uma espécie de tampa se abre. Ela empurra o anel de cabelo para dentro do compartimento e volta a fechar a tampa. Depois, tira os dedos da boca do Namorado Fantasma e examina cuidadosamente o rosto dele.

Não parece ter nada diferente.

Quando ela se levanta e se vira, Elin está ali na porta. Elin não fala nada, só espera.

— Tive a impressão de que ele se mexeu — afirma Immy. — Mas não.

Elin a encara. Immy diz:

— Quê?

— Nada — Ela parece a ponto de falar alguma outra coisa, mas dá de ombros. — Vem logo. Oliver não para de me pedir para dançar com ele, e não quero. Você sabe o que eu acho dos Namorados de Ainslie. — Na verdade, o que ela quer dizer é que ela sabe o que Immy acha deles.

Immy pega o absinto.

— Beleza.

— Immy? Posso fazer uma pergunta?

Immy espera.

— Não entendo. Essa história de Namorado. Eles são bizarros. São de mentira. Não são de verdade. Eu sei o tanto que você quer um. E eu sei que é péssimo. O fato de que Ainslie sempre consegue o que quer.

Immy solta:

— Justin não tem senso de humor. E usa desodorante demais. E beija como se estivesse disputando queda de braço, só que com os lábios. Queda de lábio.

— Será que é só falta de prática? — pergunta Elin. — Tipo, os Namorados de Ainslie não beijam nada. São só uns bonecos enormes. Não são de *verdade*.

— Talvez eu não queira a verdade.

— Seja o que for que você não quer, tomara que consiga. Eu acho.

Elin pega a garrafa de absinto da mão de Immy e toma um gole demorado. Um gole de verdade. Pelo visto, Elin quer a verdade, mesmo se a verdade não for lá grande coisa. De repente, Immy sente um carinho muito grande por ela. Elin nem sempre é uma boa amiga, mas, tudo bem, ela é uma amiga de verdade; e Immy é grata por isso na mesma medida que não se sentia nem um pouco grata quando Justin queria fazer queda de lábio.

Elas voltam para a pista de dança e as amigas de verdade e os Namorados de mentira. Deixam o Mint de Ainslie sozinho com o anel de cabelo dentro da boca. Immy não se sente nem um pouco culpada por isso. Era um presente para Ainslie, e Immy deu para ela. Mais ou menos.

Sobrou só um resíduo espesso oleoso na garrafa de absinto quando elas vão dormir. Oliver e Alan voltaram a seus caixões no armário do quarto de lazer lá embaixo, e Ainslie assoprou todas as velas do solário. Elas comeram o resto do bolo. Sky já apagou em um sofá da sala de estar.

Mint está por perto? Ainslie diz que é provável.

— Geralmente, Namorados Fantasmas são meio tímidos no início quando estão no Modo Espectral. Não se manifestam muito no comecinho. A ideia é a gente ver pelo canto do olho, volta e meia. Quando menos se espera.

— Isso é para ser divertido? — pergunta Elin. — Porque não parece divertido.

— É para ser realista — diz Ainslie. — Tipo um fantasma de verdade. Tipo fantasma de verdade que está se apaixonando. Tipo, pode ser que ele esteja aqui agora mesmo. Olhando a gente. Olhando para *mim*.

Ela fala isso de um jeito peculiar. Ainslie tem certeza absoluta de ser amada.

— A propósito — menciona Elin —, vou dormir na cama da sua mãe. É bom seu namorado novo nem chegar perto. — Elin não gosta de dormir no mesmo cômodo que outras pessoas. Ela diz que é porque ela ronca. — Quando sua mãe vai voltar, Ainslie?

— Só às duas ou três da tarde amanhã. Eu a fiz prometer que ligaria antes de chegar. — Ainslie está se balançando em pé. Toda hora ela apoia a mão em alguma coisa para se equilibrar: na mesa lateral, no encosto de um divã, na tampa do caixão. Ela cambaleia e quase cai dentro do caixão, mas se segura. — Boa noite, Mint. Nossa, como você é bonitinho! Mais até do que Oliver. Você não acha?

A pergunta é para Immy.

— Acho que sim — responde ela, sentindo o coração arder só por um instante, com aquele ódio, aquele antigo veneno. Ela vê Ainslie se encurvar, de forma precária, e dar um beijo ruidoso na testa de Mint.

— Já dormi no caixão de Oliver uma vez — relata Ainslie para Elin e Immy. Immy não sabe bem o que responder, e, pelo visto, Elin também não.

Immy se sente acesa e virada do avesso, as mãos e os pés parecem pesados e vagarosos feito chumbo, e seu crânio e o tórax, esvaziados e limpos. Aquele veneno todo secou. Um pó.

Ou talvez seja só o que ela acha que a sensação de se embebedar com tanto absinto deve ser. Provavelmente é melhor ela beber um pouco d'água, tomar um Tylenol.

Immy sempre dorme na cama de Ainslie quando passa a noite na casa dela. Tem sua própria escova de dente no banheiro de Ainslie, usa as camisetas de Ainslie como pijama. Immy tem até um travesseiro preferido, e Ainslie sempre lembra qual é. De manhã, ela vai usar a roupa de Ainslie para voltar para casa, se quiser. Ainslie nunca liga.

Elas escovam os dentes e se vestem para dormir, e apagam as luzes e se deitam, e nesse tempo todo, Immy mal consegue respirar, não quer nem piscar, porque talvez Mint esteja no quarto com elas. Talvez ele esteja vindo. Vai que ela olha para cima e vê Mint. Vai que ele aparece e some de novo. Ela sabe que Ainslie está pensando a mesma coisa. Ainslie também está procurando Mint.

— Foi um aniversário muito, muito bom — diz Ainslie no escuro. — Foi tudo que eu queria que fosse. Ganhei tudo que eu queria.

— Que bom — responde Immy. Ela acha mesmo. — Você merece tudo.

Immy acha que não vai conseguir dormir. Ela não quer dormir, quer ficar acordada. Ela poderia esperar Ainslie pegar no sono e voltar ao solário. Talvez Mint vá para lá primeiro. Afinal, seu corpo está lá. Ela tenta pensar no que diria para ele, no que ele talvez dissesse para ela. E logo Ainslie está dormindo, e Immy também.

Quando ela acorda — está no meio de um pesadelo, algo sobre um jardim —, tem alguém em pé ao lado da cama. Um menino. Mint. Ele está olhando para Ainslie. Ainslie está dormindo, Ainslie está de boca aberta, e Mint está encostando na boca de Ainslie com o polegar.

Immy se senta na cama.

Mint olha bem para ela. Olha para ela e sorri. Encosta na própria boca com os dedos. E então desaparece.

✕ — ✕

Immy passa duas semanas sem ver o Namorado Fantasma. Ainslie diz que ele está por perto. Ela acha que ele está explorando a casa. Ela o vê, só por alguns segundos a cada vez, em cômodos diferentes, e depois ele some. Ele aparece quase sempre que Ainslie está vendo TV. Geralmente, durante os comerciais.

— Ele gosta de ver comercial? — pergunta Immy. Elas estão na iogurteria, colocando cobertura em seus sorvetes de iogurte. Mirtilos, framboesas, *mochi*.

— Acho que ele está sendo atencioso — responde Ainslie. — Ele não quer interromper o que estou fazendo, então espera os comerciais. Tipo, eu nunca o vejo no banheiro ou quando estou me vestindo para ir para a escola. Então acho que com a TV é a mesma coisa.

No canto da iogurteria, uma mulher de meia-idade se senta e fica empurrando para lá e para cá um carrinho de bebê com uma das mãos enquanto come com a outra. Immy olha várias vezes na direção dela. Não consegue ver se é um bebê de verdade no carrinho ou se é um Bebê.

— Então ele aparece por alguns segundos e faz o que, exatamente?

— Ele vê TV comigo. Os comerciais. Parece que ele gosta dos comerciais em que um homem e uma mulher estão em um carro indo para algum lugar. Sabe aqueles que têm uma estrada contornando o mar? Ou uma colina. Ele olha os comerciais na TV e olha para mim — diz Ainslie. — Fica só olhando para mim. De um jeito que nunca me olharam antes. E depois ele vai embora.

Tem algo no tom de Ainslie ao falar isso, no rosto dela, então Immy faz o mesmo que o Namorado Fantasma. Ela olha para Ainslie com o máximo possível de cuidado e atenção. Ainslie está com cara de quem teve uma péssima noite de sono. Os lábios estão ressecados, e está cheio de corretivo mal aplicado embaixo dos olhos. Como se ela estivesse escondendo segredos ali, sob a pele.

— Você o vê à noite alguma vez? No seu quarto?

Ainslie pisca.

— Não. Não, acho que não.

— Que bom. Porque seria bizarro, como se ele estivesse vendo você dormir.

O rosto de Ainslie se enruga, só um pouco.

— É. Seria bizarro.

A escola é a escola. Por que nunca pode ser outra coisa? Immy não acredita que ainda tem mais dois anos disso. Mais dois anos de equações e livros tristes onde acontecem coisas ruins com gente chata e Justin fica lançando olhares magoados para ela. Certo, talvez ele leve menos tempo que isso para superar. Se ela o ignorar. Mais dois anos de shorts feios de educação física e espanhol que ela nunca vai usar e de ter que ser a pessoa que ela sempre foi, porque essa é a pessoa que todo mundo acha que ela é. Que todo mundo presume que ela sempre vai ser. Todo mundo acha que essa é a Immy de verdade. Mas e se a Immy que as pessoas veem for a Immy de verdade e a de dentro dela for só hormônios e substâncias químicas e uma quantidade excessiva de segredinhos e pensamentos estranhos embaralhados que não significam nada?

Talvez ela deva raspar a cabeça. Talvez ela deva levar as aulas mais a sério. Talvez ela deva dar mais uma chance a Justin. Talvez não.

Ela tem um sonho naquela noite. Está dirigindo um carro veloz por uma estrada sinuosa. O mar está lá embaixo. O Namorado Fantasma está sentado no banco do carona. Eles não falam nada entre si. A lua está alta no céu.

Ela manda uma mensagem para Ainslie de manhã. *Sonhei com seu boyzinho Esquisito né?*

Ainslie não responde.

À tarde, Immy e Sky vão à casa de Ainslie para estudar para uma prova de espanhol. Elin faz latim avançado porque ela é a Elin.

Mas elas praticamente não estudam. Elas vasculham os armários em busca dos biscoitos de amendoim e enroladinhos e pacotes de Oreo que a mãe de Ainslie guarda escondidos dentro de sopeiras e atrás de caixas de arroz e cereal. Uma vez, elas acharam um saquinho de maconha e jogaram fora na privada.

Ainslie diz que comer os biscoitos é um favor que elas fazem para sua mãe. Elas são adolescentes. Têm metabolismo mais acelerado.

Sky diz:

— *Dónde está* Mint?

Ainslie responde:

— Ele está lá embaixo. No quarto de lazer. Com Oliver e Alan. — Ela está desmembrando um biscoito de amendoim. Ainslie só come o recheio. Que nem uma aranha. Aranhas só comem recheios. — Eu o desliguei, na verdade.

— Você o quê? — pergunta Immy.

— Desliguei. Ele estava meio que deixando minha mãe nervosa. Dá para ver por que recolheram do mercado. Não é nada romântico um Namorado que some e reaparece o tempo todo. E Mint nem falava nada romântico. Ele ficava só olhando. E, tipo, depois de uma semana, a sensação era de que, se eu estivesse olhando para um lado, ele podia estar bem atrás de mim. Fiquei com torcicolo de tanto virar a cabeça de repente para cima porque uma vez olhei para o teto e ele estava lá. E um dia eu o vi embaixo da mesa da cozinha. Então eu vivia olhando embaixo de tudo também.

— Que nem um fantasma de filme de verdade — afirma Sky. Sky adora filmes de terror. Ninguém aceita ver com ela.

— E o Corpóreo? Você já experimentou o Modo Corpóreo? — questiona Immy.

— Já — retruca Ainslie. — Também não foi legal. Ele falava tudo certo, tudo que Oliver e Alan falam, mas sabe de uma coisa? Não me convenceu. Sei lá. Vai ver estou ficando velha demais para Namorados.

— Vamos lá ligar — sugere Sky. — Quero ver. Quero ver se ele vai flutuar no teto.

— Não — Ainslie nunca fala não. As duas a encaram. O montinho de biscoitos esvaziados. Ela diz: — Aqui. Querem o chocolate?

✕ — ✕

Ainslie quer mostrar para elas um negócio na internet. É um ator de quem todas elas gostam. Está pelado, e dá para ver claramente o pênis dele. Elas todas já viram outros pênis na internet antes, mas esse é de alguém famoso. Sky e Ainslie começam a procurar outros pênis famosos, e Immy volta à cozinha para estudar. Mas, antes, ela vai ao quarto de lazer.

O quarto de lazer é cheio de projetos abandonados da mãe de Ainslie. Um cavalete com uma bata ainda pendurada em cima. Uma máquina de costura, um aparelho de remo, caixas com tecidos e álbuns inacabados de fotos de Ainslie e Immy de quando elas ainda podiam correr peladas pelo quintal, de Ainslie e Immy e Sky na primeira apresentação de balé delas, de Ainslie e Immy e Sky e Elin na formatura do ensino fundamental. Antes do divórcio dos pais de Ainslie, antes de Immy ter peitos e Ainslie ter Namorados. Todas aquelas Ainslies e Immys, com bonecas, vestidos de princesa, fantasias de Dia das Bruxas e cartões de Dia dos Namorados. Immy sempre foi a mais bonita. Ainslie não é um cachorro, não é horrorosa, mas Immy é muito mais bonita. Se Namorados funcionassem do jeito normal, Immy conseguiria arranjar um *fácil*.

Mas aí talvez ela não quisesse.

Tem três caixões em pé dentro do armário no quarto de lazer. A primeira coisa que passa pela cabeça de Immy: *Não tem espaço para mais um*. Antigamente, elas ficavam brincando por horas com Oliver e Alan. Agora, elas mal brincam. É o segundo dela. E Immy também não pode sugerir pegá-los. Eles pertencem a Ainslie. Não é que nem brincar de boneca. Está mais para falar para a amiga que quer passar tempo com umas pessoas de mentira que ficam guardadas no armário, e de qualquer jeito, eles só a tratam bem porque Ainslie quer que eles a tratem bem. Se Immy tivesse um Namorado, ela não o manteria dentro de um armário no porão.

O primeiro caixão que ela abre é o de Oliver. O segundo é o de Mint. É um nome ridículo. Não admira que ele esteja se comportando de um jeito estranho.

— Oi, Mint — diz ela. — É Immy de novo. Acorda.

Ela prende a respiração e se vira para procurá-lo, mas ele não aparece, claro. É só um menino de mentira em um caixão de mentira, né? É o que Ainslie acha, pelo menos. O que Immy acha é que não devia ser possível simplesmente desligar um Namorado só porque ele não é do jeito que a gente quer.

Ela enfia os dedos no cabelo dele. É incrivelmente macio. Cabelo de verdade, o que devia ser bizarro, mas não é. Se ele fosse o verdadeiro namorado de Ainslie, Immy não poderia fazer isso.

Ela encontra o lugarzinho mole atrás da orelha e aperta. Uma vez para Corpóreo, duas para Espectral. E ela aperta de novo. Ele acorda.

Quando ela fecha a tampa do caixão e se vira, agora o Namorado Fantasma está sentado em cima da bicicleta ergométrica. Está olhando para Immy como se ela estivesse mesmo ali. Como se a conhecesse, como se soubesse algo dela.

Como se visse a verdadeira Immy, a que ela não sabe ao certo se existe mesmo. Mas, neste momento, ela existe de verdade. Immy é real. Os dois são. Quanto mais eles se olham, mais um deixa o outro real, e não é isso que o amor deveria ser? Não é isso que o amor deveria fazer?

— Eu sou Immy. Imogen.

Ela continua:

— Quem dera você pudesse me falar seu nome de verdade. Ainslie não sabe que eu fiz isto. Então toma cuidado. Não deixa ela ver você.

Ele sorri para ela. Ela estende a mão até onde tocaria o rosto dele, como se pudesse tocar no rosto de Mint.

— Se você fosse meu, eu não deixaria dentro de uma caixa em um armário escuro. Se você fosse meu Namorado.

$$\times - \times$$

O resto da noite se passa em meio a GIFs de pênis, Oreos e vocabulário de espanhol. Quando a mãe de Ainslie leva Immy e Sky para casa, Immy olha para trás e pensa que talvez esteja vendo um menino olhando para fora da janela do quarto de Ainslie. É meio que maneiro imaginar Ainslie sozinha em casa com seu Namorado Fantasma. Essa noite, Immy dorme pensando em Ainslie, em tetos, em mesas de cozinha e no cabelo macio de Mint, fino que nem cabelo de bebê. Ela se pergunta de quem era aquele cabelo.

Immy não sabe se Ainslie sabe que está sendo assombrada. Ela parece desconcertada, mas pode ser só algo a ver com Ainslie e a mãe. Enquanto isso, Sky e Elin estão brigadas por causa de uma bota que Elin pegou emprestada e usou em dia de chuva. Immy só consegue pensar em Mint. Ela continua sonhando com aquele carro, a estrada e o mar. Mint está no carro com ela, e a lua está no céu. Será que significa alguma coisa? Devia significar alguma coisa.

Sexta à noite é o presente de aniversário que Elin deu para Ainslie, ingressos para o show de O Hell, Kitty! no Coliseum. Sky e Immy vão ver um filme sem elas, só que aí Elin dá um ingresso para Sky também, como pedido de desculpa por ter estragado a bota.

Que seja, Immy não quer ir mesmo.

A ideia lhe ocorre quando ela fica sabendo da mãe de Ainslie, que ia levá-las ao show, mas que acabou comprando um ingresso também depois de ver uns vídeos no canal do O Hell, Kitty! no YouTube. Constrangedor para Ainslie, sim, mas é a chance de Immy de ver Mint.

Immy sabe onde a mãe de Ainslie guarda uma chave reserva da casa. Ela sabe também o código do alarme. Um dos benefícios de uma amizade antiga: facilita muito uma invasão domiciliar.

Ela diz para os pais que foi convidada para jantar na casa de Ainslie. Seu pai a leva. A mãe talvez tivesse esperado até alguém abrir a porta, mas é por isso que ela pediu para o pai.

Ela acena — *Vai, está tudo bem, pode ir* —, e ele vai embora. Ela então entra na casa de Ainslie. Para no corredor e diz:

— Oi? Mint? Oi?

É o começo da noite. A casa de Ainslie está repleta de sombras. Immy não se decide se acende ou não as luzes. Ela está de consciência tranquila em relação ao que está fazendo, é por uma boa causa. Mas acender as luzes? Ela estaria se sentindo em casa.

206   Arrume Confusão

Ela olha para o teto, porque não consegue resistir. Vai à cozinha e se agacha para olhar embaixo da mesa e, a contragosto, fica aliviada ao ver que Mint também não está ali.

Está escurecendo cada vez mais. Ela precisa mesmo acender as luzes. Ela vai andando de cômodo em cômodo, acende as luzes, continua. Tem a sensação de que Mint está sempre à sua frente, saindo de cada cômodo assim que ela entra.

Ela finalmente o encontra — ou ele é que a encontra? Eles se encontram — no quarto de lazer. Em um momento, Immy está sozinha, e de repente, lá está Mint, tão perto que ela dá um passo para trás, por reflexo.

Mint desaparece. E volta a aparecer. Mais perto ainda do que antes. Eles estão nariz com nariz. Bom, nariz com queixo. Ele não é muito mais alto que ela. Mas ela consegue enxergar através dele: o sofá, a bicicleta ergométrica e a mesa de costura. *Ele não devia estar tão perto*, pensa ela. Mas ela não devia estar aqui.

Nada disso é bom. Mas não é de verdade. Então tudo bem.

— Sou eu — diz Immy, sem necessidade. — Eu, hã, queria ver se você estava, hã. Se você estava bem. — Ele pisca. Sorri. Aponta para ela e estende o braço, de modo que ele atravessa o meio do corpo dela. Ela encolhe a barriga. Ele desaparece. Ela se vira, e lá está ele de novo, parado na frente do armário.

Ele some de novo quando ela estende a mão para abrir o armário. Está ali, dentro do armário, parado na frente de seu caixão. Some de novo. Ela abre a tampa, e lá está o corpo dele. Já está bem óbvio o que ele quer que ela faça. Então ela põe a mão no cabelo dele e encontra aquele botão.

Ela ainda está parada ali feito uma maluca com os dedos no cabelo dele quando os olhos se abrem. E esta é a primeira palavra que Mint, o Namorado Fantasma de Ainslie, diz para Immy:

— Você.

— Eu? — pergunta Immy.

— Você está aqui.

— Eu tinha que ver você — responde Immy. Ela recua do armário às pressas, porque não quer conversar dentro do armário com o Namorado

Fantasma de Ainslie, ao lado dos caixões do Namorado Vampiro de Ainslie e do Namorado Lobisomem de Ainslie. Mint a acompanha. Ele se espreguiça, com os braços acima da cabeça, flexiona o pescoço, do jeito que Namorados fazem — como se fossem meninos de verdade que, lamentavelmente, passaram tempo demais guardados em um caixão.

— Eu fiz algo com você — afirma Immy. — O anel.

Mint leva os dedos aos lábios. Abre a boca em um bocejo largo. Será que ele sente ali dentro o anel de cabelo? Immy sente náusea ao pensar nisso.

— Você fez isto — concorda ele.

Immy precisa se sentar.

— Isso, eu fiz algo. Eu queria fazer algo, porque, bom, por causa de *Ainslie*. Eu *pretendia* fazer algo. Mas o que eu fiz?

— Estou aqui — declara Mint. — Estamos aqui. Estamos juntos aqui.

Ele diz:

— Não devíamos estar aqui.

— Por que não? Porque você é de Ainslie? Ou você quer dizer que não devíamos estar aqui *aqui*? Nesta casa? Ou é que você não devia estar aqui, ponto? Porque é um fantasma. Um fantasma de verdade?

Mint só olha para ela. Um fantasma de verdade em um menino de mentira? Ela fez isso? Essa expressão nos olhos dele é algo real? Immy nunca viu olhos tão bonitos quanto os dele. E, tudo bem, eles são feitos de silicone moldado, ou são bolsas cheias de gel colorido e componentes microeletrônicos, mas e daí? Qual é a diferença entre isso e corpos vítreos, cristalinos, bastonetes e cones?

Namorados podem até chorar, se você quiser.

Immy quer muito acreditar. Não tem nada que ela já tenha querido tanto na vida. Ela pergunta:

— Quem é você? O que você quer?

— Nós não devíamos estar aqui — repete Mint. — Devíamos estar juntos. — Ele encosta na própria boca. — Meu lugar é com você.

— Ah. Espera. Espera. — Agora ela tem certeza de que alguém está pregando uma peça nela. Será que Ainslie sabia, de alguma forma, que ela viria? Talvez ela tenha armado Mint, tenha falado para ele dizer isso tudo, esteja escondida em algum lugar com Elin e Sky. Elas estão vendo isso tudo, estão vendo Immy fazer papel de ridícula. Não é?

— Eu amo você — diz Mint. E então, como se estivesse concordando consigo mesmo. — Eu amo *você*. Meu lugar é com você. Não me deixe. Não me deixe aqui sozinho com ela.

Todo mundo vivo tem um fantasma dentro de si, não é? Então por que não pode ter um fantasma de verdade dentro de um menino de mentira? Por que um fantasma de verdade dentro de um menino de mentira não pode se apaixonar por Immy? Justin se apaixonou. Por que Immy não pode ter o que ela quer, só uma vez?

Por que Mint não pode ter o que ele quer?

Immy bola um plano sentada com Mint no sofá, tão perto que eles estão praticamente encostados. Immy mal consegue respirar. Ela examina os dedos de Mint, aquelas meias-luas na base nas unhas dele, a curva na ponta dos dedos. As rugas nas palmas. O jeito como o peito dele se estufa e se retrai quando ele respira. Seria bizarro ficar olhando para um menino de verdade assim, do jeito que Immy está olhando para Mint. Um menino de verdade ia querer saber por que ela estava olhando.

Ela quer fazer tantas perguntas para Mint! Quem é você? Como você morreu? Qual é o seu nome de verdade? O que fez você se apaixonar por mim?

Ela quer contar tantas coisas para ele!

Seu pai manda uma mensagem para avisar que está a uns dois minutos da casa de Ainslie. Agora não dá tempo. Quando Mint volta para o caixão, e Immy está prestes a colocá-lo de novo no Modo Espectral, ela não consegue esperar mais. Ela o beija e aperta aquele botão. É seu primeiro beijo de verdade mesmo. Ela não conta Justin. Queda de lábio não conta.

Ela beija bem na boca de Mint. Os lábios dele são secos e macios e frios. É tudo o que ela sempre quis de um beijo.

O carro do pai dela está parando na rampa da garagem quando ela sobe a escada, e, antes que ela chegue à porta, Mint aparece ali de novo à sua frente no corredor escuro, agora um fantasma. Agora ele a beija. É um beijo espectral. E, mesmo que desta vez ela não sinta nada, esse beijo também é tudo que ela sempre quis.

✕ —— ✕

No caminho de volta para casa, o pai dela pergunta:

— Como Ainslie está?

— Ainslie é *Ainslie* — diz Immy. — Sabe como é.

— Seria bem estranho se não fosse — responde o pai. — Ela ainda gosta daqueles tais Amorecos?

— Namorados — corrige Immy. — Ela ganhou um novo de aniversário. Não sei. Talvez não goste mais tanto.

— E você? Algum namorado? De verdade?

— Não sei. Teve um cara, Justin, mas, hã, já faz algum tempo. Ele era, tipo. Não era sério. Tipo, a gente ficou um pouco. E depois terminou.

— Amor verdadeiro, hein?

O jeito como ele fala isso, em tom de brincadeira, deixa Immy com tanta raiva que ela tem vontade de gritar. Ela belisca o próprio braço, vira o rosto e apoia a testa na escuridão fria do vidro do carro. Treme, e tudo volta a ficar bem.

— Pai? Posso fazer uma pergunta?

— Manda.

— Você acredita em fantasma?

— Nunca vi nenhum — diz ele. — Também não quero muito ver. Prefiro pensar que a gente não fica por aqui depois que, sabe, a gente morre. Prefiro pensar que a gente faz algo diferente. Vai para outros lugares.

— Posso fazer outra pergunta? Como você sabe? Quer dizer, se é amor.

O pai se vira para ela e, então, meneia a cabeça como se ela tivesse acabado de falar algo sem nem se dar conta. Ele volta a olhar para a rua.

— A noite foi assim? Quem está pensando nas questões grandes de amor e morte? Você ou Ainslie?

— Eu. Eu acho.

— Você sabe o que é o amor, Immy.

— Sei?

— Claro que sabe. Você ama sua mãe, você me ama e ama sua mãe, né? Você ama Ainslie. Você ama suas amigas.

— Às vezes eu amo minhas amigas — diz Immy. — Mas não é desse tipo de amor que eu estou falando. Estou falando, tipo, de meninos. Estou falando de amor, tipo o amor dos livros e filmes. O tipo de amor que faz a gente querer morrer. Que faz a gente passar a noite em claro, que dá um embrulho no estômago, o tipo de amor que faz com que mais nada importe.

— Ah, Immy — responde o pai dela. — Isso não é amor de verdade. Isso é um truque que o corpo faz com a nossa mente. Não é um truque ruim; é assim que surgem poemas e músicas no rádio e bebês, e às vezes até poemas bons, ou músicas boas. Bebês também são bons, claro, mas, por favor, Immy, ainda não. Atenha-se a músicas e poemas por enquanto.

— Nossa. Eu não estava perguntando sobre sexo. Estava perguntando sobre amor. Se esse tipo de amor é só um truque, então vai ver tudo é um truque. Né? Tudo. Amizade. Família. Você e a mamãe precisam me amar porque, senão, seria horrível para vocês. Terem que me aturar.

O pai dela fica um tempo calado. Ele odeia perder discussões; Immy adora que ele nunca tenta enganá-la.

— Algumas pessoas bem inteligentes dizem que é tudo um truque. Mas, Immy, se for tudo um truque, então é o melhor truque que eu já vi. Sua mãe e eu amamos você. Você ama a gente. Você e Ainslie se amam. E, um dia, você vai conhecer um menino, ou, sei lá, vai conhecer uma menina e vai se apaixonar. E, se você der sorte, ele ou ela vai se apaixonar por você também.

— Às vezes eu não amo Ainslie — confessa Immy. — Às vezes eu a odeio.

— Bom — diz o pai dela. — Isso também faz parte do amor.

É engraçado. Immy gosta mais da própria casa do que da casa de Ainslie. Ela não ia querer morar na casa de Ainslie nem se não precisasse morar junto com a mãe de Ainslie. Mas parte dela fica feliz que todo mundo acaba passando tempo na casa de Ainslie quase sempre. Immy não gosta quando todo mundo vem para a casa dela. Ela não gosta quando seu pai brinca com Ainslie, nem quando sua mãe fala para Sky como ela é bonita. Ela não gosta das caras que Elin faz quando olha os CDs dos pais de Immy. Uma vez, durante o jantar, Immy perguntou aos pais se eles não achavam que seria legal construir um solário ao lado da cozinha. Os pais só se entreolharam. O pai dela disse:

— Aham, Immy. Seria legal.

Ele nem pareceu sarcástico.

Immy está apaixonada. Immy tem um segredo. Fantasmas existem e o mundo é mágico e tem um menino de mentira cujo nome verdadeiro ela nem sabe que tem um anel de cabelo dentro da boca, e ele ama Immy porque ela colocou o anel ali dentro. Ele ama Immy mesmo que seja Ainslie quem ele devesse amar. Adivinha? Immy finalmente tem um Namorado. E adivinha? É exatamente tão incrível e maravilhoso e espetacular e assustador quanto ela sempre imaginou que seria, só que é também outra coisa. É real.

Ontem à noite ela mal conseguiu dormir. O refeitório da escola é barulhento demais, e as luzes fluorescentes são fortes demais, e o sanduíche que ela preparou para o almoço deixa seus dedos com cheiro de alface velha e maionese.

Ainslie, Elin e Sky só querem falar do vocalista principal de O Hell, Kitty!. E do cara gato que derramou cerveja na blusa de Sky e na mãe de Ainslie, que é péssima.

— Você devia ter ido — diz Sky. — Eles foram, tipo, *incríveis*, Immy. — Então Sky agora também vai ser doida por música? Pelo visto, sim.

Ainslie fala para Immy:

— E ninguém te falou a parte mais bizarra! A gente chegou em casa ontem à noite, e eu só queria matar minha mãe. Tipo, o que eu mais quero é jogá-la pela janela ou arrancar a cabeça dela fora e colocar no micro-ondas por algumas horas, sabe, mas não dá para fazer isso, então Elin e Sky e eu pensamos em outra ideia, que era ligar Mint, e eu ia falar para ele dar um susto nela. Mas adivinha?

— O quê? — prerguntou Immy. Ela já sabe.

— Ele já estava ligado! Modo Espectral! O que é impossível, porque eu tinha desligado, lembra? Que eu falei? Eu desliguei algum tempo atrás, então como é que agora ele estava ligado de novo? Bizarro, né? Bem fantasmagórico mesmo.

— Vai ver sua mãe ligou — sugeriu Immy.

— Vai ver foi o mordomo — diz Elin.

Sky esbugalha os olhos e fala:

— Vai ver o Namorado Fantasma de Ainslie é um namorado fantasma de verdade. — Às vezes Immy não sabe o que pensar de Sky. É para levar a sério tudo que ela fala? Ou na verdade ela é a pessoa mais sarcástica que Immy conhece? Incerto.

— E o que *você* fez ontem à noite? — questiona Elin. — Algo de interessante?

Talvez seja preocupante essa pergunta, só que Justin está almoçando a duas mesas de distância delas. Ele não para de olhar para Immy. Elin reparou, e praticamente dá para ouvir os dentes dela rangendo. Será que ela consegue sentir a felicidade de Immy? O tanto que ela é amada? Immy faz questão de desviar os olhos ao responder para Elin; dá um ligeiro quase sorriso na direção de Justin.

— Bom — retruca. — Tipo. Não muito. Nada digno de nota.

Ainslie diz:

— O que é que colocam nesta pizza? Não é queijo. Eu me recuso a acreditar que isso é queijo de verdade.

A execução do plano, o resgate de Mint, na verdade é bem simples. Falta pouco para as férias de primavera, e Ainslie e a mãe vão viajar para esquiar em Utah. O difícil é esperar.

Immy não pode pedir para o pai levá-la à casa de Ainslie de novo, porque Ainslie já veio jantar na casa dela e tagarelou incessantemente sobre encostas nevadas e poligamia e bisões, e, mesmo se o pai dela esquecer, a mãe não esquece. Mas Immy já pesquisou quanto custaria um táxi. Definitivamente viável. E ela pode ir durante o dia enquanto os pais estiverem no trabalho.

Não, espera, ela pode ir de bicicleta. Já fez isso uma ou duas vezes. É possível.

Depois, chamar um táxi quando estiver pronta para sair da casa de Ainslie. Planos simples são bons. Comprar uma bolsa grande o bastante para colocar Mint e não esquecer os cobertores para acolchoar. Afinal, Namorados não são tão pesados quanto parecem, e o taxista vai ajudar.

Lembrar que tem que ter dinheiro para a gorjeta.

Ir para o You-Store-It, o depósito onde a mãe de Ainslie tem espaço de armazenamento grande o bastante para guardar um circo inteiro. Immy já foi lá com Ainslie algumas vezes, para levar abajures, tapetes ou obras de arte feias sempre que a mãe de Ainslie muda a decoração. Tem pelo menos um sofá bem razoável. A parede tem tomadas, então Mint pode recarregar.

A chave do depósito está pendurada na área de serviço da casa de Ainslie. Todas as chaves da casa de Ainslie têm etiqueta. (Do mesmo modo que a mãe de Ainslie anota todas as senhas de internet em um post-it na tela do computador.) Parece que elas querem facilitar o máximo possível.

E o You-Store-It não é muito longe da casa de Immy. Só uns dois ou três quilômetros. Bem tranquilo de fazer de bicicleta.

Não é uma solução de longo prazo, mas vai servir até Immy pensar em algo melhor. Ela não sabe bem como isso tudo vai funcionar. Está tentando não se abalar por isso. As férias de primavera vão ter sorvete de iogurte, filmes bobos e idas ao brechó com Sky e Elin, e vão ter Mint também. Se ele fosse um menino de verdade, poderia ir junto para todas as outras coisas de verdade. Mas não é, e não pode, e tudo bem. Ela vai aproveitar o que der e se contentar com isso, porque amor não tem a ver com conveniência, sorvete de iogurte e vida real. Amor não é isso.

Immy vê Mint duas vezes antes das férias. Isso deixa a espera mais fácil. A primeira é quando Ainslie pede para ela ir ajudar com o cabelo. A mãe de Ainslie decidiu que Ainslie pode pintar uma mecha, só uma, de outra cor para as férias. Ainslie não consegue se decidir entre verde e vermelho.

— Pare ou siga — comenta Immy, olhando as bisnagas de tinta.

— Quê? — diz Ainslie.

— O que você quer dizer com seu cabelo? — pergunta Immy. — Siga é verde, pare é vermelho.

— Não tenho intenção de passar uma mensagem. Só quero saber qual fica melhor, entendeu? Verde é esquisito demais?

— Eu gosto de verde — afirma Immy. — Combina com seus olhos.

— Acho que gosto de vermelho — conclui Ainslie.

Enquanto elas esperam o descolorante agir, Ainslie leva Immy até o quarto de lazer. Immy passou o tempo todo tentando não pensar em Mint. E, agora, é para lá que Ainslie a leva.

— Só preciso conferir — diz Ainslie. — Agora eu confiro todo santo dia. Alguns dias, eu olho mais de uma vez. Ele nunca está ligado. Mas ainda preciso conferir. Ontem à noite, acordei às três da madrugada e tive que descer aqui para ver.

Ela puxa de repente a tampa do caixão, como se quisesse pegar Mint no flagra. Os olhos dele estão fechados, claro, porque como ele se ligaria sozinho?

Onde ele está quando não está aqui? Immy sofre por vê-lo assim, desligado, como se fosse só um brinquedo besta.

A parte descolorida do cabelo de Ainslie, envolta em papel-alumínio, está praticamente em pé. Immy se imagina puxando. Ouvindo Ainslie gritar. E, ainda assim, Mint não acordaria. Então para quê?

Ainslie mete a mão na cabeça de Mint como se estivesse matando uma aranha. Vira-se para Immy e encolhe os ombros.

— Eu sei que é estupidez minha. Ele é só um Namorado meio defeituoso ou algo assim. E nem é tão bonito, né? Oliver é muito mais bonito. Não sei por que eu queria tanto.

Talvez Immy fale algo e Ainslie dê logo Mint para ela.

Ainslie diz:

— Perguntei para minha mãe se a gente podia vendê-lo no eBay, e ela surtou. Reagiu como se eu fosse a pior pessoa do mundo. Ficou falando da fortuna que ele tinha custado, da dificuldade que foi consegui-lo, da minha ingratidão por tudo que ela fazia para me deixar feliz. Então tive que fingir que era só brincadeira.

Então pronto.

Immy responde:

— Vamos. Acho que já deu o tempo de tirar o descolorante.

Ela dá uma última olhada em Mint antes de Ainslie fechar a tampa de novo. E Ainslie muda de ideia, escolhe a verde, e a vermelha, a verde, e a vermelha de novo. As duas gostam do resultado quando fica pronto, que nem uma faixa comprida de sangue.

Dois dias depois, na escola, Ainslie conta que a mãe resolveu pintar também uma mecha vermelha no próprio cabelo. Ela está chorando de raiva. Todas a abraçam, e então Immy a ajuda a cortar fora o vermelho com uma tesoura da sala de artes. Nesse instante, Immy só quer que Ainslie seja tão feliz quanto ela.

A outra vez em que Immy vê Mint é dois dias depois disso. Às quatro da madrugada. Ela fez uma idiotice: foi de bicicleta até a casa de Ainslie, quase dez quilômetros no escuro. Mas foi por amor. Digamos que foi um ensaio. Ela entra na casa. É um fantasma. Quase que ela vai ao quarto de Ainslie, para ficar ao lado da cama dela e vê-la dormir. Ainslie é quase bonita quando está dormindo. Immy sempre achou. Mas ela já viu Ainslie dormir antes.

Ela desce a escada até o quarto de lazer e liga Mint no Modo Espectral. Ele aparece imediatamente, observando-a do sofá.

— Oi — diz ela. — Tive que vir. Está tudo bem. Só tive que vir ver você. Só isso. Estou com saudade. Hoje é sexta. Volto segunda, e vai ficar tudo bem. Vamos ficar juntos. Tudo bem?

Seu Namorado Fantasma meneia a cabeça. Sorri para ela.

— Eu amo você — declara ela. Ele diz o mesmo em silêncio.

Immy devia mesmo desligá-lo, mas não consegue. Em vez disso, ela volta para o armário e abre o caixão de Oliver e o de Alan. Ela encontra o botão deles, cada um com uma das mãos, liga os dois e fecha a porta do armário o mais rápido possível para que eles não a vejam, não saibam quem fez isto. Ela sobe a escada e sai pela porta, a chave volta para baixo da pedra, e ela vai embora pedalando loucamente. Quando chega em casa, o sol já está nascendo.

Com satisfação, ela pensa: Isso *vai pegar Ainslie de surpresa.*

Mas Ainslie não comenta. Ainslie está meio arrasada desde a história da mãe com o cabelo. Ou talvez seja toda a questão do Namorado. Seja como for, o que Ainslie mais precisa é das amigas. Immy, Sky e Elin a levam para tomar iogurte depois da escola. Amanhã, Ainslie e a mãe vão para Utah. Immy quer se levantar e dançar em cima da mesa. Está tocando uma música na iogurteria, e até que é boa. Immy devia mesmo descobrir quem canta, só que, se ela perguntar, Elin, ou talvez todo mundo, vai olhar para ela do tipo "você gosta *dessa* música? Sério?". Mas ela gosta. Gosta mesmo. Sério.

Ela mal prega os olhos domingo à noite. Fica revendo o plano repetidas vezes na cabeça. Tenta imaginar todos os problemas que talvez aconteçam para que possa consertá-los antes. Uma ideia horrível se aloja em sua mente: e se, depois de Immy ligar todos os Namorados, Ainslie tiver feito alguma loucura? Tipo, e se finalmente ela convenceu a mãe a doar todos para a igreja? Ou pior? Mas todos os caixões estão exatamente onde deviam. Alan e Oliver e Mint estão desligados. O táxi a deixa no You-Store-It, e ela coloca a bolsa com Mint em um carrinho de carga e a chave funciona normalmente, e daí que o depósito tem cheiro de poeira e mofo e tem coisas aleatórias por todas as partes? Ela abre o zíper da bolsa e aperta o botão para Corpóreo.

E aí é que nem foi no quarto de lazer. A primeira vez que eles ficaram juntos sozinhos. É tão fácil ficar com ele! Immy já esvaziou o sofá, ligou um daqueles abajures legais na tomada e pôs uma lâmpada que ela trouxe de casa. Ela tem até um cobertor para o caso de eles ficarem com frio no depósito. Bom, ela. Mint provavelmente não sente frio.

Essa é uma das perguntas que ela quer fazer, agora que finalmente eles podem conversar. Não sobre o frio. Sobre o nome dele. Vai levar horas até ela precisa voltar para casa.

Eles estão de frente um para o outro no sofá. De mãos dadas, igualzinho a namorados e namoradas. Não é exatamente que nem ficar de mãos dadas, porque ele é feito de silicone e plástico e tubos de gel, bastões de metal, fios, que seja, e a mão dele parece estranha se ela comparar com uma mão de verdade, mas não tem importância.

E é claro que não tem como sentir a mão dele de verdade, ela sabe, mas isto, a mão dela na dele, deve ter algum valor para ele. Do mesmo jeito que tem para ela. Porque ele é tão real quanto não é.

Isso já basta. É melhor do que tudo que ela imaginava.

Ela perguntou o nome dele. O nome de verdade.

— Não lembro — diz ele. — Não lembro muitas coisas. Eu me lembro de você. Só de você.

Ela está um pouco decepcionada, mas não quer que ele saiba.

— Tudo bem se eu continuar chamando você de Mint? — É só um nome idiota que Ainslie inventou, mas, pensando bem, Immy se dá conta de que ela só o enxerga como Mint. Seria estranho tentar chamá-lo de outro nome.

— Você se lembra de alguma coisa de quando era vivo?

Ele responde

— Era frio. Eu estava sozinho. E aí você apareceu. Ficamos juntos.

— Você se lembra de como morreu?

— Eu me lembro de amor.

Immy não quer saber de outras meninas. Meninas que ele conhecia quando era vivo. Nem mesmo se já estiverem mortas e enterradas.

— Nunca me apaixonei antes. Nunca senti isto antes.

Aquela mão horrível se flexiona, aqueles dedos fecham em volta dos dela. Ela se pergunta como ele sabe quanta pressão exercer. É Mint que faz isso, ou é alguma programação básica dos Namorados? Não tem muita importância.

— Posso ficar um pouco aqui — afirma ela. — Depois, preciso voltar para casa.

Ele olha para ela como se quisesse que ela nunca fosse embora.

— O que você vai fazer quando eu for para casa? — questiona Immy.

— Vou esperar. Vou esperar até você voltar para mim.

— Prometo que volto assim que possível.

— Fique — pede ele. — Fique comigo.

— Tudo bem — concorda Immy. — Vou ficar o máximo possível.

Por fim, como ele fica só olhando, ela diz:

— O que você quer fazer? Você ficou o que, um mês preso no armário de Ainslie? Onde você estava antes disso? Antes de Ainslie ligar você e eu colocar o anel na sua boca? É estranho conversar sobre isso?

— Sou seu. Você é minha. Nada mais importa. Só você e eu.

Então Immy conta tudo. Tudo que ela vem sentindo este ano. Fala de Justin. De Ainslie. Da incerteza dela, às vezes, quanto a quem ela é. Eles ficam de mãos dadas o tempo todo. E aí, antes de ir embora, ela põe Mint de novo no Modo Espectral. Assim, ele pode investigar o You-Store-It se quiser enquanto ela não estiver. O Modo Espectral tem um alcance de 280 metros quadrados, que é um dos recursos legais do Namorado Fantasma. Immy andou pesquisando tudo o que podia sobre Namorados Fantasmas na internet. Ela já leu tudo antes, mas agora é diferente.

Tem muito debate na internet sobre estranhamento e realismo, bonecos, o estilo de ilustração de personagens de videogame. Coisas que parecem muito com pessoas de verdade: aquela diferença horrível entre o real e o quase real. Namorados Vampiros, Namorados Lobisomens e Namorados Fantasmas supostamente não causam estranhamento. As pessoas têm, em média, 43 músculos faciais. Os Namorados têm o equivalente a 50. É para eles serem mais realistas que pessoas de verdade. Mais ou menos. A cabeça deles é ligeiramente maior; os olhos também são maiores. Para fazer a gente se sentir bem ao olhar para eles. Como se deve sentir ao ver um bebê.

Immy se cadastrou em duas listas de e-mail para pessoas que têm Namorados. Ela imagina como vai ser postar nas listas as coisas bonitinhas que Mint falar, as atividades divertidas que eles fizerem.

É a melhor semana da vida de Immy. Ela anda com Sky e Elin. Ainslie manda mensagens para elas para contar todos os horrores que a mãe está fazendo. E Immy passa o máximo de tempo possível no depósito com seu Namorado. Seu namorado.

O depósito é escuro e horrível, mas parece que Mint não se incomoda. Bom, ele estava dormindo dentro de um caixão em um armário antes. Não tem muita referência para comparar. Ele fala para ela de coisas que outros locatários têm em seus depósitos. Um monte de pianos, pelo visto. E livros escolares. Mint se contenta perfeitamente com listar tudo que encontrou. E Immy se contenta perfeitamente com escutar quieta enquanto ele tagarela sobre aquários vazios, cadeiras de dentista velhas e caixas de bichinhos de pelúcia.

Quando ela e Justin estavam juntos, ele falava sem parar de videogames que ele curtia. Ela tinha jogado alguns também, é bem boa em alguns gêneros, mas não chegava a ser uma conversa. Justin não dava muita chance para ela falar qualquer coisa.

Immy consegue achar aquela música da iogurteria e baixa no celular. Ela toca para Mint, e eles dançam devagarzinho no espaço extremamente apertado que não está tomado pelas tralhas da mãe de Ainslie.

— Eu gosto muito dessa música — diz ela.

— É uma música boa — afirma Mint. — Você dança bem. Faz muito tempo que eu quero dançar com você.

A mão dele está na parte de baixo das costas de Immy. Ele também dança bem, talvez melhor até que Oliver, e ela apoia a cabeça em seu ombro.

— Qual cabelo era o seu?

Mint fala:

— Sou seu. Só seu.

— Não. O anel. Qual cabelo era o seu? O louro ou o preto?

— O louro — diz Mint. — O preto.

— Deixa para lá — Ela beija o ombro dele e o abraça com um pouco mais de força. É um pouco estranho que Mint não tenha cheiro de nada. Deve ser melhor assim. Para manter um menino de verdade dentro de um depósito, seria preciso dar um jeito de ele poder tomar banho. Além do mais, ele precisaria de comida. Se bem que talvez Mint esteja começando a ficar com cheiro de depósito, um pouco com cheiro de umidade. Talvez seja bom Immy comprar um perfume para ele.

Ele ainda está com o terno preto de velório que veio nele. Talvez ela possa comprar umas camisetas e calças jeans no brechó. Ela não consegue imaginar Mint de camiseta.

Ainslie volta para casa daqui a dois dias, e Immy não sabe bem o que vai acontecer depois disso. Ainslie não vai achar que Immy pegou Mint, por que ela acharia? Mesmo assim, vai ser complicado. E tem o depósito, que não vai servir para sempre. De qualquer jeito, quando acabarem as férias, Immy não vai poder vir passar o dia todo no depósito.

Quando ela fala isso para Mint, ele não diz nada. Ele confia que ela vai pensar em algo.

Ele pede:

— Fique comigo. Não me deixe nunca.

Ele declara:

— Nunca vou deixá-la.

À noite, ela resolve ir ver Mint. Eles nunca passaram a noite juntos. E ela não está conseguindo dormir mesmo. Talvez esteja na hora. Eles podem ficar deitados juntos no sofá, e aí ela pode dormir com a cabeça no ombro dele. Ela pode acordar em seus braços.

Está um frio de rachar. Immy, de bicicleta, percorre ruas vazias. Ninguém a vê passar. Ela poderia entrar de fininho em alguma casa. Cortar uma mecha de cabelo de alguém que estiver dormindo. Despejar soda cáustica em algum aquário ou colocar sal em um açucareiro. O que ela não poderia fazer? Ela poderia explorar. Sair em aventuras. Causar tudo que é confusão.

O You-Store-It após a meia-noite é um palácio. Um mausoléu. Gótico, preto lustroso, cheio de segredos alheios. Mas o segredo dela é o melhor.

Quando chega ao depósito, ela escuta vozes. Uma voz. Alguém está falando. Mint está falando. Mint está falando com alguém. Ela reconhece tudo que ele está dizendo.

— Eu amo você. Só você.

— Amo só você.

— Fique comigo. Não me deixe nunca.

— Estamos juntos agora. Nunca vou deixá-la.

— Amo você.

É peculiar, porque Immy deixou Mint no Modo Espectral. E com quem ele está falando, aliás? Tudo que ele está falando é tudo que ele diz para Immy. Está tudo errado. Tem algo errado.

Ela destranca a porta e a levanta. E definitivamente tem algo errado, porque ali está o Namorado Fantasma dela, de pé no escuro, no Modo Corpóreo, e ali está o namorado fantasma dela no Modo Espectral. Só que o fantasma não é o Namorado Fantasma dela. É uma menina. Quase inexistente, mais até do que Mint sempre fica. A luz da lanterna de Immy atinge a fantasma que está flutuando ali. Buracos no lugar dos olhos. Cabelo claro.

A mão da fantasma está estendida para Mint. Os dedos dela estão na boca dele.

Immy pode ser uma estúpida, mas não é *estúpida*. Ela percebe, na hora, o erro que cometeu. O erro que *pôde* cometer. Aqueles três punhados de cabelo, os dois pedaços pretos e o louro. Aparentemente, Immy não deu um fantasma de verdade para o Namorado Fantasma de Ainslie — ela deu dois fantasmas ao Namorado Fantasma de Ainslie.

Não tem ninguém apaixonado por ela. Ela não é namorada de ninguém.

Esta não é a história de amor dela.

Ela vai direto para o Namorado Fantasma, para Mint, quem quer que seja. E aquela outra menina. A morta. Dane-se também quem ela é. Ela nem pode fazer nada com Immy. Mas Immy pode fazer algo com ela. Com corpo ou sem corpo.

— Immy — diz Mint.

— Cala a boca — responde ela. E enfia os dedos bem na boca traíra dele.

Ele morde. E então suas mãos sobem e os dedos de alguém envolvem o pescoço de Immy. Os dedos de Mint.

Ela pensa: *Eles não deviam fazer isso!* Ela está com tanta raiva que nem sente medo.

Os dedos de Immy passam por baixo daquela língua inquieta e entram naquele compartimento, e ela pega o anel de cabelo. Ela o puxa de dentro da boca de Mint, e, de repente, a menina fantasma some e o Namorado Fantasma é só uma *coisa* ali, com as mãos frouxas em volta do pescoço dela e a boca ligeiramente aberta.

Ela enfia o anel de cabelo no bolso. Seus dedos estão doendo muito, mas ela consegue dobrar, então não estão quebrados. Só um pouco retalhados.

Ela está sozinha ali com o Namorado Fantasma à espreita, como se só estivesse esperando que ela o ligasse de novo. E aqueles dois pombinhos? Aqueles fantasmas? Ainda estão por perto? Ela sai dali o mais rápido possível.

Ela pedala por ruas escuras, chorando sem parar. Cheia de meleca na cara. Que idiota! E, para piorar, ela nunca vai poder contar isso para ninguém. Nem para *Ainslie*.

Ela lava completamente as mãos quando chega em casa. Tira a tesoura de unha e uma pinça do armário do banheiro. Segura o anel de cabelo embaixo de uma lupa e usa a pinça para separar os fios de cabelo louro. *Eles estão aqui?* Ela torce para que sim. Corta a mecha loura com a tesoura e pinça até o último fio. Agora tem um anel de cabelo preto e um montinho minúsculo de fios louros. O cabelo preto volta para o medalhão da gargantilha que ela comprou para Ainslie. Depois, ela revira sua caixa de joias em busca do colar que ela usava sempre no ano passado. Tipo uma bolsa de remédio em um cordão de couro. O cabelo louro vai para dentro. Cada pedacinho.

Depois disso, ela vai para a cama. Deixa a luz acesa. Quando pega no sono, ela está de novo naquele carro na estrada ao luar. Mint está no banco do carona. Tem mais alguém no banco de trás. Ela não quer olhar para nenhum dos dois. Só continua dirigindo. E se pergunta aonde vai chegar.

De manhã, ela explica a situação para o pai. Não tudo. Só a parte sobre o Namorado Fantasma e o depósito. Ela fala que era tudo uma brincadeira que ela, Sky e Elin iam fazer com Ainslie, mas que agora ela percebeu que era uma péssima ideia. Ainslie teria ficado muito assustada. Ela explica que Ainslie tem estado muito fragilizada. Tentando superar um namoro que acabou mal.

Ele tem orgulho da filha. Eles vão de carro até o You-Store-It e buscam o Namorado Fantasma. Depois que ele volta para o caixão no armário do porão de Ainslie, o pai dela a leva para tomar sorvete de iogurte.

✕ — ✕

Ainslie volta do resort de esqui bronzeada, porque Ainslie faz muitas coisas ao mesmo tempo.

No almoço, elas ficam sentadas do lado de fora, sob o sol, de casaco e cachecol, porque é difícil voltar para dentro, voltar para a escola.

— Aqui — diz Immy. — Feliz aniversário, Ainslie. Achei, finalmente.

É uma caixinha miúda, mal vale o esforço, mas Ainslie faz o mesmo de sempre. Abre o papel com tanto cuidado que até parece que o que ela mais gosta nos presentes é do papel de embrulho. Ela tira a gargantilha e todo mundo fica óó e ahh. Quando ela abre o medalhão, Immy fala:

— Não deve ser verdade, mas supostamente esse cabelo é de Bam Muller. — Bam Muller é o vocalista principal de O Hell, Kitty! Ela conferiu. Ele tem cabelo preto.

— Meio nojento — afirma Ainslie. — Mas também é meio incrível. Valeu, Immy.

Ela põe a gargantilha, e todo mundo admira como ela fica no pescoço branco comprido de Ainslie. Ninguém reparou nos ligeiros hematomas em volta do pescoço de Immy. Mal dá para ver.

— De nada — Immy dá um abraço forte em Ainslie. — Estou tão feliz que você voltou!

— Seja mais lésbica — diz Elin. Sky deu com a língua nos dentes sobre Elin e Justin. O estranho é que Elin não parece tão mais feliz assim. Deve ser aquela história do beijo. Se bem que, quando acaba o ano letivo, Elin e Justin continuam juntos. Eles ficam juntos o verão todos. E, quando chega o Dia das Bruxas e Ainslie faz uma festa na casa dela, Elin chega fantasiada de Chapeuzinho Vermelho Sexy, e Justin é um lobo mau.

Oliver, Alan e Mint estão na festa. Ainslie os liga pela primeira vez depois de muito tempo. Immy dança com os três. Dança com Mint duas vezes. Eles não têm nenhum assunto para conversar.

A festa é ótima.

Sky fez outra garrafa de absinto. Ela é uma vaqueira. A mãe de Ainslie é uma bruxa sexy, e Ainslie não está com fantasia nenhuma. Ou, se estiver, ninguém sabe o que ela pretende ser. A certa altura, Immy percebe que Elin está com a gargantilha, a que Immy deu para Ainslie. Então talvez ela tenha pegado emprestada. Ou talvez Ainslie tenha se cansado dela e dado para Elin. Tanto faz. Não tem problema.

Immy está usando sua bolsinha de remédio. Ela a usa bastante. Toma essa, menina fantasma. Immy está bem bonita. É uma súcubo. Precisa explicar o tempo todo o que é isso, mas tudo bem. O mais importante é que ela está incrível.

Justin, pelo menos, não consegue tirar os olhos dela. Ela olha para ele de vez em quando, sorri só um pouquinho. Depois de tanto treino, ela aposta que Elin o ensinou algumas coisas sobre beijos. E ele foi namorado de Immy antes.

Duas Casas

Acorde, acorde.

Portia vai fazer uma festa de aniversário. A festa vai começar sem você. Acorde, Gwenda. Acorde. Rápido, rápido.

Música suave. Cheiro de pão quente. Ela já podia estar em casa quantas casas atrás? Em sua cama de infância, com a mãe lá embaixo fazendo pão.

A última adormecida da espaçonave *Casa de Segredos* abriu os olhos e se arrastou para fora da cama estreita. Ela se levantou, ou caiu, da câmara.

A câmara também era estreita e pequena, uma cela no meio de uma colmeia. Luz rosa suave, gavetas invisíveis, câmara e camas, tudo vazio. A astronauta Gwenda esticou os braços e esfregou o couro cabeludo. Seu cabelo havia crescido de novo. Às vezes ela imaginava um leito abarrotado de massas de cabelo. Séculos passando sob aquele peso sufocante.

Agora lá estava o cheiro de livros velhos. Uma biblioteca. Maureen estava com ela dentro de sua cabeça, olhando livros. Monitorando sua frequência cardíaca, a dilatação das pupilas. Maureen era a nave, a Casa e a guardiã de todos os seus Segredos. Um espírito do ar; uma vibração reconfortante; uma sequência alquímica de cheiros e emanações.

Gwenda inalou. Espreguiçou-se de novo, deu uma cambalhota lenta. Processos químicos arcanos começaram em seu sangue, seu sistema nervoso.

Era assim a bordo da espaçonave *Casa de Segredos*. Dormir e acordar e dormir de novo. O sono podia durar um ano, cinco anos. Havia seis astronautas. Às vezes outros já estavam acordados. Às vezes se passavam dias, algumas semanas sozinho. Mas ninguém ficava sozinho de fato. Maureen estava sempre lá. Ela estava lá durante o sono e a vigília. Estava dentro de todo mundo também.

×—×

Estão todos à sua espera no Salão. Tem carpa assada. Bolo de chocolate.

— Cheiro de maré — disse Gwenda, tentando identificar. — Mangues e o mar metido em mil lugares nas raízes. Passei um verão em um lugar assim.

Você chegou com um menino e foi embora com outro.

— Foi. Eu tinha esquecido. Foi há tanto tempo.

Cem anos.

— Quanto tempo! — exclamou Gwenda.

Só um instante.

— É — repetiu Gwenda. — Só um instante. — Ela encostou no cabelo. — Eu estava dormindo...

Sete anos, desta vez.

— Sete anos.

×—×

Cheiro cítrico. Limoeiros. Outros cheiros, agradáveis, que pertenciam a Mei e Sullivan e Aune e Portia. Sisi. Toda a química do corpo deles ajustada para relações harmoniosas. Eles eram, por necessidade, um grupo amistoso.

Gwenda espantou o sono longo. Mergulhou rumo à curva da antepara e apertou uma gaveta. Ela se abriu no eixo, e Gwenda entrou para fazer as necessidades, para ser espetada e cutucada e injetada, emplastrada e encharcada. Ela se livrou do cabelo novo, da camada fina de pelos nos braços e nas pernas.

Muito devagar, muito devagar, reclamou Maureen. Deixe-me eliminar isso para você. De vez.

— Outro dia — disse Gwenda. Ela abriu seu diário, conferiu as planilhas de seus porquinhos-da-índia, de sua carpa.

É por isso que você é a última de novo. Você enrola, Gwenda. Você se recusa a ser razoável em termos de depilação pessoal. Todo mundo está esperando. Você está perdendo toda a diversão.

— Aune pediu uma discoteca finlandesa, uma sauna finlandesa ou a aurora boreal. Sullivan está brincando com cachorros. Mei está batendo papo com estrelas de cinema ou compositores famosos, e Portia está sendo escandalosa. Tem cachoeiras ou sequoias ou golfinhos.

Flores de cerejeira. A mostra de cães de Westminster. 2009. O Sussex Spaniel Ch. Clussexx Três D Folia Ferina vence. Sisi está na esperança de que você se apresse. Ela quer contar algo.

— Bom — conclui Gwenda. — É melhor eu me apressar então.

Maureen foi antes e depois, pelo Corredor Um. Luzes se acenderam, e voltaram a se apagar para mergulhar o corredor atrás de Gwenda na escuridão. Maureen era a luz dourada adiante ou a escuridão que seguia por trás? Carpas nadavam nas paredes de vidro.

E então ela chegou à Cozinha, e o Salão ficava logo acima. Sisi, com seus membros compridos, meteu a cabeça pelo buraco.

— Tatuagem nova?

Era uma piada velha.

Da cabeça aos pés, Gwenda era coberta de tatuagens. Tinha um Dürer e um Doré; dois dragões chineses e uma cruz celta; a Rainha de Ouros destroçada em oito pedaços por lobos; uma menina em um foguete de brinquedo; a Estátua da Liberdade e a bandeira do estado de Illinois; citações de Lewis Carroll e do Livro do Apocalipse e de mais cem outros livros; cem outras maravilhas. Tinha a espaçonave *Casa de Segredos* no dorso da mão direita de Gwenda e a irmã, *Casa de Mistério*, na esquerda.

Sisi tinha um par de botas antigas de caubói, e Aune, uma cruz de marfim em uma corrente. Sullivan tinha um exemplar de *Moby Dick*; Portia tinha um diamante de quatro quilates em uma base de platina. Mei tinha suas agulhas de tricô.

Gwenda tinha suas tatuagens. Astronautas de longa jornada levam pouca bagagem.

✕ — ✕

Mãos puxaram Gwenda para cima, para dentro do Salão, e tocaram suas costas, seus ombros, alisaram sua cabeça. Aqui, pés tinham peso. Havia chão, e ela ficou de pé nele. Havia uma mesa, e na mesa havia um bolo. Rostos familiares sorriram para ela.

A música estava muito alta. Cachorros de pelos sedosos perseguiam pétalas de flores.

— Surpresa! — exclamou Sisi. — Feliz Aniversário, Gwenda!

— Mas não é meu aniversário — respondeu Gwenda. — É aniversário de Portia.

— A mentira foi pequena — disse Maureen.

— A ideia foi minha — justificou Portia. — A ideia de fazer uma festa surpresa para você.

— Bom — concluiu Gwenda. — Estou surpresa.

— Vamos — falou Maureen. — Venha assoprar suas velas.

✕ — ✕

As velas não eram de verdade, claro. Mas o bolo era.

✕ — ✕

Foi uma festa comum. Todos dançaram, o tipo de dança que só é possível em microgravidade. Foi divertido. Quando o jantar ficou pronto, Maureen dispensou a música eletrônica finlandesa, os cachorros, as flores de cerejeira. Deu para ouvir Shakespeare falar para Mei:

— Sempre tive o sonho de ser astronauta.

E então ele desapareceu.

✕ — ✕

No passado, eram duas naves. Era prática normal, na Terceira Era das Viagens Espaciais, construir mais de uma nave por vez, enviar naves acompanhantes nas viagens longas. A redundância aumenta a resiliência. As naves irmãs *Exploradora* e *Mensageira*, chamadas *Casa de Segredos* e *Casa de Mistérios* pelas tripulações, saíram da Terra no ano 2059.

A *Casa de Segredos* vira a irmã gêmea desaparecer em um instante, um piscar de olhos. Lá uma hora, lugar nenhum agora. Isso fora trinta anos antes. O espaço era cheio de mistérios. O espaço era cheio de segredos.

O jantar era bife Wellington (de mentira) com aspargos e batatinhas (ambos de verdade) e pãezinhos de fermentação natural (mais ou menos de verdade). As galinhas experimentais estavam botando ovo outra vez, então tinha também ovo *poché*, além do bolo de chocolate. Maureen aumentou a gravidade, porque até bife Wellington de mentira precisa de gravidade adequada. Mei jogou pãezinhos para Gwenda por cima da mesa.

— Pode dar uma olhada nisso? — perguntou. — De vez em quando, gosto de ver alguma coisa cair.

Aune forneceu bulbos de algo alcoólico. Ninguém perguntou o que era. Aune trabalhava com eucariotos e arqueas.

— Fiz o bastante para a gente ficar altinho — disse ela. — Só um pouco. Porque hoje é aniversário de Gwenda.

— Foi meu aniversário há pouco tempo — declarou Portia. — Quantos anos eu tenho, aliás? Deixa para lá, quem se importa.

— Um brinde a Portia — disse Aune. — Para sempre mais ou menos jovem.

— A Próxima Centauro — falou Sullivan. — Mais perto a cada dia que passa. Não tão perto.

— A todos nós, Cachinhos Dourados. A um planeta ideal.

— A jardins de verdade — continuou Aune. — Com sapos de verdade.

— A Maureen. E melhores amigos. — Sisi apertou a mão de Gwenda.

— À nossa *Casa de Segredos*! — exclamou Mei.

— À *Casa de Mistério* — disse Sisi. Todo mundo se virou e olhou para ela. Sisi apertou a mão de Gwenda de novo. Eles beberam.

— Não temos nenhum presente para você, Gwenda — declarou Sullivan.

— Não quero nada — afirmou Gwenda.

— Eu quero — falou Portia. — Histórias! Que eu ainda não tenha ouvido.

Sisi pigarreou.

— Tem só um negócio. A gente devia contar o negócio para Gwenda.

— Você vai estragar o aniversário dela — disse Portia.

— O quê? — perguntou Gwenda para Sisi.

— Não é nada — respondeu Sisi. — Absolutamente nada. Só a mente pregando uma peça. Sabe como é.

— Maureen? — chamou Gwenda. — O que está acontecendo?

Maureen soprou pelo Salão, uma brisa de vinagre.

— Há aproximadamente 31 horas, Sisi estava na Sala de Controle. Ela realizou algumas tarefas comuns e me pediu para exibir nossa rota imediata. Doze segundos depois, observei que a frequência cardíaca dela havia aumentado subitamente. Quando perguntei se havia algo de errado, ela disse: *"Você também está vendo, Maureen?"* Pedi para Sisi me dizer o que ela estava vendo. Sisi disse: "Casa de Mistério. *A boreste. Estava ali. E aí sumiu."* Falei para Sisi que eu não havia visto. Resgatamos os registros visuais, mas não havia nada gravado. Transmiti em todos os canais. Ninguém respondeu. Ninguém viu a *Casa de Mistério* neste ínterim.

— Sisi? — disse Gwenda.

— Estava lá — afirmou Sisi. — Juro por Deus que vi. Que nem olhar em um espelho. Tão perto que quase dava para encostar.

Todo mundo começou a falar ao mesmo tempo.

— Vocês acham...

— Só uma brincadeira da imaginação...

— Ela desapareceu do nada. Lembram? — Sullivan estalou os dedos. — Por que ela não poderia voltar do mesmo jeito?

— Não! — exclamou Portia. Ela encarou todo mundo. — Não quero falar disso, revirar esse assunto todo de novo. Vocês não lembram? A gente conversou, conversou, bolou teorias, racionalizou, e que diferença fez?

— Portia? — disse Maureen. — Posso formular algo, caso você esteja transtornada.

— Não. Não quero nada. Estou *bem*.

— Ela não estava lá de verdade — falou Sisi. — Não estava lá, e eu queria não ter visto.

Havia lágrimas gordas nas pálpebras inferiores dela. Gwenda estendeu a mão e tirou uma com o polegar.

— Você tinha bebido? — perguntou Sullivan.

— Não — respondeu Sisi.

— Mas não paramos de beber desde então — afirmou Aune. Ela virou outro bulbo. — Maureen nos deixa sóbrios de novo, e a gente volta a escalar a montanha. Saúde.

Mei disse:

— Ainda bem que não fui eu que viu. E não quero falar mais disso. Faz tanto tempo que nós não acordamos assim. Não vamos brigar.

— Nada de briga — concluiu Gwenda. — Nada de tristeza. É meu presente de aniversário, por favor.

Sisi concordou.

— Agora que o assunto está encerrado — disse Portia —, pode acender as luzes de novo, Maureen? Leva a gente para algum lugar novo. Quero algo chique. Algo com história. Um casarão inglês antigo, lareira acesa, armaduras, tapeçarias, campainhas, ovelhas, charnecas, detetives com chapéu de caçador, Cathy arranhando as janelas. Tipo isso.

— O aniversário não é seu — declarou Sullivan.

— Não ligo — falou Gwenda, e Portia mandou um beijo para ela.

Aquela brisa soprou pelo Salão de novo. A mesa voltou para dentro do chão. As paredes curvas recuaram, expelindo decorações, dois cães galgos arfantes. Ali não era mais um Salão, e sim um Pavilhão. Tapeçarias se dependuravam de paredes de gesso, esfiapadas e bolorentas. Havia placas de ardósia e vigas escurecidas. Fogo alto na lareira. Nas janelas com mainel se viam um jardineiro e seu aprendiz podando rosas.

Dava para sentir o cheiro do frio emergindo das pedras, de uma acha de teixo no fogo, das rosas e de séculos de poeira.

— Casa Halfmark — explicou Maureen. — Construída em 1508. A rainha Elizabeth veio para cá em uma viagem cerimonial em 1575 que quase levou a família Halfmark à falência. Churchill passou um fim de semana em dezembro de 1942. Há muitas fotos. Já foi dito que esta era a segunda mansão mais assombrada da Inglaterra. Há três monges e uma Dama Cinzenta, uma Dama Branca, uma névoa amarela e um cervo.

— Exatamente o que eu queria — disse Portia. — Flutuar por aí que nem um fantasma em uma mansão inglesa antiga. Desliga a gravidade, Maureen.

— Eu gosto de você, garota — declarou Aune. — Mas você é estranha.

— Claro que sou. Todos somos. — Ela esticou os braços e as pernas e saiu rolando pelo cômodo. O cabelo se revolvia em torno do rosto dela do jeito que Gwenda detestava.

— Cada um escolhe uma tatuagem de Gwenda — sugeriu Sisi. — E inventa uma história sobre ela.

— A fênix é minha — afirmou Sullivan. — Com fênix não tem erro.

— Não — disse Portia. — Vamos contar histórias de fantasma. Aune, você começa. Maureen pode providenciar os efeitos especiais.

— Não conheço nenhuma história de fantasma — falou Aune, devagar. — Conheço histórias de *trolls*. Não. Espera. Tenho uma de fantasma. Era uma história que minha bisavó contava sobre a fazenda onde ela cresceu em Pirkanmaa.

O Salão se escureceu mais e mais, até eles serem apenas sombras flutuando em sombras. Sisi passou o braço em volta da cintura de Gwenda. Do outro lado dos janelões, os jardineiros e as roseiras desapareceram. Agora se via um sítio simpático e campos pedregosos, subindo até a massa crepuscular de uma floresta de coníferas.

— Isso — disse Aune. — Exatamente assim. Fui lá uma vez quando era pequena. A fazenda era uma ruína. Agora o mundo deve ter mudado de novo. Talvez tenha outra fazenda, ou talvez agora seja tudo floresta.

"Na época desta história, minha bisavó era uma menina de 8 ou 9 anos de idade. Ela passava metade do ano na escola. No resto, ela e os irmãos e irmãs trabalhavam na fazenda. O trabalho da minha bisavó era levar as vacas até uma campina onde o pasto tinha muito cravo e capim fresco. As vacas eram muito grandes, e ela era muito pequena, mas elas sabiam vir quando minha bisavó chamava. No fim da tarde, ela trazia o rebanho de volta. A trilha percorria o alto de um barranco. Na parte baixa, ela e as vacas passavam por uma campina mais próxima que a família não usava, embora minha bisavó achasse que o pasto parecesse ótimo. Tinha um riacho nessa campina, e uma árvore antiga, imponente. Tinha uma pedra embaixo da árvore, uma placa enorme que parecia um pouco uma mesa."

Do lado de fora das janelas na Casa Halfmark, uma árvore se formou em uma campina rebaixada coberta de capim.

— Minha bisavó não gostava dessa campina. Às vezes, quando olhava lá para baixo, ela via pessoas sentadas em volta da mesa de pedra. Estavam comendo e bebendo. Usavam roupas antiquadas, do tipo que a bisavó *dela* teria usado. Ela sabia que aquelas pessoas tinham morrido fazia muito tempo.

— Argh — exclamou Mei. — Olhem!

— É — disse Aune, com uma voz calma e neutra. — Assim mesmo. Um dia, minha bisavó, que também se chamava Aune, acho que eu devia ter falado antes, um dia Aune estava levando as vacas de volta para casa pela trilha e olhou para a campina lá embaixo. Ela viu as pessoas comendo e bebendo à mesa. E, enquanto ela observava, as pessoas se viraram e olharam para ela. Começaram a acenar, convidando-a para descer lá e se sentar junto com elas, e comer e beber. Mas ela só se virou, foi para casa e contou para a mãe o que havia acontecido. E, depois disso, seu irmão mais velho, que era um menino sem um pingo de imaginação, ficou encarregado de conduzir o rebanho até o pasto distante.

As pessoas na mesa agora estavam acenando para Gwenda, Mei, Portia e os demais. Sullivan acenou de volta.

— Credo! — disse Portia. — Essa foi boa. Maureen, você também não achou?

— Foi uma boa história — respondeu Maureen. — Gostei das vacas.

— Que nada a ver, Maureen. Enfim.

— Eu tenho uma história — falou Sullivan. — Em linhas gerais, é um pouco que nem a história de Aune.

— Você podia mudar algumas coisas — declarou Portia. — Não ligo.

— Vou só contar do jeito que escutei. Enfim, é no Kentucky, não na Finlândia, e não tem vaca nenhuma. Quer dizer, tinha vacas, porque também é uma fazenda, mas não na história. É uma história que meu avô me contou.

Os jardineiros estavam de novo do outro lado da janela. Eram fantasmas também, pensou Gwenda. Eles iam e vinham fazendo sempre as mesmas coisas. Será que era essa a sensação de ser rico, atendido por tantos criados, todos praticamente invisíveis, praticamente fantasmas — que nem Maureen, na verdade —, de tão pouca atenção que se precisava prestar neles?

Tanto faz, eles todos eram fantasmas agora.

Ela e Sisi repousavam acomodadas no ar, com o braço em volta da cintura uma da outra para não saírem voando. Elas flutuavam logo acima das orelhas sedosas irrequietas de um galgo. A sensação de calor da lareira recobria um braço, uma perna, ardia de um jeito agradável em um dos lados do rosto dela. Se algo *acontecesse,* se um meteoro atravessasse uma *antepara,* se começasse um incêndio na Galeria Longa, se uma junta se rompesse e eles todos fossem lançados ao espaço, ela e Sisi conseguiriam se segurar uma à outra? Ela decidiu que sim. Ela se seguraria.

Sullivan tinha uma voz maravilhosa para contar histórias. Ele estava descrevendo a parte de Kentucky onde sua família ainda morava. Eles caçavam os porcos selvagens que viviam na floresta. Iam à igreja aos domingos. Teve um tornado.

A chuva batia nas janelas da Casa Halfmark. Dava para sentir o cheiro de ozônio condensando-se no vidro. Árvores se debatiam e rangiam.

Depois que o tornado passou, homens foram à casa do avô de Sullivan. Iam sair à procura de uma menina que havia desaparecido. O avô de Sullivan, um jovem na época, foi com eles. Todas as trilhas de caça haviam desaparecido. Partes da floresta estavam devastadas. O avô de Sullivan estava com o grupo que encontrou a menina. Uma árvore tinha caído em cima dela e quase partira o corpo ao meio. Ela estava rastejando, arrastando-se no chão com as unhas. Não havia nada que eles pudessem fazer, então ela morreu diante deles.

— Depois disso — disse Sullivan —, meu avô só caçou uma ou duas vezes naquela floresta. E nunca mais. Ele falou que sabia o que era ouvir um fantasma andar, mas que nunca tinha escutado um rastejar antes.

— Olhem! — exclamou Portia. Do outro lado da janela, algo rastejava pela terra quebrada. — Desliga isso, Maureen! Desliga! Desliga!

Os jardineiros de novo, com suas tesouras terríveis.

— Chega de histórias de fantasma de gente velha — pediu Portia. — Tudo bem?

Sullivan se impulsionou em direção ao teto caiado.

— Não pede história de fantasma se você não quer, Portia.

— Eu sei — concordou Portia. — Eu sei! Acho que você me assustou. Então essa deve ter sido boa, né?

— É — disse Sullivan, aplacado. — Acho que foi.

— Coitadinha — declarou Aune. — Repetir aquele momento sem parar. Quem ia querer isso, virar fantasma?

— Será que nem sempre é ruim? — perguntou Mei. — Será que existem fantasmas bem resolvidos? Fantasmas felizes?

— Nunca entendi o propósito — argumentou Sullivan. — Ora, dizem que fantasmas aparecem para servir de advertência. Então qual é a advertência dessa história que eu contei? Não estar em uma floresta durante um tornado? Não ser partido ao meio? Não morrer?

240 🦟 Arrume Confusão

— Eu achava que eles estavam mais para uma lembrança — disse Gwenda. — Sem existirem de fato. Só um eco que acabou sendo gravado de alguma forma e ficava sendo reproduzido, das coisas que eles fizeram, do que aconteceu.

Sisi falou:

— Mas os fantasmas de Aune, a outra Aune, olharam para ela. Queriam que ela descesse e fosse comer com eles. O que teria acontecido?

— Nada de bom — respondeu Aune.

— Talvez seja genético — observou Mei. — Isso de ver fantasmas.

— Então Aune e eu teríamos tendência — concluiu Sullivan.

— Eu não. Nunca vi nenhum fantasma. — Sisi pensou um instante. — A não ser que tenha visto. Sabe. Não. Não era fantasma. O que eu vi. Como uma nave seria um fantasma?

— Não pensa nisso agora — disse Mei, suplicante. — Vamos parar de contar histórias de fantasma. Vamos fofocar. Conversar sobre a época em que a gente ainda fazia sexo.

— Não — falou Gwenda. — Vamos ouvir mais uma história de fantasma. Só uma, pelo meu aniversário. Maureen?

Aquela brisa roçou na orelha dela.

— Sim?

— Você conhece alguma história de fantasma?

Maureen declarou:

— Tenho todas as histórias de Edith Wharton e M. R. James e muitos outros na minha biblioteca. Quer ouvir uma?

— Não. Quero uma história de verdade.

Portia disse:

— Mei, você deve conhecer alguma história de fantasma. Mas sem gente velha. Quero uma história de fantasma sexy.

— Cruzes — exclamou Mei. — Não sei nada de fantasma sexy. Graças a Deus.

Sisi comentou:

— Eu tenho uma história. Não é minha, claro. Como eu disse, nunca vi nenhum fantasma.

— Fala — respondeu Gwenda.

— Não é minha história de fantasma. E não é exatamente uma história de fantasma. Não sei bem o que era. Era a história de um homem com quem eu namorei por um tempo.

— História de namorado! — entusiasmou-se Sullivan. — Adoro suas histórias de namorado, Sisi. Qual?

Eles podiam ir e voltar de Próxima Centauro, e Sisi ainda não teria terminado de contar histórias sobre seus namorados, pensou Gwenda. Mas cá está ela, cá estamos nós, todos juntos. E eles? Mortos e enterrados. Fantasmas! Todos, sem exceção.

— Acho que não falei dele para nenhum de vocês ainda — dizia Sisi. — Esse foi naquele período em que não estavam construindo naves novas. Lembram? Ficavam mandando a gente angariar fundos? Era para eu ser uma espécie de Embaixatriz do Espaço. Ênfase em atriz: eu tinha que usar um vestido preto curto e fino e bancar uma personagem sedutora e ao mesmo tempo nobre, um exemplo de tudo que fazia a ida ao espaço valer a pena. Eu me saí bem a ponto de me mandarem para um consórcio de investidores e figurões de Londres. Conheci gente de tudo que é tipo, mas só me entrosei com um cara, Liam.

"Beleza. Aí é que complica um pouco. A mãe de Liam era inglesa. Ela vinha de uma família antiga, cheia de dinheiro e não muita atenção, e ao chegar à adolescência, ela já era um desastre. Bebida, drogas pesadas, satanismo recreativo, de tudo. Foi expulsa de escola atrás de escola atrás de escola, e depois foi expulsa também de todos os melhores programas de reabilitação. No fim das contas, acabou expulsa da família. Deram dinheiro para ela sumir. Ela foi parar na cadeia por alguns anos, teve um filho. Era Liam. Rodou um pouco pela Europa e, quando Liam tinha uns 7 ou 8 anos de idade, encontrou Deus e tomou jeito. A essa altura, tanto o pai quanto a mãe dela já haviam morrido. Uma das superdoenças. O irmão dela tinha herdado tudo. Ela voltou ao lar ancestral, imaginem um lugar que nem este, e tentou fazer as pazes com o irmão. Ainda estão acompanhando?"

— Então é uma história de fantasma inglesa à moda antiga, mesmo — respondeu Portia.

— Você nem imagina — afirmou Sisi. — Você nem imagina. Então, o irmão dela era meio babaca. E me deixa reforçar, de novo, que essa família era rica em um nível inconcebível. A mãe, o pai e o irmão gostavam de colecionar arte. Coisas contemporâneas. Videoinstalações, arte performática, coisas bem doidas. Eles contrataram um artista, um americano, para ir fazer uma instalação localizada. Foi assim que Liam chamou. Era para ser um comentário sobre o intercâmbio transatlântico, o relacionamento pós-colonial entre a Inglaterra e os Estados Unidos, algo assim. E o que ele fez foi comprar uma casa de subúrbio americano no Arizona, o mesmo estado, aliás, onde ainda dá para ir ver a Ponte de Londres original. Esse artista comprou a casa de subúrbio, por volta do ano 2000, junto com a mobília e tudo o mais, inclusive os rolos de papel higiênico e as latas de sopa nos armários. E ele mandou desmontar a casa, numerando cada pedaço, e tirou um monte de fotos e vídeos para ele saber exatamente o lugar de tudo, e despachou a coisa toda para a Inglaterra, onde ele reconstruiu a casa inteira no terreno da família de Liam. E, ao mesmo tempo, ele construiu outra casa bem ao lado. Essa outra casa era uma réplica exata, desde as fundações até as fotos na parede e as latas de sopa nas prateleiras da cozinha.

— Por que alguém se daria ao trabalho de fazer isso? — perguntou Mei.

— Nem imagino — respondeu Sisi. — Se eu tivesse tanto dinheiro, gastaria com sapatos, bebida e viagens de férias para mim e todos os amigos.

— Isso aí — disse Gwenda. Todos ergueram seus bulbos e beberam.

— Este troço é brabo, Aune — declarou Sisi. — Acho que está alterando minhas mitocôndrias.

— Bem possível — falou Aune. — Saúde.

— Enfim, essa instalação dupla ganhou um prêmio. Chamou bastante atenção. A ideia toda era que ninguém soubesse qual casa era qual. Aí a superdoença matou a mãe e o pai, e, alguns anos depois, a mãe de Liam, a desgarrada, voltou para casa. E o irmão dela falou: *"Não quero que você more na residência da família comigo. Mas deixo você morar na propriedade. Até dou um emprego para você trabalhar com os criados. E, em troca, você mora na minha instalação."* O que, pelo visto, era algo que o artista queria muito que fizesse parte do projeto, arrumar uma família para morar lá.

"O irmão babaca disse: *'Você e meu sobrinho podem vir morar na minha instalação. Deixo até vocês escolherem a casa.'*

"A mãe de Liam foi embora e conversou com Deus sobre o assunto. Depois, voltou lá e se mudou para uma das casas."

— Como ela decidiu em que casa morar? — perguntou Sullivan.

— Boa pergunta — respondeu Sisi. — Não faço ideia. Vai ver Deus disse? Olha, meu interesse naquela época era Liam. Eu sei por que ele gostava de mim. Lá estava eu, garota sul-africana com passaporte americano, *dreadlocks* e botas de caubói, falando de entrar em um foguete e subir para o espaço o mais rápido possível. Que homem não gosta de garotas que não pretendem continuar por perto?

"O que eu não sei é por que eu gostava tanto dele. Tipo, ele não era um cara muito bonito. Tinha uma bela bunda redonda de inglês. O cabelo não era horrível. Mas tinha um quê de que você sabia que ia arrumar confusão por causa dele. Confusão no bom sentido. Quando o conheci, a mãe dele já tinha morrido. O tio também. A família não tinha muita sorte. Em vez de sorte, eles tinham dinheiro. O tio nunca se casou, então deixou tudo para Liam.

"A gente saiu para jantar. Trocamos todos os sinais certos, e depois demos uns amassos, e ele falou que queria me levar para a casa de campo dele no fim de semana. Parecia divertido. Acho que eu estava imaginando um daqueles chalezinhos de sapê que aparecem em programas de detetive. Mas, na verdade, parecia isto. — Sisi indicou o entorno. — Uma mansão velha enorme. Só que com telas nos cantos com imagens de ratos se comendo e criancinhas comendo cereal. Legal, né?

"Ele disse que a gente ia dar uma volta pela propriedade. Caminhamos por um quilômetro e meio, mais ou menos, em uma paisagem típica do sul da Inglaterra, e de repente chegamos perto de uma casa surrada e desgastada revestida de estuque que lembrava todas as casas de subúrbio americano que eu já havia visto em um bairro despovoado do Sudoeste, gente. A casa estava isolada em uma colina inglesa. Parecia seriamente errada. Talvez tivesse uma cara melhor antes de a outra pegar fogo, ou no mínimo fosse mais estranha de modo intencional, que nem uma instalação artística tem que ser, mas enfim. Na verdade, acho que não. Acho que ela sempre pareceu errada."

— Volta — interrompeu Mei. — O que aconteceu com a outra casa?

— Já vou chegar nessa parte — disse Sisi. — Então, a gente estava na frente daquela casa horrorosa, e aí Liam me pegou no colo e entrou comigo pela porta como se a gente fosse recém-casados. Ele me colocou em cima de um sofá marrom podre e falou: *"Eu queria que você passasse a noite comigo."*

*"*Eu disse: *'Aqui?'* E ele respondeu: *'Foi aqui que eu cresci. É meu lar.'* E agora vamos voltar para quando Liam e a mãe foram morar na instalação."

— Essa história não é que nem as outras — comentou Maureen.

— Olha, eu nunca contei esta história antes — falou Sisi. — O resto eu nem sei se consigo contar.

— Liam e a mãe foram morar na instalação — disse Portia.

— É. A mãe de Liam escolheu uma casa, e eles se mudaram. Liam é só um garotinho. Um pouco anormal por causa da vida que eles levavam antes. E tem um monte de regras estranhas, tipo, eles não podem comer nada das prateleiras da cozinha. Porque faz parte da instalação. Aí a mãe tem um frigobar dentro do armário do quarto. Ah, e os armários dos quartos têm roupas. E tem uma TV, mas é antiga, e o artista da instalação armou para só passar programas do início dos anos 2000 nos Estados Unidos, que é quando a casa foi ocupada pela última vez.

"E tem umas manchas estranhas no carpete de alguns cômodos. Manchas marrons grandes.

"Mas Liam não liga muito para isso. Ele pode escolher o próprio quarto, que parece decorado para um menino um ou dois anos mais velho. Tem um modelo de trem montado no chão, e Liam pode brincar, desde que tome cuidado. E tem gibis, dos bons que Liam ainda não leu. A roupa de cama é de caubóis. Tem uma mancha grande aqui no canto, debaixo da janela.

"E ele pode entrar nos outros quartos, desde que não bagunce nada. Tem um quarto rosa com camas de solteiro. Uma mancha no armário. Bem grande. Tem um quarto para um menino mais velho também, com pôsteres de atrizes que Liam não reconhece, e um monte de coisa de esportes americanos. Futebol, mas não do tipo certo.

"A mãe de Liam dorme no quarto rosa. Seria de se imaginar que ela pegaria o quarto principal, mas ela não gosta da cama. Diz que não é confortável. Enfim, tem uma mancha que atravessa o edredom, os lençóis. É como se a mancha *brotasse* do colchão."

— Oh, oh — diz Gwenda. Ela acha que está começando a entender o rumo da história.

— Pode crer — concorda Sisi. — Mas lembrem que são duas casas. A mãe de Liam é responsável por cuidar das duas. Ela também faz trabalho voluntário na igreja do vilarejo. Liam estuda na escola do vilarejo. Nas duas primeiras semanas, os outros meninos batem nele, até que perdem o interesse, e depois todo mundo o deixa em paz. À tarde, ele volta e brinca em suas duas casas. Às vezes ele pega no sono em uma casa, vendo TV, e ao acordar não sabe onde está. Às vezes o tio chega para convidá-lo para um passeio pela propriedade, ou para pescar. Ele gosta do tio. Às vezes eles vão andando até a mansão e jogam bilhar. O tio providencia aulas de equitação para ele, e é a melhor coisa do mundo. Ele pode fingir que é um caubói. Talvez seja por causa disso que ele gostava de mim. Aquelas botas.

"Às vezes ele brinca de polícia e ladrão. Ele conhecia uns caras bem bandidos, antes de sua mãe ficar religiosa, e Liam ainda não sabe exatamente o que ele é, mocinho ou bandido. A relação dele com a mãe é complicada. A vida está melhor do que antes, mas a religião ocupa mais ou menos tanto espaço quanto as drogas ocupavam. Não sobra muito espaço para Liam.

"Enfim, tem alguns programas policiais na TV. Depois de alguns meses, ele já viu todos pelo menos uma vez. Tem um chamado *CSI: Investigação Criminal*, que é sobre impressões digitais e assassinatos e sangue. E Liam começa a pensar na mancha em seu quarto e na mancha do quarto principal e nas outras manchas, as da sala de estar, no sofá e atrás da cadeira reclinável que não dá para perceber direito logo de cara, porque está escondida. Tem uma mancha no papel de parede da sala de estar, e depois de um tempo ela começa a parecer muito uma marca de mão.

"Então Liam começa a imaginar se aconteceu algo ruim em sua casa. E naquela outra. Ele já está mais velho, com 10 ou 11 anos de idade. Quer saber por que são duas casas, idênticas, uma ao lado da outra. Como é que pode ter acontecido um assassinato, ou melhor, uma série de assassinatos, em que tudo aconteceu duas vezes exatamente do mesmo jeito? Não quer perguntar à mãe, porque, ultimamente, sempre que ele tenta conversar com a mãe, ela só cita versículos da Bíblia. Também não quer perguntar ao tio, porque, conforme vai crescendo, Liam vai percebendo mais e mais que, até quando o tio é muito legal, ele não é tão legal assim. O único motivo de ele ser legal com Liam é que Liam é seu herdeiro.

"O tio dele mostrou algumas das outras obras de arte de sua coleção e disse que tem inveja de Liam, por poder fazer parte de uma instalação de verdade. Liam sabe que a casa dele veio dos Estados Unidos. Sabe o nome do artista que criou a instalação. Então isso basta para ele entrar na internet e descobrir a história, e claro que a casa original, a que o artista comprou e transportou, foi o lugar de um assassinato. Um adolescente se levantou no meio da noite e matou a família inteira com um martelo. E esse artista, a ideia dele se baseava em algo que os barões da indústria americana fizeram na virada do século anterior, comprando castelos europeus e levando cada pedra para reconstruí-lo no Texas, no interior da Pensilvânia etc. Vários desses castelos supostamente eram mal-assombrados. Comprar um castelo com fantasma e transportá-lo para o outro lado do oceano? Por que não? Então essa era a ideia principal, inverter isso. Mas aí ele teve a segunda ideia, que foi: o que constitui uma casa mal-assombrada? Se ela for toda desmontada e transferida até o outro lado do oceano Atlântico, o fantasma vai junto se ela for montada de novo exatamente do jeito que era? E, se for possível montar de novo uma casa mal-assombrada, um pedaço de cada vez, daria para construir uma casa mal-assombrada nova em folha se todos os pedaços fossem recriados? E a terceira ideia: esquece os fantasmas, será que as pessoas vivas de verdade que andarem por uma casa ou pela outra, ou, melhor ainda, as que morarem em uma das casas sem saber qual é qual, será que elas saberiam qual era a verdadeira e qual era a cópia? Elas veriam fantasmas de verdade na casa de verdade? Imagina se elas vissem fantasmas na falsa!"

— Então em qual casa eles estavam morando? — perguntou Sullivan.

— Faz diferença qual era a casa deles? — disse Sisi. — Quer dizer, Liam passou tempo nas duas casas. Ele falou que nunca soube qual casa era a verdadeira. Qual casa era mal-assombrada. O artista era a única pessoa que tinha essa informação.

"Vou contar o resto da história o mais rápido possível. Aí, quando Liam me levou para ver sua residência ancestral, uma das casas da instalação tinha pegado fogo. Foi a mãe de Liam que começou o incêndio. Por causa de religião, talvez? Liam foi meio vago quanto ao motivo. Fiquei com a impressão de que teve a ver com a época da adolescência dele. Quer dizer, eles continuaram morando lá. Liam cresceu, e imagino que a mãe o tenha flagrado com alguma menina, ou fumando um baseado, sei lá, na casa em que eles não moravam. A essa altura, ela já estava convencida de que uma das casas estava ocupada por espíritos inquietos, mas não conseguia decidir qual era. E, de qualquer forma, não adiantou nada. Se havia fantasmas na outra casa, eles só se mudaram para a outra quando ela pegou fogo. Ora, por que não? Já estava tudo montado exatamente do jeito que eles gostavam."

— Espera, então tinha fantasma? — perguntou Gwenda.

— Liam disse que tinha. Ele disse que nunca viu, mas depois, quando foi morar em outros lugares, percebeu que devia ter tido fantasmas. Nos dois lugares. Nas duas casas. Outros lugares passavam uma sensação de vazio. Ele disse que era para imaginar como se você crescesse em um lugar onde tinha sempre uma festa, o tempo todo, ou uma briga de bar, que se estendia por anos, ou talvez só um lugar onde a TV vivia ligada. Aí você sai da festa, ou é expulsa do bar, e aí de repente você se dá conta de que está sozinha. Tipo, não consegue dormir direito sem aquela TV ligada. Não pega no sono. Ele disse que vivia alerta quando estava fora da casa dos assassinatos porque faltava alguma coisa e ele não conseguia descobrir o que era. Acho que foi isso que eu captei. Essa vibração extra, esse radar vacilante.

— Que doido — disse Sullivan.

— É. O relacionamento acabou rapidinho. Enfim, essa é minha história de fantasma.

Mei falou:

— Não, espera, volta. Deve ter mais do que isso!

— Não muito, não. Pouca coisa. Ele tinha levado comida de piquenique para a gente. Lagosta e champanhe e tal. A gente se sentou à mesa da cozinha e comeu enquanto ele me contava da infância. Depois, a gente fez o tour da casa. Ele mostrou todas as manchas de onde as pessoas morreram. Fiquei olhando direto para a janela, e o sol foi descendo, descendo. Eu não queria estar naquela casa à noite.

Estavam todos naquela casa agora, alternando-se pelos cômodos, um após o outro.

— Maureen? — chamou Mei. — Pode mudar de volta?

— Claro — respondeu Maureen. Lá estavam de novo os galgos, o jardim, a lareira e as rosas. Sombras alisavam a ardósia, obscureciam e se agarravam às tapeçarias.

— Melhorou — disse Sisi. — Obrigada. Você pesquisou online, não foi, Maureen? Era exatamente como eu lembro. Saí da casa para pensar e fumar um cigarro. É, eu sei. Péssima astronauta. Mas eu ainda meio que queria dormir com o cara. Só uma vez. E daí que ele era problemático? Às vezes sexo problemático é o máximo. Quando eu voltei para dentro, ainda não tinha decidido. E aí me decidi em um instante. Porque, sabe o cara? Fui procurá-lo, e ele estava no chão naquele quarto de menino. Embaixo da janela, sabe? Em cima daquela *mancha*. Estava rolando no chão. Sabe, que nem gato? Ele estava com uma cara daquelas. Como se tivesse *catnip*. Saí correndo de lá. Fui embora no Land Rover dele. A chave ainda estava na ignição. Deixei o carro em uma lanchonete de beira de estrada, fiz o resto da viagem pegando carona e não o vi nunca mais.

— Você venceu — concluiu Portia. — Não sei qual é o prêmio, mas você venceu. Esse cara seu era *errado*.

— E o artista? Quer dizer, o que ele fez? — perguntou Mei. — Aquele tal Liam teria ficado bem se não fosse por ele. Né? Tipo, é para pensar. Vai que a gente acha um bom planeta Cachinhos Dourados. Se as condições forem adequadas e cultivarmos árvores e criarmos vacas, vamos ter a mesa com fantasmas sentados em volta? Eles vão vir com Aune? Com a gente? Estão aqui agora? Se a gente falar para Maureen criar uma casa mal-assombrada à nossa volta agora, ela precisa fazer os fantasmas? Ou eles só aparecem?

Maureen respondeu:

— Seria um experimento interessante.

O Salão começou a mudar em volta deles. O sofá veio primeiro.

— Maureen! — exclamou Portia. — Não se atreva!

Gwenda disse:

— Mas não precisamos fazer esse experimento. Quer dizer, já não está acontecendo? — Ela recorreu aos outros, a Sullivan, a Aune. — Sabe. Quer dizer, vocês me entenderam?

— Não muito — comentou Sisi. — Do que você está falando?

Gwenda olhou para os outros. E para Sisi de novo. Sisi se espreguiçou com gosto, sem peso. Gwenda pensou na mancha do carpete, no homem rolando no chão que nem gato.

— Gwenda, meu amor. O que você está tentando dizer? — perguntou Sisi.

— Eu conheço uma história de fantasma — disse Maureen. — Eu conheço uma, afinal de contas. Querem ouvir?

Antes que alguém pudesse responder, eles estavam de novo no Salão, só que estavam do lado de fora também. Estavam flutuando, de alguma forma, no grande vazio. Mas lá estava a mesa de novo com o jantar, onde eles haviam se sentado juntos.

O ambiente ficou mais escuro e frio, e a tripulação perdida da nave *Casa de Mistério* estava sentada em volta da mesa.

Essa tripulação irmã, esses velhos amigos, todos tiraram os olhos da comida, da conversa. Eles se viraram e olharam para a tripulação da nave *Casa de Segredos*. Estavam com uniforme de gala, como se fosse uma comemoração, mas tinham sido mutilados por alguma catástrofe. Levantaram as mãos destruídas e acenaram, sorridentes.

Surgiu um cheiro de queimado e produtos químicos e podridão gelada que Gwenda quase reconhecia.

E aí eram os amigos dela em volta da mesa. Mei, Sullivan, Portia, Aune, Sisi. Ela se viu sentada lá, quase cortada ao meio. Ela se levantou, avançou em direção a si mesma e desapareceu.

O Salão ressurgiu a partir do nada e do horror. Eles estavam de volta no casarão inglês. O ar estava cheio de gotículas ácidas. Alguém havia vomitado. Outra pessoa soluçava.

Aune disse:

— Maureen, isso foi cruel.

Maureen não falou nada. Ela percorreu o cômodo como um fantasma, formando uma bola com o vômito.

— Que é que foi isso? — perguntou Sisi. — Maureen? O que você estava pensando? Gwenda? Querida? — Ela tentou pegar na mão de Gwenda, mas Gwenda se afastou.

Ela avançou com um espasmo violento, de braços estendidos para segurar na parede. Diante dela, do lado direito, ia a nave *Casa de Segredos*, e à esquerda, a *Casa de Mistério*.

Ela não sabia mais distinguir uma da outra.

Luz

— x — x — x —

dois homens, um criado por lobos

O homem do bar no banco ao lado dela: encurvado feito um anzol por cima de algum objeto. Um livro, não um copo. Um livro infantil, com os cantos dobrados. Quando percebeu que ela estava olhando, ele sorriu e disse:

— Tem fogo?

Era sexta à noite, e o The Splinter estava cheio de homens falando coisas. Um cara em uma mesa, por exemplo, dizia:

— Claro, dá para ser criado por lobos e levar uma vida normal, mas...

Ela respondeu:

— Não fumo.

O homem se endireitou. Disse:

— Não para cigarro. Quero *luz*. Tem fogo para *luz*?

— Não entendi — falou ela. E, como ele não era feio, acrescentou: — Foi mal.

— Vaca idiota. Deixa para lá.

Ele voltou para o livro. As páginas estavam sujas de gordura, moles e rasgadas; ele o abrira em uma ilustração de aquarela com um menino e uma menina diante de um dragão do tamanho de uma kombi. O homem tinha uma caneta. Havia desenhado balões de fala a partir da boca das crianças e agora estava escrevendo palavras. As crianças diziam...

O homem fechou o livro de repente; era um livro de biblioteca.

— Com licença — interrompeu ela —, sou bibliotecária de livros infantis. Posso perguntar por que você está vandalizando esse livro?

— Não sei, *pode*? *Talvez* possa, ou *talvez* não possa, mas por que perguntar para mim? — Ele deu as costas para ela e voltou a se encurvar por cima do livro ilustrado.

O que realmente passou dos limites. Ela já havia sido criança. Tinha um cartão de biblioteca. Abriu a bolsa de tiracolo e pegou uma agulha de seu kit portátil de costura. Acomodou a agulha na palma da mão e, depois de terminar seu Rum com Rum com Coca — uma bebida que ela inventara quando tinha vinte e poucos anos e ainda apreciava muito —, espetou a nádega esquerda do homem. Muito rápido. Sua mão já estava de volta no colo e ela pedia outra bebida para o barman quando o homem ao seu lado deu um urro e se empertigou. Agora todo mundo estava olhando para ele. Ele desceu do banco e se afastou às pressas, lançando um olhar furioso para ela.

Havia uma gota de sangue na agulha. Ela a limpou em um guardanapo.

Em uma mesa por perto, três mulheres conversavam sobre um novo miniuniverso. Uma nova dieta. A bebê nova de uma colega de trabalho; uma menina que nasceu sem sombra. Era ruim, mas, graças a Deus, não tão ruim quanto podia ter sido, disse uma mulher — alguém a chamou de Caroline. Seguiu-se uma conversa longa e regada a respeito de sombras vendidas sem receita — próteses, disponíveis na maioria das farmácias, pouco caras e com durabilidade razoável. Todo mundo concordava que era quase impossível distinguir uma sombra caseira ou de loja de uma verdadeira. Caroline e as amigas começaram a falar de bebês que nasceram com duas sombras. Crianças com duas sombras não cresciam felizes. Elas não se davam bem com outras crianças. Dava para cortar fora uma das sombras com uma tesoura curva, mas não era uma solução permanente. Até o fim do dia, a segunda sombra crescia de novo, duas vezes maior. Se a pessoa não se desse ao trabalho de recortar a segunda sombra, com o tempo ela ficava com gêmeos, sendo que um era ligeiramente muito mais real que o outro.

Lindsey havia crescido em uma casa de estuque em um complexo residencial extremamente simples de Dade County. De um lado do complexo, havia laranjais; na frente da casa de Lindsey era um nada estragado e machucado. Uma área selvagem. A selva avançou de novo e engoliu os limites do complexo novo. Figueiras-de-bengala carregadas de epífitas pequenas e espinhosas bebedoras de ar; aranhas-do-fio-de-ouro; túneis de recifes de coral, mal cobertos por uma terra arenosa escura, onde Lindsey e o irmão adentravam e voltavam a sair, ralados, ensanguentados, triunfantes; depressões do tamanho de campos de futebol abertas com escavadeiras que se enchiam de água quando chovia e produziam milhares de sapos marrons do tamanho de unhas. Lindsey os mantinha dentro de potes de vidro. Ela pegara aranhas-caçadoras, lagartos-cubanos, gafanhotos amarelos e rosa — robustos como carrinhos de brinquedo — que cuspiam se fossem pegos com a mão, caranguejos azuis que corriam em bandos pelo quintal, pela casa e para dentro da piscina, onde se afogavam. Lagartixas de barriga aveludada e entranhas que pareciam delicadas engrenagens, farfalhadas de tique-taque; escorpiões; cobras-coral e falsas-corais e cobras-do-milho; *vermelha e amarela, a coisa é séria, vermelha e preta não tem treta*; anólis, obscuros até inflarem o leque sanguinolento do pescoço. Quando Lindsey tinha 10 anos de idade, um raio caiu e botou fogo embaixo do recife de coral. O chão ficou quente ao toque por uma semana. Fumaça pairava no ar. Eles deixaram os irrigadores ligados, mas a grama morreu mesmo assim. Tinha cobras por todos os lados. Alan, o novo irmão gêmeo de Lindsey, pegou cinco e perdeu três dentro da casa enquanto via desenho em uma manhã de sábado.

Lindsey tivera uma infância feliz. As mulheres no bar não sabiam do que estavam falando.

Foi quase uma pena quando o homem das teorias sobre ser criado por lobos se aproximou e jogou sua bebida no rosto da mulher chamada Caroline. Houve uma comoção. Lindsey aproveitou e foi embora, com passos relaxados, sem pagar a conta. Conseguiu chamar a atenção da pessoa que ela queria. Os dois haviam pensado em sair dali, então ela foi caminhar na praia com o homem que jogava bebidas e tinha teorias sobre ser criado por lobos. Ele era simpático, mas ela achou que suas teorias eram só isso: simpáticas. Quando ela disse isso, ele ficou menos simpático. Mesmo assim, ela o convidou para sua casa.

— Lugar legal — afirmou ele. — Gostei de todos os bagulhos.

Arrume Confusão

— É tudo do meu irmão — respondeu Lindsey.

— Seu *irmão*? Ele mora com você?

— Credo, não. Ele está... onde quer que esteja.

— Já tive uma irmã. Morreu quando eu tinha 2 anos — declarou o homem. — Lobos são muito ruins como pais.

— Ha — disse ela, a título de experimentação.

— Ha — respondeu ele. E: — Olha só isso. — Enquanto a despia. As quatro sombras se alongaram pela cama de casal dela, pegajosas e murchas como se tivessem acabado uma transa que nem começara ainda. Ao ver o lânguido entrelaçamento de suas sombras, o homem-lobo ficou simpático de novo. — Olha esses peitinhos deliciosos — disse ele repetidamente, como se talvez ela nunca tivesse percebido como seus peitos eram deliciosos e pequenos. Ele exclamava ao ver cada parte dela; depois, ela dormiu mal, com receio de que ele escapulisse e levasse embora alguma das partes de seu corpo que pareceu admirar tanto.

De manhã, ela acordou e se viu presa embaixo do corpo do homem-lobo como se tivesse sido soterrada por um prédio decadente desmoronado. Quando ela começou a tentar sair de baixo, ele acordou e reclamou de uma ressaca horrorosa da porra. Ele a chamou de "Joanie" algumas vezes, pediu uma tesoura emprestada e passou uma eternidade no banheiro com a porta trancada enquanto ela lia o jornal. Quadrilha de contrabandistas capturada por ____. Governo derrubado em ____. Família de doze pessoas vista pela última vez nos arredores de ____. Começo da temporada de furacões em ____. O homem-lobo saiu do banheiro, vestiu-se às pressas e foi embora.

Ela encontrou, no chão do banheiro, um amontoado preto e esponjoso com a sombra amputada do gêmeo morto dele e três toalhas molhadas e malcheirosas; tinha restos pretos de barba dentro da pia. As lâminas de sua tesoura de unha estavam sujas e cegas.

Ela jogou fora as toalhas fétidas. Recolheu a sombra, enfiou-a em uma sacola plástica grande com lacre, levou-a até a cozinha e a jogou no triturador da pia. Deixou a água correr por bastante tempo.

Depois, ela foi para fora e se sentou no pátio para ver os iguanas comerem as flores do pé de hibisco. Eram 6h e já estava bem quente.

sem vodca, um ovo

×———×

Esponjas sugam água. Água suga luz. Lindsey era completamente vazia quando não estava cheia de álcool. A água do canal estava lustrosa, com veios de luz que se recusavam a ficar parados. Era pavorosa. Ela estava com um princípio de uma de suas dores de cabeça. A luz piscava, e sua segunda sombra começou a se mexer, estremecendo-se em pequenas ondas como a água alvejada por luz no canal. Ela entrou. O ovo na porta tinha uma mancha de sangue na gema quando ela o quebrou na frigideira. Ela gostava de vodca com o suco de laranja, mas não tinha suco de laranja na geladeira, nem vodca no freezer; só um iguana meio pequeno.

×———×

As ilhas Keys estavam infestadas de iguanas. Comiam o hibisco dela; de vez em quando ela pegava um dos menores e o enfiava no freezer por alguns dias. Supostamente era um jeito humano de lidar com iguanas. Dava até para comer, mas ela não comia. Era vegetariana.

Ela punha comida para os iguanas maiores quando os via. Eles gostavam de fruta madura. Ela gostava de vê-los comer. Sabia que sua postura não era coerente nem justa, mas paciência.

homem com azar nas cartas

×———×

O trabalho de Lindsey não era particularmente complicado. Havia um escritório, e atrás do escritório havia um galpão cheio de gente dormindo. Uma agência de Washington pagava a empresa dela para se responsabilizar pelos adormecidos. Todo ano, em trilhas de florestas, cavernas e canteiros de obras, dezenas mais eram encontradas. Ninguém sabia como acordá-las. Ninguém sabia o que representavam, o que fizeram, de onde vinham. Ninguém sabia nem se eram pessoas.

Havia sempre pelo menos dois seguranças a postos no galpão. De modo geral, na opinião de Lindsey, eles eram uns babacas pervertidos. Ela passou o dia conferindo ordens de pagamento e, depois, foi para casa. O homem-lobo não estava no The Splinter, e o barman expulsou todo mundo às duas da madrugada; ela voltou ao galpão por instinto, quatro horas após o começo do turno da noite.

Bickle e Lowes haviam arrastado cinco adormecidos: três mulheres e dois homens. Eles tinham colocado bonés do Miami Hydra nos homens adormecidos e tirado a roupa das mulheres, e os acomodaram em cadeiras em volta de uma mesa dobrável. Alguém havia ajeitado as mãos de um dos homens para ficar entre as pernas de uma das mulheres. Cartas estavam distribuídas. Talvez fosse só uma partida de *strip poker* e as três mulheres tivessem dado azar. Era difícil jogar bem as cartas quando se estava dormindo.

Larry Bickle estava atrás de uma das mulheres, com a bochecha encostada no cabelo dela. Parecia estar dando alguma sugestão sobre o jogo. Não estava segurando a bebida com muito cuidado, e o colo da mulher estava coberto de cerveja.

Lindsey ficou olhando por alguns minutos. Bickle e Lowes haviam chegado àquela fase desleixada e expansiva da embriaguez que ela, sóbria, mais desprezava. Felicidade falsa.

Quando viu Lindsey, Lowes se levantou tão rápido que a cadeira tombou.

— Epa — dissera ele. — Não é o que parece.

Os dois guardas estavam com chapeuzinhos de aniversário cônicos de papel na cabeça.

Um terceiro homem, ninguém que Lindsey conhecesse, veio caminhando pelo corredor central como se estivesse fazendo compras no Walmart. Ele estava de samba-canção e chapéu de festa.

— Quem é essa? — perguntou ele, lançando um olhar atravessado para Lindsey.

Larry Bickle estava com a mão na arma. Ele ia fazer o quê? Atirar nela?

— Já chamei a polícia — afirmou ela.

— Ah, merda — disse Larry Bickle. Ele disse outras coisas.

— Você chamou quem? — indagou Edgar Lowes.

— Vão chegar daqui a dez minutos. Se eu fosse vocês, iria embora agora mesmo. Vão logo.

— O que é que essa vaca está falando? — respondeu Larry Bickle, infeliz. Ele estava mesmo bem bêbado. A mão continuava na arma.

Ela sacou a própria arma, uma Beretta. Apontou na direção de Bickle e Lowes.

— Ponham o cinto da arma de vocês no chão e tirem o uniforme. Deixem as chaves e os crachás. Você também, seja quem for. Se entregarem seus crachás, eu não registro isto.

— Você tem gatinhos na sua arma — observou Edgar Lowes.

— Adesivos da Hello Kitty — declarou ela. — Para contar baixas. — Embora ela só tivesse atirado em uma pessoa na vida inteira.

Os homens tiraram a roupa, mas, pelo visto, esqueceram os chapéus de festa. Edgar Lowes tinha uma cicatriz roxa comprida no peito. Ele viu que Lindsey estava olhando.

— Ponte de safena tripla. Eu *preciso* deste emprego. Plano de saúde.

— Paciência — disse Lindsey.

Ela os acompanhou até o estacionamento. O terceiro homem não parecia preocupado por estar nu. Não estava nem com as mãos na frente dos genitais, que nem Bickle e Lowes. Ele disse para Lindsey.

— Eles já fizeram isso algumas vezes, senhora. Fiquei sabendo por um amigo. Hoje era minha festa de aniversário.

E completou:

— Esta é minha câmera digital.

— Feliz aniversário. Obrigada pela câmera, senhor... — Ela olhou a identidade dele. — Sr. Junro. Fique de bico fechado sobre isto e, como eu falei, não vou dar queixa. Diga obrigado se você concorda.

— Obrigado.

— Nem por isso eu vou devolver sua câmera — declarou Lindsey.

— Tudo bem. Não tem problema.

Ela viu os três entrarem em seus carros e irem embora. Depois, voltou ao galpão e dobrou os uniformes, esvaziou as armas, limpou os adormecidos e usou o carrinho de carga para levá-los de volta a suas caixas. Havia uma garrafa de conhaque na mesa de carteado que provavelmente não pertencia nem a Bickle nem a Lowes, e muita cerveja. Ela bebeu continuamente. Lembrou-se de uma música e a cantou. *Alto e bronze e jovem e torpe e.* Ela sabia que estava errando a letra. *Uma pira ao luar. Uma ave a queimar. Tentei do meu jeito ser como você.*

Eram quase 5h. Não fazia sentido voltar para casa. O chão subia em ondas, e ela teria gostado de se deitar nele.

O adormecido na Caixa 113 era Harrisburg Pensilvânia. Todos os adormecidos recebiam como nome o lugar de origem deles. Outros países faziam diferente. Harrisburg Pensilvânia tinha cílios longos e um hematoma na bochecha que não sumia nunca. A pele dos adormecidos era sempre só um pouco mais fria do que seria de se esperar. Dava para se acostumar com qualquer coisa. Ela programou o alarme do celular para acordá-la às 7h, que era uma hora antes da troca de turno.

De manhã, Harrisburg Pensilvânia continuava dormindo e Lindsey continuava bêbada.

Luz **261**

×——×

A única coisa que ela disse para seu supervisor, o gerente-geral, foi que ela havia demitido Bickle e Lowes. O Sr. Charles olhou para ela com uma expressão sofrida.

— Você parece meio cansada.

— Vou mais cedo para casa — disse ela.

Ela teria gostado de substituir Bickle e Lowes por mulheres, mas acabou contratando um homem mais velho com referências excelentes e Jason, um estudante de pós-graduação que disse que pretendia passar as noites trabalhando na tese. (Ele fazia filosofia, e ela perguntou sobre qual filósofo a tese dele era. Se ele tivesse dito "Nietzsche", talvez ela tivesse interrompido a entrevista. Mas ele disse "John Locke".)

Ela já havia solicitado mais orçamento para custear câmeras de segurança, mas, quando negaram o pedido, ela resolveu comprar mesmo assim. Ela estava com um mau pressentimento em relação aos dois homens que trabalhavam no turno no dia de domingo a quarta.

eram inseparáveis na infância

×——×

Na terça-feira, Alan telefonou. Ele já estava gritando em lin-lan antes mesmo que ela conseguisse falar Alô.

— *Berma lisgo aeroporto. Tus fah mim?*

— Alan?

— Estou no aeroporto, Lin-Lin, e pensei se posso ficar um tempo aí com você. Não muito. Só preciso ficar na encolha um pouco. Você nem vai sentir a minha presença.

— Espera um pouco — pediu ela. — Alan? Onde é que você está?

— Aeroporto — respondeu ele, claramente irritado. — Onde ficam todos os aviões.

— Achei que você estivesse no Tibete.

— Bom — disse Alan. — Não deu certo. Decidi me mudar.

— O que você fez? — perguntou ela. — Alan?

— Lin-Lin, por favor. Eu explico tudo hoje à noite. Quando você volta para casa? Às 18h? Eu faço o jantar. A chave da casa ainda fica embaixo do vaso quebrado?

— *Fisfis meh*. Tudo bem.

Ele desligou.

✕ — ✕

A última vez que ela vira Alan pessoalmente foi dois anos antes, pouco depois de Elliot ir embora de vez. O marido dela.

Os dois tinham ficado não pouco bêbados, e Alan sempre era mais gentil quando ficava bêbado. Ele a abraçou e disse:

— Vai, Lindsey. Pode falar. Você está um pouco aliviada, né?

✕ — ✕

O céu estava carregado e baixo. Lindsey adorava isso, a escuridão esverdeada súbita de tarde quando a chuva caía como uma cortina pesada e martelava com tanta força que mal dava para ouvir o rádio no carro, os pronunciamentos calmos e bem-humorados da bruxa do clima local. O vice-presidente estava sendo investigado; havia indícios que apontavam para uma série de acordos secretos com espíritos malignos. Uma mulher dera à luz meia dúzia de coelhos. Um posto de gasolina da cidade fora assaltado por homens invisíveis. Uma seita havia expulsado todos os infiéis de um miniuniverso famoso. Em outras palavras, nada de novo. O céu estava sempre caindo. A U.S. 1 estava toda parada até a Plantation Key.

Alan estava sentado no pátio, com uma garrafa de vinho embaixo da cadeira e a taça na mão, metade com chuva, metade com vinho.

— Lindsey! — exclamou ele. — Quer uma bebida?

Ele não se levantou.

Luz 🕊 **263**

— Alan? Está chovendo.

— Está calor — disse ele, piscando para tirar bolas gordas de chuva dos cílios. — Fazia frio no lugar onde eu estava.

— Achei que você fosse fazer o jantar — respondeu ela.

— Ah.

Alan se levantou e torceu deliberadamente a camisa e a calça de algodão folgada. A chuva desabava continuamente na cabeça deles.

— Não tinha nada na sua cozinha. Eu teria preparado margaritas, mas o único ingrediente que você tinha era o sal.

— Vamos entrar. Você tem roupa seca? Cadê sua mala, Alan?

Ele lançou um olhar maroto para ela.

— Você sabe. Ali dentro.

Ela sabia.

— Você pôs suas coisas no quarto de Elliot. — Havia sido o quarto dela também, mas fazia quase um ano que ela não dormia lá. Ela só dormia lá quando estava sozinha.

Alan disse:

— Tudo que ele deixou continua lá. Como se ele também estivesse lá, em algum lugar embaixo das cobertas, dobrado que nem um bilhete secreto. Muito sinistro, Lin-Lin.

Alan tinha só 38 anos de idade. A mesma idade de Lindsey, claro, a menos que se contasse a partir do momento em que ele finalmente ficou real o bastante para comer o próprio bolo de aniversário. Ela achava que ele aparentava cada ano da idade que tinha. Mais, até.

— Vai se trocar — comandou ela. — Vou pedir comida.

— O que tem nas sacolas de mercado? — perguntou ele.

Ela deu um tapa na mão dele.

— Nada para você — disse ela.

contatos imediatos de grau absurdo

Arrume Confusão

×——×

Ela havia conhecido Elliot em uma noite de *karaoke* em um miniuniverso de Coconut Grove. Evento beneficente em um bar gay por alguma instituição de caridade. Quando foi a vez de Alan cantar, ele já estava bêbado, chapado ou as duas coisas. Ele subiu no palco e disse:

— Vou ao banheiro.

E voltou a descer, cuidadosamente. Todo mundo aplaudiu. Elliot foi depois.

Elliot tinha mais de dois metros e quinze de altura; o cabelo era de um amarelo ensolarado, e a pele era esverdeada. Lindsey reparara no jeito como Alan olhou para ele quando os dois entraram no bar. Alan já havia estado nesse miniuniverso antes.

Elliot cantou aquela música sobre o monstro de Ipanema. Era desafinado, mas fez Lindsey rir tanto que saiu uísque pelo nariz. Depois da música, ele se aproximou e se sentou no bar. E disse:

— Você é a gêmea de Alan.

Ele tinha só quatro dedos em cada mão. Sua pele parecia ao mesmo tempo suave e áspera.

— Sou a original — disse ela. — Ele é a cópia. Onde quer que esteja. Desmaiado no banheiro, provavelmente.

— Quer que eu vá buscá-lo, ou deixamos lá?

— Vamos para onde? — perguntou ela.

— Para a cama — afirmou. Suas pupilas tinham um formato estranho. O cabelo não era cabelo de verdade. Mais pareciam bárbulas, cerdas.

— O que a gente faria lá? — perguntou ela, e ele se limitou a encará-la. Às vezes essas coisas funcionavam, e às vezes não. A graça era essa.

Ela pensou um pouco.

— Tudo bem. Com a condição de que você nunca teve rolo com Alan. Jamais.

— Seu universo ou o meu? — perguntou ele.

Elliot não foi a primeira coisa que Lindsey trouxe de um miniuniverso. Ela havia viajado de férias uma vez e voltado com o caroço de uma fruta verde que efervescia que nem sorvete quando mordia e fazia sonhar com escadarias, degraus, foguetes, coisas que subiam e subiam, mas não crescera nada quando ela o plantara, embora na Flórida desse de tudo.

A mãe dela tinha ido de férias para um miniuniverso quando estava grávida de Lindsey. Agora as pessoas já sabiam que não deviam. Os médicos alertavam mulheres grávidas que esses passeios não eram recomendáveis.

Nos últimos anos, Alan havia trabalhado com um grupo turístico que organizava passeios a partir de Cingapura. Ele falava alemão, espanhol, japonês, mandarim, um tibetano razoável, e dialetos profissionais de miniuniversos variados. Os passeios fretavam aviões para o Tibete e escalavam a pé até alguns dos miniuniversos mais receptivos para turistas. O Tibete era cheio de miniuniversos.

— Você os perdeu? — perguntou ela.

— Não todos — disse Alan. O cabelo dele ainda estava molhado da chuva. Estava precisando cortar. — Só uma van. Achei que tinha falado Sakya para o motorista, mas talvez tenha falado Gyantse. Eles acabaram chegando, só com dois dias de atraso. Ninguém era criança. Todo mundo em Sakya fala inglês. Quando alcançaram a gente, fui simpático e cheio de remorso e ficamos todos amigos de novo.

Ela esperou o resto da história. De alguma forma, era bom saber que Alan causava o mesmo efeito em todo mundo.

— Mas aí teve uma confusão na alfândega em Changi. Encontraram um relicário na bagagem de um velho babaca. Um deusinho ridículo dentro de uma fava seca. E outras coisas. O velho babaca jurou de pés juntos que não era nada dele. Que eu tinha me enfiado no quarto dele e colocado tudo dentro de suas malas. Que eu o seduzi. A agência se envolveu, e a história toda de Sakya veio à tona. Aí foi isso.

— Alan.

— Eu estava pensando se poderia ficar umas semanas aqui.

— Você não vai me perturbar — afirmou ela.

— Claro — concordou ele. — Posso pegar uma escova de dente emprestada?

mais Disney World que a Disney World

Os pais deles estavam aposentados e moravam em um miniuniverso mais antigo e estabelecido e que, pelo visto, era muito mais parecido com a Flórida do que a Flórida jamais havia sido. Nenhum mosquito, nenhuma espécie nativa maior que um cachorrinho, exceto umas criaturas que lembravam pássaros cujo canto dava vontade de chorar e cuja carne tinha gosto de vitela. Árvores de frutas que ninguém precisava cultivar. Grama tão macia e delicada e perfumada que todo mundo dormia ao relento. Lagos tão grandes e rasos que dava para passar um dia inteiro atravessando-os a pé. Não era um universo grande, e hoje em dia havia uma longa lista de homens e mulheres esperando para se aposentar lá. Os pais de Lindsey e Alan tinham investido todas as economias deles em uma cabana de um quarto com vista para um dos lagos menores. Come-lótus, era assim que eles chamavam. Lindsey achava que parecia chato, mas sua mãe não mandava mais e-mails para perguntar se ela estava namorando. Se algum dia se casaria de novo e teria filhos. Netos não eram mais uma necessidade. Netos teriam obrigado os pais de Lindsey e Alan a sair do paraíso para visitá-la de vez em quando. Voltar até lá na distante Flórida. *"Aquele lugar desagradável onde a gente morava"*, disse a mãe de Lindsey. Alan tinha uma teoria de que os pais não estavam contando tudo. *"Eles viraram nudistas"*, insistia ele. *"Ou fazem swing. Ou as duas coisas. A mamãe sempre teve tendências exibicionistas. Vivia deixando a porta do banheiro aberta. Não admira que eu seja gay. Não admira que você não seja."*

Lindsey estava acordada na cama. Alan estava na cozinha. Fingindo fazer chá enquanto procurava um estoque oculto de bebida. Lá estava a chaleira, apitando. A porta da geladeira se abriu e se fechou. A televisão ligou. Desligou. Diversas portas e gavetas de armário se abriram, se fecharam. Era o ritual de Alan, o jeito dele de se sentir em casa. Agora ele estava no cômodo ao lado, no quarto de Elliot. Dois cliques, ele fechando e trancando a porta. Outros barulhos. Avançando por gavetas, agora com mais cuidado. Alan também amara Elliot. Elliot havia deixado quase tudo para trás.

Alan. Guardando suas coisas. O barulho de cabides quando ele abriu espaço para si, empurrando as roupas de Elliot para o fundo do armário. Ou, pior, experimentando-as. As belas roupas do belo Elliot.

Às duas da madrugada, ele veio e parou na frente da porta do quarto dela. Perguntou baixinho:

— Lindsey? Está acordada?

Ela não respondeu, e ele foi embora de novo.

De manhã, ela o viu dormindo no sofá. Tinha um DVD tocando, sem som. De alguma forma, ele havia encontrado a coleção de pornô de miniuniverso importada de Elliot, a coleção secreta que ela procurara por semanas, sem sucesso. Só Alan para achar isso. Mas ela sentiu uma satisfação infantil ao ver que ele não havia encontrado o gim atrás da almofada do sofá.

✕ —— ✕

Quando ela voltou do trabalho, ele estava no pátio de novo, tentando, em vão, capturar o iguana preferido dela.

— Cuidado com a cauda — disse ela.

— Um monstro apareceu e mordeu meu dedo do pé — declarou ele.

— É Elliot. É assim que eu chamo. Eu tenho dado comida para ele. Ele já se acostumou com pessoas. Deve achar que você está invadindo seu território.

— Elliot? — perguntou ele, rindo. — Que bizarro.

— Ele é grande e verde — apontou. — Você não viu semelhança? — O iguana desapareceu na malha de figueiras-de-bengala que se curvava acima do canal. As figueiras eram cheias de iguanas, e as folhas farfalhavam verdejantes, com seus encontros verdes secretos. — A única diferença é que ele volta.

Ela foi buscar um cardápio de restaurante *delivery*. Ou talvez Alan fosse ao The Splinter com ela. A porta do quarto de Elliot estava aberta. Tudo tinha sido arrumado. Até a cama estava feita.

Pior ainda: quando eles foram ao The Splinter, sempre que alguém se sentava ao lado dela, Alan brincava de fingir que era seu namorado. Eles brigaram o caminho todo até chegar em casa. De manhã, ele perguntou se podia pegar o caro emprestado. Ela sabia que não devia, mas deixou mesmo assim.

$$\times - \times$$

O Sr. Charles bateu à porta da sala dela às 14h.

— Má notícia — anunciou. — Jack Harris de Pittsburgh despachou vinte e poucos adormecidos para a gente. Jason assinou a entrega. Não pensou em ligar antes.

— Está de brincadeira.

— Infelizmente, não — afirmou ele. — Vou ligar para Jack Harris. Perguntar o que é que ele pensou que estava fazendo. Eu deixei claro que não tínhamos aprovação em termos de capacidade. São seis além do limite. Ele vai ter que pegar esses seis de volta.

— O motorista já foi embora? — perguntou ela.

— Já.

— Óbvio. Eles acham que podem deitar e rolar em cima da gente.

— Enquanto eu ligo — disse ele —, vê se você vai ao galpão e dá uma olhada na documentação. Tenta descobrir o que fazer com esse grupo até lá.

Havia 22 novos adormecidos, 18 homens e 4 mulheres. O garoto novo do turno da noite, Jason, já estava com eles nos carrinhos de carga.

Ela se aproximou para olhar melhor.

— De onde eles vieram?

Jason entregou a planilha para ela.

— De tudo que é lugar. Quatro apareceram na propriedade de um cara na Dakota do Sul. Falou que o governo devia indenizar pela perda da safra dele.

— O que aconteceu com a safra? — perguntou ela.

— Ele tacou fogo. Eles estavam embaixo de uma árvore morta grande e velha no meio da plantação. Para a sorte de todo mundo, o filho dele estava lá também. Enquanto o pai derramava gasolina em tudo, o filho botou os adormecidos na traseira da picape e os tirou de lá. Ligou para o telefone de contato.

— Que sorte — afirmou. — O que é que o pai tinha na cabeça?

— Gente da sua idade... — disse Jason, e se calou. Começou de novo. — Gente de mais idade às vezes arranja umas ideias esquisitas. Querem que tudo seja do jeito que era. Antes.

— Não sou tão velha — declarou ela.

— Não foi isso que eu quis dizer — respondeu ele. Ficou rosa. — É só que, sabe...

Ela encostou no próprio cabelo.

— Talvez você não tenha reparado, mas tenho duas sombras. Então eu faço parte da esquisitice. São sobre pessoas como eu as ideias que as pessoas arranjam. Por que você está no turno do dia?

— A esposa de Jermaine está viajando, então ele precisava cuidar das crianças. E aí, o que você vai fazer com esses caras? Os que estão sobrando?

— Deixa nos carrinhos — disse ela. — Até parece que eles ligam para o lugar onde estão.

Ela tentou ligar para o celular de Alan às 17h30, mas ninguém atendeu. Ela conferiu o e-mail e jogou Paciência. Ela odiava Paciência. Gostava de passar as cartas que devia ter jogado. Jogava cartas quando não devia.

270 Arrume Confusão

Por que ela devia fingir que queria ganhar quando não havia nada a ser ganho?

Às 19h30, ela olhou para fora e viu seu carro no estacionamento. Quando saiu, Alan não estava lá. Então ela foi até o galpão e o encontrou com Jason, o estudante. Flertando, claro. Ou falando de filosofia. Tinha diferença? O outro guarda, Hurley, estava jantando.

— Oi, Lin-Lin — cumprimentou Alan. — Vem ver isto. Vem cá.

— O que você está fazendo? — perguntou Lindsey. — Por onde você andou?

— Mercado — respondeu ele. — Vem cá, Lindsey. Vem ver.

Jason fez uma cara de "a culpa não é minha". Ela precisaria ter uma conversa com ele em algum momento. Alertá-lo sobre Alan. A filosofia não preparava ninguém para gente como Alan.

— Olha para ela — disse Alan.

Ela olhou para baixo. Uma mulher vestida de um jeito que sugeria que provavelmente ela havia sido alguém importante no passado, talvez séculos antes, em algum lugar que provavelmente não tinha nada a ver com aqui. Versailles, Kentucky.

— Já vi adormecidos antes.

— Não. Você não está *vendo* — falou Alan. — Claro que não. Você não passa muito tempo se olhando em espelhos, né? Esse corte ficaria bem no seu cabelo.

Ele afagou o cabelo de Versailles Kentucky.

— Alan — disse ela. Uma advertência.

— Olha. Só olha. Olha para ela. Ela é a sua cara. Ela é *você*.

— Você está maluco — afirmou.

— Estou? — Alan recorreu a Jason. — Você também achou.

Jason inclinou a cabeça. Resmungou algo.

— Eu falei que talvez tivesse certa semelhança.

Alan estendeu a mão, pegou no pé descalço da adormecida e levantou a perna.

— Alan! — exclamou Lindsey. Ela arrancou a mão dele. As marcas dos dedos dele apareceram vermelhas e brancas na perna de Versailles Kentucky. — O que você está fazendo?

— Não tem problema. Eu só queria ver se ela tinha um sinal de nascença que nem o seu. Lindsey tem um sinal atrás do joelho — falou para Jason. — Parece um navio de guerra.

Até Hurley estava olhando agora.

A adormecida não tinha nada a ver com Lindsey. Nenhum sinal. Mas era gozado. Quanto mais Lindsey pensava, mais achava que talvez a mulher parecesse Alan.

fora de si hoje

Ela virou a cabeça um pouco para o lado. Acendeu todas as lâmpadas no banheiro e aproximou o rosto do espelho de novo. Afastou-se. Quanto mais olhava, menos parecia alguém que ela conhecesse. Definitivamente, não parecia ela própria. Talvez tivesse sido assim por anos. Não havia ninguém para quem ela pudesse perguntar, exceto Alan.

Alan tinha razão. Ela precisava cortar o cabelo.

Alan usou o liquidificador. A cozinha fedia a rum.

— Deixa eu adivinhar — disse ele. — Você conheceu alguém legal lá dentro. — Ele estendeu um copo. — Pensei de a gente curtir uma noite tranquila em casa. Ver o canal da previsão do tempo. Brincar de mímica. Você pode tricotar. Eu seguro o novelo.

— Não faço tricô.

— Não — Sua voz era gentil. Amorosa. — Você faz emaranhados. Você dá nó. Você faz bagunça.

— Você alfineta. É isso que você quer? Por que está aqui? Para brigar? Destrinchar psicodramas antigos da infância?

— *Per bol tuh, Lin-Lin?* — perguntou Alan. — O que *você* quer? — Ela bebericou furiosamente. Ela sabia o que queria. — Por que *você* está aqui?

— Aqui é minha casa — declarou. — Tenho tudo que eu quero. Trabalho em uma empresa com potencial de crescimento de verdade. Meu chefe gosta de mim. Tem um bar bem na esquina, que vive cheio de homens que querem me pagar bebidas. Um quintal cheio de iguanas e uma sombra reserva para o caso de uma delas se desprender de repente.

— Esta casa não é sua — afirmou Alan. — Elliot comprou. Elliot a encheu com as tralhas dele. E todas as coisas legais são minhas. Você não mudou nada desde que ele se mandou.

— Tenho mais iguanas agora —. Ela foi com seu *rum runner* para a sala. Alan já havia deixado a televisão ligada no canal da previsão do tempo. Atrás da bruxa do clima loura e simpática, uma depressão tropical pairava em violentas cores primárias perto do litoral de Cuba.

Alan veio e parou atrás do sofá. Ele abaixou o copo e começou a massagear o pescoço dela.

— Bonita, né? — questionou ela. — Essa tempestade.

— Lembra quando a gente era criança? Aquele furacão?

— É — respondeu. — Acho que é melhor eu pegar as persianas antifuracão no depósito. O verão passado foi um sacode.

Ele foi buscar a jarra de rum congelado. Voltou e se esticou aos pés dela no chão, com a jarra equilibrada na barriga.

— Aquele garoto no galpão — comentou ele. Fechou os olhos.

— Jason?

— Parece um garoto legal.

— Ele estuda filosofia, Lan-Lan. Qual é? Você consegue coisa melhor.

— Melhor? Estou pensando alto sobre um cara com uma bela bunda, Lindsey. Não sobre comprar uma casa. Ou considerar uma mudança de carreira. Ops, acho que estou fazendo isso oficialmente. Talvez eu comece a fazer coisas boas. Coisas melhores.

— Só não dificulta a minha vida, tudo bem? Alan? — Ela o cutucou no quadril com a ponta do pé e viu, cheia de satisfação, a jarra virar.

— *Fisfis tuh*! — disse Alan. — Você fez de propósito!

Ele tirou a camisa e jogou nela. Errou. Tinha uma poça rosa de rum no chão.

— Claro que foi de propósito. Ainda não estou bêbada o bastante para fazer sem querer.

— Um brinde a isso. — Ele pegou o *rum runner* dela e sugou ruidosamente. — Vai preparar outra jarra enquanto eu limpo essa bagunça do caralho.

faça o monstro

— Ele tem olhos lindos. Muito, muito verdes. Que nem aquele verde ali. Bem no olho. Aquele turbilhão.

— Não reparei nos olhos dele.

— É porque ele não faz o seu tipo. Você não gosta de caras legais. Aqui, posso botar isso?

— Pode. Tem uma faixa nesse, acho que é a terceira. É, essa mesma. Elliot amava essa música. Ele botava para tocar, começava a dar umas tremidas, e umas batidinhas, e começava a se sacudir todo. No final, ele acabava rastejando pelos móveis todos.

— Ah, é. Ele era um deus na pista de dança. Mas olha para mim. Também não sou nada mal.

— Ele era mais flexível na cintura. Acho que tinha uma coluna mais maleável. Conseguia virar a cabeça quase completamente.

— Vai, Lindsey, você não está dançando. Vem dançar.

— Não quero.

— Não seja chata.

— Meu interior me chateia — respondeu ela. E se perguntou o que isso queria dizer. — É chato.

— Vem. Dança logo. Tudo bem?

— Está bem — disse ela. — Estou bem. Viu? Estou dançando.

274 Arrume Confusão

✕ — ✕

Jason veio jantar. Alan estava com uma das camisas de Elliot. Lindsey fez um suflê de queijo perfeito e nem falou nada quando Jason presumiu que tinha sido feito por Alan.

Ela ouviu as histórias de Alan sobre os vários miniuniversos que ele havia visitado como se nunca tivesse escutado antes. A maioria pertencia ao governo chinês, e, além dos universos turísticos mais famosos, tinha aqueles para onde os chineses mandavam dissidentes. Eram muito poucos os miniuniversos maiores do que, digamos, Maryland. Alguns haviam sido abandonados muito tempo atrás. Alguns eram habitados. Alguns não eram amistosos. Alguns miniuniversos continham seus próprios miniuniversos. Dava para ir longe dentro de um e não voltar nunca mais. Dava para fundar um país particular ali e fazer o que desse na telha, e, mesmo assim, a maioria das pessoas que Lindsey conhecia, ela própria inclusive, nunca fizera nada mais aventureiro do que passar uma semana em um lugar onde a comida, o ar e a paisagem pareciam algo saído de um livro lido na infância; um panfleto; um sonho.

Havia miniuniversos com tema sexual, claro. Paraísos fiscais e lugares onde desovar todo tipo de coisa: lixo, carros destruídos, corpos. As pessoas iam a cassinos dentro de miniuniversos que eram mais Vegas do que Vegas. Mais Havaí do que o Havaí. É preciso ter esta altura para entrar. Esta fortuna. Só esta estupidez. Porque, quem sabia o que poderia acontecer? Os miniuniversos podiam sumir de novo em um piscar de olhos, de repente, todos ao mesmo tempo. Havia livros best-sellers que explicavam como isso podia acontecer.

Havia também transbordamentos de miniuniversos. Alan começou a relembrar a adolescência de um jeito que sugeria que não fazia tanto tempo assim.

— Venetian Pools — disse ele para Jason. — Não vou lá faz alguns anos. Desde que eu era pequeno, na verdade. Aquelas grutas todas onde dava para sair perambulando com alguém. Dar uns amassos e ficar tão duro que tinha que pular na água para ninguém perceber, e a água era gelada pra caralho! Ainda dá para pedir ziti ao forno no restaurante?

Lembra, Lindsey? Sentar de biquíni na beira da piscina e comer ziti ao forno? Mas ouvi dizer que não dá mais para nadar. Por causa das sereias.

As sereias eram uma espécie invasora, que nem os iguanas. As pessoas tinham trazido de um dos miniuniversos da Disney para ser bicho de estimação, e agora tinha sereia em todo canto, pequenas, mas numerosas em um nível que agradava crianças e observadores de pássaros. Elas gostavam de se exibir e, ainda que não parecessem muito mais inteligentes que, digamos, um cachorro falante, e talvez nem isso, já que não falavam, só cantavam e assobiavam e faziam gestos obscenos, não dava para dar um fim nelas, porque os turistas nas Venetian Pools gostavam demais. Havia sereias de água doce e de água salgada — maiores e mais arredias —, e as de água doce começaram a ocorrer nas Venetian Pools uns dez anos atrás.

Jason falou que havia levado os filhos da irmã.

— Ouvi dizer que, antigamente, eles esvaziavam as piscinas todas as noites no verão. Mas não podem fazer isso agora, por causa das sereias. Então a água não é mais tão cristalina quanto antigamente. Não dá nem para instalar filtros, porque as sereias arrancam fora. Que nem castores, eu acho. Construíram um sistema complexo de barragens e paredes de retenção e estruturas nos corais, uns reservatórios complexos para peixes. As Venetian Pools vendem peixe para as pessoas jogarem na água para as sereias se aglomerarem. As crianças gostaram.

— Às vezes elas aparecem no canal, as de água salgada — comentou Lindsey. — São bem maiores. Cantam.

— É — disse Jason. — Muita cantoria. Bem sinistro. Deixa a gente se sentindo um merda. Tocam música de elevador nos alto-falantes para abafar, mas até as crianças ficaram mal depois de um tempo. Tive que comprar um monte de coisa na loja de suvenires para alegrá-las.

Lindsey ponderou o problema de Jason, o tio preferido que dava para convencer a comprar coisas. Era jovem demais para Alan. Pensando bem, quem não era jovem demais para Alan?

Alan perguntou:

— Você não tinha compromisso, Lindsey?

— Tinha? — E cedeu. — Na verdade, eu estava pensando em dar uma passada no The Splinter. A gente se vê lá mais tarde?

— Aquela birosca — respondeu Alan. Ele não estava olhando para ela. Estava lançando aqueles raios de morte invisíveis na direção de Jason. Lindsey praticamente sentia o ar ficando mais e mais pesado. Parecia umidade, só que mais sórdido. — Eu ia lá pegar héteros bonitos no banheiro enquanto Lindsey distribuía o telefone dela pelas mesas de sinuca. Bons tempos, né, Lindsey? Você sabe o que dizem de garotas com duas sombras, né, Jason?

Jason declarou:

— Acho que é melhor eu ir para casa.

Mas Lindsey percebeu pelo jeito como Jason olhava para Alan que ele não tinha a menor ideia do que estava falando. Não estava nem ouvindo de verdade o que Alan dizia. Só estava reagindo àquela energia que Alan emanava. Aquele canto de sereia *vem cá vem cá vem mais para cá.*

— Não vá — pediu Alan. Uma doçura lasciva invisível gotejava dele. Lindsey também sabia fazer isso, mas geralmente nem se dava mais ao trabalho. Com a maioria dos caras, não era necessário. — Fica um pouco mais. Lindsey tem compromisso, e estou solitário. Fica um pouco mais, que eu boto para rodar alguns destaques da coleção de pornô gay de miniuniverso do ex-marido de Lindsey.

— Alan — disse Lindsey. Segunda advertência. Ela sabia que ele estava contando.

— Desculpa — Alan pôs a mão na perna de Jason. — A coleção de pornô gay do *marido* dela. Ela e Elliot, onde quer que ele esteja, ainda são casados. Eu tinha um tesão enorme por Elliot. Ele sempre disse que Lindsey era tudo que ele queria. Mas a questão nunca é o que a gente quer, né? É o que a gente precisa. Não é?

— É — concordou Jason.

— A gente se fala mais tarde — falou Lindsey. — *Beh slam bih, tuh eb meh.*

— Aham — afirmou Alan. — Fala, fala. — Ele mandou um beijo para ela.

Como é que Alan fazia isso? Como é que todo mundo caía, menos Lindsey? Se bem que, pensou ela, pedalando a bicicleta até o The Splinter, ela caía, sim. Ela continuava caindo. A casa era dela, e quem havia sido posta para fora? Quem havia sido ofendida, debochada, maltratada e, por fim, dispensada de forma abrupta? Ela. Isso mesmo.

Os carros passavam, buzinando. Que se dane Alan, mesmo.

Ela não se deu ao trabalho de trancar o cadeado da bicicleta; provavelmente não voltaria para casa nela. Entrou no The Splinter e se sentou ao lado de um homem que tinha um perfume agressivamente forte.

— Você parece legal — disse ela. — Se pagar uma bebida para mim, eu vou ser legal também.

existem maneiras mais fáceis de se matar

O homem estava beijando o pescoço dela. Ela não estava conseguindo achar a chave, mas não tinha importância. A porta estava destrancada. O carro de Jason continuava na frente da casa. Nenhuma surpresa.

— Tenho duas sombras — declarou ela. Era tudo sombra. Eles também eram sombras.

— Não ligo — afirmou o homem. Ele era mesmo muito legal.

— Não — disse ela. — Quer dizer, meu irmão está em casa. A gente não pode fazer barulho. Tudo bem se não acendermos a luz? De onde você é?

— Georgia. Trabalho com construção civil. Vim para cá por causa do furacão.

— Furacão? — perguntou. — Achei que ele estivesse indo para o Golfo do México. Cuidado com a bancada.

— Agora está voltando para cá. Vai levar mais alguns dias para chegar, se é que vai chegar. Você curte fetiche? Pode prender minhas mãos.

— Não me amarro — disse ela. — Sacou? Não gosto de nós. Nunca consigo desatar, nem sóbria. Teve um cara que precisou amputar o pé. Sem circulação. Aconteceu mesmo. Uma amiga me contou.

— Acho que dei sorte até agora — Ele não parecia muito decepcionado, de qualquer jeito. — Esta casa já deve ter passado por alguns furacões.

— Um ou dois — falou ela. — A água cobre o piso. Uma sujeirada. Depois recua.

Ela tentou lembrar o nome dele. Não conseguiu. Não tinha importância. Ela se sentia ótima. O negócio de ser casada era isso. A monogamia. Até bêbada, ela sempre sabia quem estava na cama com ela. Elliot havia sido diferente, sim, mas sempre era diferente igual. Nunca era um diferente diferente. Não gostava de beijar. Não gostava de dormir na mesma cama. Não gostava de ser sério. Não gostava quando Lindsey ficava triste. Não gostava de morar em uma casa. Não gostava da sensação da água do canal. Não gostava disso, não gostava daquilo. Não gostava das ilhas Keys. Não gostava da maneira como as pessoas daqui olhavam para ele. Não ficou. Elliot, Elliot, Elliot.

— Meu nome é Alberto — declarou o homem.

— Desculpa — pediu ela.

Ela e Elliot sempre haviam se divertido na cama.

— Ele tinha um pênis engraçado — comentou.

— Como é que é?

— Quer beber alguma coisa? — perguntou ela.

— Na verdade, onde é o banheiro?

— No corredor. Primeira porta.

Mas ele voltou um minuto depois. Acendeu a luz e ficou parado.

— Está gostando do visual? — disse ela.

Os braços dele estavam molhados, brilhosos. Tinha sangue neles.

— Preciso de um torniquete. Algum torniquete.

— O que você fez? — perguntou ela. Quase sóbria. Vestindo o roupão. — É Alan?

Mas era Jason. Sangue pela banheira toda e nos azulejos do revestimento em meia-parede. Ele havia cortado os dois pulsos com um descascador de batata. O descascador ainda estava em sua mão.

— Ele está bem? Alan! Cadê você, porra?

Alberto enrolou uma das toalhas de rosto boas dela em volta de um pulso de Jason.

— Segura aqui. — Ele apertou outra toalha no outro pulso e prendeu com fita adesiva. — Liguei para a emergência — declarou. — Ele está respirando. Não conseguiu ou não quis fazer o serviço direito. De qualquer forma, escolheu mal o equipamento. Quem é esse cara? Seu irmão?

— Meu funcionário. Não acredito. Como assim, fita adesiva?

— Sempre ando com um rolo — afirmou ele. — Nunca se sabe quando a gente vai precisar de fita. Pega um cobertor. A gente precisa mantê-lo aquecido. Minha ex-mulher fez isso uma vez.

Ela foi derrapando pelo corredor. Abriu de supetão a porta do quarto de Elliot. Acendeu a luz e pegou o edredom na cama.

— *Vas poh*! Seu namorado novo está no banheiro — exclamou ela. — Cortou os pulsos com meu descascador de batata. Acorda, Lan-Lan! Essa bagunça é *sua*.

— *Fisfis wah*, Lin-Lin — disse Alan, então ela o empurrou para fora da cama.

— O que você fez, Alan? — questionou ela. — Você fez alguma coisa com ele?

Ele estava vestido com a bermuda de um pijama de Elliot.

— Não tem graça.

— Não estou brincando. Estou bêbada. Tem um homem chamado Alberto no banheiro. Jason tentou se matar. Ou algo do tipo.

— Ah, merda! — Tentou se sentar. — Fui legal com ele, Lindsey! Beleza? Foi bem legal. A gente trepou e depois fumou um negócio, e aí a gente começou a se beijar e eu peguei no sono.

Ela estendeu a mão e o levantou do chão.

— Que negócio? Vem.

— Eu arranjei em algum lugar — Ela não estava prestando muita atenção. — Negócio bom. Orgânico. Benzido por monges. Eles dão para os deuses. Peguei um pouco em um altar. Todo mundo faz isso. É só deixar uma tigela de leite ou algo do tipo no lugar. De jeito nenhum que aquilo o deixou maluco.

O banheiro ficou lotado com todo mundo lá dentro. Impossível não pisar no sangue de Jason.

— Ah, merda! — falou Alan.

— Meu irmão, Alan — disse ela. — Aqui o edredom dele. Para Jason. Alan, este é Alberto. Jason, está me escutando? — Os olhos dele estavam abertos agora.

Alberto dirigiu-se a Alan:

— É melhor do que aparenta. Ele não chegou a cortar os pulsos, exatamente. Meio que descascou. Chegou a abrir bem uma veia, mas acho que diminuí a hemorragia.

Alan empurrou Lindsey para o lado e vomitou na pia.

— Alan? — chamou Jason. Barulho de sirene.

— Não — disse Lindsey. — Sou eu. Lindsey. Sua chefe. Minha banheira, Jason. Seu sangue na minha banheira toda. Meu descascador de batata! Meu! O que é que você estava pensando?

— Tinha um iguana no seu freezer — afirmou Jason.

Alberto questionou:

— Por que o descascador de batata?

— Eu estava tão feliz — comentou Jason. Ele estava coberto de sangue. — Nunca fiquei tão feliz na vida. Não queria parar de me sentir assim. Sabe?

— Não — disse Lindsey.

— Você vai me demitir? — perguntou Jason.

— O que você acha? — retrucou Lindsey.

— Vou processar por assédio sexual, se você tentar — declarou Jason. — Vou falar que você me demitiu porque eu sou gay. Porque eu dormi com seu irmão.

Alan vomitou na pia de novo.

— Como você está se sentindo agora? — sondou Alberto. — Está se sentindo bem?

— Estou tão feliz! — disse Jason. E começou a chorar.

um menino, reerguido dos mortos

No verão entre o terceiro e o quarto ano da escola, Lindsey vira a mãe de uma menina chamada Amelia Somersmith ressuscitar um menino depois que ele caiu enquanto brincava de esconde-esconde. Ele caiu quando um garoto chamado Martin o viu escondido no alto e gritou o nome dele. David Filgish se levantou e, só para mostrar que não ligava de ter sido visto, deu uma cambalhota no telhado da garagem, só que calculou mal a posição da beirada. Ele definitivamente havia morrido. Todo mundo tinha certeza. A mãe de Amelia veio correndo de dentro de casa enquanto todo mundo estava lá parado, sem saber o que fazer, olhando para David, e ela falou:

— Ah, meu Deus, David, seu idiota! Não morre, não morre, não morre. Levanta agora, senão vou ligar para sua mãe!

Tinha um pedaço de grama caído em cima do olho de David. A camisa da mãe de Amelia não estava abotoada direito, então dava para ver um triângulo marrom acetinado da barriga, e ela parecia tão brava, que David Filgish se sentou e começou a chorar.

Lindsey Driver havia vomitado na grama, mas ninguém mais percebeu, nem Alan, o gêmeo dela, que estava começando a ficar real o bastante para brincar com as outras crianças.

Todo mundo estava ocupado demais perguntando se David estava bem. Ele sabia que dia era? Quantos dedos? Como era morrer?

não muita delicadeza

Arrume Confusão

×—×

Alan foi com Jason na ambulância. Os dois paramédicos eram bem bonitos. O vento estava mais forte e sacudia as árvores como se fosse uma criança implicante. Lindsey teria que colocar as persianas antifuracão.

Por algum motivo, Alberto continuava ali.

— Eu adoraria uma cerveja. O que você tem?

Lindsey tomaria algo um pouco mais forte. Ela só conseguia sentir cheiro de sangue.

— Nada — disse ela. — Sou alcoólatra em recuperação.

— Não muito recuperada.

— Sinto muito — declarou Lindsey. — Você é um cara muito legal. Mas eu queria que você fosse embora. Quero ficar sozinha.

Ele estendeu os braços ensanguentados.

— Posso tomar um banho antes?

— Pode ir embora logo? — perguntou Lindsey.

— Entendo — respondeu ele. — Foi uma noite difícil. Aconteceu algo horrível. Me deixa ajudar. Posso ficar e ajudar a limpar.

Lindsey não falou nada.

— Entendi — Havia sangue na boca dele também. Como se ele tivesse bebido. Os ombros dele eram bonitos. Belos olhos. Ela não parava de olhar para a boca dele. A fita adesiva tinha voltado para um bolso em sua calça cargo. Parecia que ele tinha muita coisa nos bolsos. — Você não gosta de mim, então?

— Não gosto de caras legais — afirmou Lindsey.

×—×

Havia grupos de apoio para gente cuja sombra se transformava em um irmão gêmeo. Havia grupos de apoio para mulheres cujos maridos as abandonavam. Havia grupos de apoio para alcoólatras. Provavelmente havia grupos de apoio para gente que odiava grupos de apoio, mas Lindsey não acreditava em grupos de apoio.

O galpão tinha sido projetado para aguentar bastante violência. No entanto, havia certas precauções: a lista de medidas tinha 35 páginas. Sem Jason, eles estavam com pouco pessoal, e ela estava com uma ressaca que tinha durado o fim de semana todo e continuara segunda-feira adentro. A pior dos últimos tempos. Quando Alan voltou do hospital sábado à noite, ela já havia terminado o gim e começado a tequila. Estava quase desejando que Alberto tivesse ficado. Pensou em perguntar como Jason estava, mas pareceu inútil. Ou ele estava bem ou não estava. Ela não estava bem. Alan a levou pelo corredor e a colocou na cama dela, e depois se deitou junto. Puxou o cobertor por cima dos dois.

— Vai embora — ordenou.

— Estou morrendo de frio. Aquela porra de hospital. Aquele ar-condicionado. Não admira ver as pessoas doentes em hospitais. Me deixa ficar aqui.

— Vai embora — disse ela de novo. — *Fisfis wah.*

Quando ela acordou, ainda estava falando.

— Vai embora, vai embora, vai embora.

Ele não estava na cama dela. O que havia era um iguana morto, o pequeno do freezer. Alan o posicionara — se é que dá para falar de posicionar um iguana congelado — no travesseiro ao lado do rosto de Lindsey.

Alan tinha ido embora. A banheira fedia a sangue velho, e a chuva martelava o telhado que nem pregos em vidro. Pequenas pedras de gelo no gramado do lado de fora. Agora o rádio estava dizendo que o furacão estava previsto para alcançar algum ponto entre Fort Lauderdale e St. Augustine em algum momento da tarde de quarta-feira. Não havia planos para evacuar as ilhas Keys. Bastante vento e chuva e tempo feio a caminho dos arredores de Miami, mas nenhum estrago sério. Ela não conseguia pensar no motivo para ter pedido para Alberto ir embora. Ainda era preciso instalar as persianas antifuracão. Ele parecia ter sido o tipo de cara que faria isso.

284 ⚑ Arrume Confusão

Ela jogou fora o iguana descongelado. Jogou fora também o descascador de batata, todo enferrujado pelo sangue. Deixou correr água quente na banheira até o fundo ficar com um tom fraco e inflamado de rosa. Depois, enfiou-se de novo na cama.

Se Alan tivesse ficado, ele poderia abrir uma lata e fazer sopa para ela. Trazer um copo de refrigerante. Por fim, ela ligou a televisão na sala, alto o bastante para conseguir ouvir do quarto. Assim ela não tentaria escutar Alan. Poderia fingir que ele estava em casa, sentado na sala, vendo algum filme antigo de monstro e pintando as unhas de preto, que nem ele fizera na época do ensino médio. Diziam que crianças com sombras ligadas curtiam essas coisas de maquiagem gótica, de música. Quando Alan descobrira que gêmeos deviam ter uma língua secreta de gêmeos, ele fizera isso também, inventara uma língua, lin-lan, e a fizera decorar. E a fizera usá-la na hora da janta também. *Ifzon meh nadora plezbig* significava: *Adivinha o que eu fiz? Bandy Tim Wong legkwa fisfis, meh* significava: *Fui até o fim com Tim Wong.* (Tim Wong me fodeu, no vernáculo.)

Pessoas com duas sombras *deviam* arrumar encrenca. Deviam *ser* encrenca. Deviam levar amigos e amantes pelo mau caminho, espalhar confusão entre os inimigos, causar desastre aonde quer que fossem. (Ela nunca ia para lugar nenhum.) No fundo, Alan sempre fora conformado. Já ela tinha casa e trabalho e, em alguma época, fora até casada. Se tivesse alguém contando, Lindsey achava que devia ser fácil ver quem estava ganhando.

✕ — ✕

O Sr. Charles ainda não conseguira se livrar dos seis adormecidos excedentes de Pittsburgh. Jack Harris sabia fazer malabarismo com a papelada como ninguém.

— Vou ligar para ele — sugeriu Lindsey. — Você sabe que eu adoro uma boa briga.

— Boa sorte — desejou o Sr. Charles. — Ele disse que só vai recebê-los depois que o furacão passar. Mas, de acordo com as regras, eles têm que sair daqui até 24 horas antes da chegada do furacão. A gente está entre a cruz...

— ...e um babaca — continuou ela. — Deixa que eu resolvo.

Ela estava no galpão, esperando na linha com alguém que trabalhava para Harris, quando Jason apareceu.

— O que é isso? — perguntou Valentine. — Seus braços.

— Atravessei uma porta de correr — respondeu Jason. — Vidro temperado.

— Nada bom.

— Perdi mais deu um litro de sangue. Imagina. Um litro. Oi, Lindsey. Os médicos me deram alta. Falaram que eu não podia levantar nada pesado.

— Valentina — chamou Lindsey. — Fica aqui no telefone um pouco. Não se preocupa, está em espera. Só dá um grito se alguém atender. Jason, podemos conversar ali um instante?

— Com certeza — disse Jason.

Ele fez uma careta quando ela o pegou acima do cotovelo. A mão só o soltou depois que ela o levou até alguns corredores de distância.

— Dá um bom motivo para eu não demitir você. Além daquele papo de assédio sexual. Porque eu ia gostar de ver essa. Você tentando argumentar isso na justiça.

— Alan vai morar comigo. Falou que você o expulsou de casa.

Era alguma surpresa? Sim e não.

— Então, se eu demitir você, ele vai ter que trabalhar.

— Depende. Você vai me demitir ou não?

— *Fisfis buh*. Pergunta para Alan o que isso significa.

— Ei, Lindsey. Lindsey, ei. Tem alguém chamado Jack Harris no telefone. — Valentina. Chegando perto demais para a conversa continuar.

— Não sei por que você quer este trabalho — disse Lindsey.

— Os benefícios — respondeu Jason. — Você devia ver a conta da emergência.

— Nem por que você quer meu irmão.

— Srta. Driver? Ele falou que é urgente.

— Pede só um segundo para ele — falou Lindsey. E para Jason: — Tudo bem. Você pode ficar, com uma condição.

— Qual? — Ele não parecia nem um pouco tão desconfiado quanto devia. Estágio ainda inicial com Alan.

— Você convence o homem no telefone a pegar de volta aqueles seis adormecidos. Hoje.

— Como é que eu vou fazer isso? — questionou Jason.

— Não quero saber. Mas é bom eles não estarem aqui quando eu chegar amanhã de manhã. Se estiverem, é bom você não estar. Certo? — Ela o cutucou no braço por cima do curativo. — Da próxima vez, pega alguma coisa mais afiada que um descascador de batata. Tenho um jogo completo de facas alemãs ótimas.

— Lindsey — disse Valentina —, esse tal de Harris falou que pode ligar de novo amanhã, se agora não for um bom momento.

— Jason vai atender — declarou Lindsey.

tudo tem que ir

A loja de bebidas favorita dela fazia promoção de tudo sempre que havia previsão de furacão. Um jeito de deixar um dia ruim um pouco mais suportável. Ela se abasteceu de tudo, mas só tomou uma taça de vinho no jantar. Fez uma salada e comeu na plataforma flutuante. O ar estava com aquela vibração elétrica esverdeada que ela associava a furacões. A água estava calma feito leite, mas esvaziar a plataforma foi um inferno mesmo assim. Ela guardou na garagem. Quando saiu, um grupo de sereias de água salgada estava nadando para o mar. Como alguém teria confundido um peixe-boi com uma sereia? Elas se viraram e olharam para Lindsey. Mergulharam, mas ela ainda conseguia vê-las ali embaixo, tremulando pelo fundo frondoso.

Da última vez que um furacão tinha batido, a plataforma flutuante dela havia saído da garagem e fora parar a dois canais de distância.

Ela jogou os restos da salada na grama para os iguanas. O sol se pôs sem transtornos.

Alan não veio, então ela embalou as roupas dele. Lavou as sujas antes. Ouviu a chuva começar. Pôs a mochila dele na mesa da sala de jantar com um bilhete. *Boa sorte com o garoto suicida.*

De manhã, ela saiu debaixo da chuva, que estava fraca e constante, e fixou as persianas antifuração. Os vizinhos estavam fazendo a mesma coisa. Fez um corte no dorso da mão quando estava instalando a penúltima. Sangrou por todas as partes. Alan chegou com o carro de Jason enquanto ela ainda estava xingando. Ele entrou na casa e pegou um Band-Aid. Eles instalaram as duas últimas persianas sem falar nada.

Por fim, Alan disse:

— Foi culpa minha. Acho que ele não usa drogas.

— Ele não é um garoto ruim — afirmou ela. — *Nada* a ver com seu tipo.

— Sinto muito — declarou ele. — Não por isso. Quer dizer. Acho que é por tudo.

Eles voltaram para dentro da casa, e ele viu a mochila.

— Bom — falou ele.

— *Filhatz warfoon meh. Bilbil tuh.*

— *Nent bruk* — respondeu ele. Sem brincadeira.

Ele não ficou para tomar café. Ela não se sentiu mais ou menos real depois que ele foi embora.

✕ —✕

Os seis adormecidos não estavam no galpão, e Jason deu uma pilha de documentos preenchidos para ela. Um monte de assinaturas. Segundas vias e terceiras vias e caralhésimas vias, como Valentina gostava de dizer.

— Nada mal — comentou Lindsey. — Jack Harris ofereceu um emprego para você?

— Ele se ofereceu para vir me dar uma surra — retrucou Jason. — Falei que ele teria que entrar na fila. Tempo horroroso. Você vai ficar?

— Para onde eu iria? — perguntou ela. — Vai ter uma festa grande hoje à noite no The Splinter. Eu não trabalho amanhã mesmo.

— Achei que fossem evacuar as ilhas Keys, afinal de contas.

— É voluntário — afirmou. — Ninguém liga se a gente fica ou sai. Já passei por furacões. Quando Alan e eu éramos pequenos, a gente passou um acampado dentro de uma banheira embaixo de um colchão. Lemos quadrinhos com uma lanterna a noite toda. O barulho é a pior parte. Boa sorte com Alan, a propósito.

— Nunca morei com ninguém antes. — Então talvez ele soubesse só o suficiente para saber que não fazia a menor ideia do que ele tinha arranjado com Alan. — Nunca me apaixonei por ninguém desse jeito.

— Não tem ninguém como o Alan — disse ela. — Ele tem o poder de turvar e confundir a mente dos homens.

— Qual é o seu superpoder?

— Ele turva e confunde — respondeu ela. — Eu confundo e depois turvo. É na ordem que a gente faz as coisas que você precisa prestar atenção.

Ela contou a boa notícia sobre Jack Harris para o Sr. Charles; eles tomaram um café juntos para comemorar e, depois, trancaram o galpão. O Sr. Charles precisava buscar os filhos na escola. Furacões significavam feriado. Na Flórida não tinha dia de neve.

Na volta para casa, o trânsito estava todo indo no sentido contrário. O vento fazia os semáforos balançarem e girarem que nem lanternas de papel. Ela estava com aquela sensação que tivera no Natal, quando era criança. De alguém que ia lhe trazer um presente. Algo brilhoso e barulhento e afiado e bagunceiro. Ela sempre amara tempo ruim. Sempre amara bruxas do clima, com seus trajes pretos elegantes. Os conjuntos de adivinhação, os surtos dramáticos, as profecias que nunca acertavam tudo, mas que sempre tinham rimas inteligentes. Quando era pequena, o que ela mais queria era crescer e se tornar uma bruxa do clima, embora ela nem imaginasse por que ela já quisera isso.

Ela foi de bicicleta até o The Splinter. Ficou encharcada. Não deu a mínima. Tomou alguns *whisky sours* e decidiu que estava empolgada demais com o furacão para se embebedar direito. Ela não queria ficar bêbada. E não havia nenhum homem no bar que ela quisesse levar para casa. A melhor parte do sexo durante um furacão era o furacão, não o sexo, então para que se incomodar?

O céu estava verde como um hematoma e a chuva estava quase horizontal. Não havia carro algum na volta para casa. Ela estava só minimamente bêbada. Foi pedalando pelo meio da rua e quase atropelou um iguana de mais de um metro de comprimento, do focinho à cauda. Duro feito pedra, mas as laterais do corpo dele se inflavam e murchavam feito pequenos foles. A chuva os deixava assim às vezes. Eles ficavam burros e lentos no frio. No resto das vezes, eles eram burros e rápidos.

Ela cobriu o iguana com o casaco, tomando cuidado para imobilizar a cauda. Dava para quebrar o braço de um homem com uma cauda daquelas. Ela o carregou embaixo do braço e foi empurrando a bicicleta até em casa, e decidiu que seria uma boa ideia colocar o iguana na banheira. Depois, ela saiu para o quintal com uma lanterna. Conferiu as persianas para ver se estavam bem presas e encontrou mais três iguanas no processo. Dois menores e um monstrengo. Ela levou todos para dentro.

Às 20h, estava um breu. O furacão estava a uns 40km de distância. Acumulando água para jogar em cima da cabeça de gente que não queria mais água. Ela cochilou à meia-noite e acordou quando a luz acabou.

O ar no quarto estava tão cheio de água que ela teve que se esforçar para respirar. Os iguanas eram sombras estiradas no chão. Os vultos escuros das caixas de bebida eram tudo que ela sempre quisera de Natal.

Tudo do lado de fora batia, zumbia, puxava ou guinchava. Ela foi tateando até a cozinha e pegou a caixa de velas, a lanterna e o rádio de emergência. As janelas se sacudiam como se fosse uma guerra.

— Desviou para baixo — disse o rádio. — Quem diria... e isso é só a borda. Fiquem abrigados e se protejam, se já não tiverem saído da cidade. Esse é só um de Categoria Dois, mas com certeza vai parecer muito maior aqui nas ilhas Keys. Vai levar pelo menos mais três horas nisso até o olho

290 — Arrume Confusão

passar por nós. Esse é um garotão, e ele não tem pressa. Os bons nunca têm.

Lindsey mal conseguiu acender as velas; os fósforos estavam empapados, e suas mãos, escorregadias de suor. Quando ela entrou no banheiro, o iguana parecia tão surrado, à luz da vela, quanto uma mala velha.

O quarto dela tinha janelas demais, e não dava para ficar ali. Ela pegou o travesseiro, a colcha e uma camiseta limpa. E uma calcinha nova.

Quando ela foi olhar o quarto de Elliot, havia um corpo na cama. Ela deixou a vela cair. Pingou parafina em seu pé descalço.

— Elliot? — disse ela.

Mas, quando voltou a acender a vela, não era Elliot, claro, e tampouco Alan. Era a adormecida. Versailles Kentucky. A que parecia Alan ou talvez Lindsey, dependendo de quem estivesse olhando. Uma morsa de borracha se apertou em volta da cabeça de Lindsey. Pressão barométrica.

Ela deixou a vela cair de novo. Era exatamente o tipo de brincadeira que Alan gostava de fazer. Ou seja, sem graça nenhuma. Ela imaginava onde estavam os outros adormecidos — no apartamento de Jason, não a caminho de Pittsburgh. E, se alguém descobrisse, ela também perderia o emprego, não só Jason. Nada de pensão do governo para Lindsey. Nada de aposentadoria antecipada confortável.

A mão dela ainda não estava firme. O fósforo finalmente se acendeu, e a vela pingou parafina no pescoço de Versailles Kentucky. Mas, se fosse tão fácil assim acordar adormecidos, Lindsey já teria ouvido falar.

Enquanto isso, a cama estava encostada em uma parede externa, e tinha aquelas janelas todas. Lindsey arrastou Versailles Kentucky para fora da cama.

Não conseguiu segurar direito. Versailles Kentucky era pesada. Ela caiu. A cabeça pendeu para trás, o cabelo grudou no chão. Lindsey se agachou, pegou-a pelos braços e a arrastou pelo corredor escuro até o banheiro, mantendo aquela cabeça flácida acima do chão. Devia ser essa a sensação de ter matado alguém. Ela ia matar Alan. *Considere isto aqui um treino*, pensou ela. Desova de corpo. Teste preliminar. Teste para se molhar.

Ela puxou Versailles Kentucky até a porta do banheiro e apoiou o corpo na borda da banheira. Pegou o iguana. Pôs no chão do banheiro. Posicionou Kentucky dentro da banheira, primeiro uma perna, depois a outra, dobrando-a por cima de si.

Depois, pegou o colchão inflável na garagem, e lá o barulho era pior. Ela encheu o colchão pela metade e o empurrou pela porta do banheiro. Pôs mais ar. Colocou-o por cima da banheira. Foi buscar a lanterna e tirou uma garrafa de gim do freezer. Ainda estava gelada, graças a Deus. Ela embrulhou o iguana com uma toalha que ainda estava enrijecida pelo sangue de Jason. Colocou de volta na banheira. Adormecida e iguana. Madona e seu bebê horroroso.

Era tudo estardalhaço e lamento. Lindsey ouviu uma persiana, em algum lugar, sair voando pelos ares. O chão da sala estava molhado no círculo da lanterna quando ela voltou à sala para buscar os outros iguanas. Ou era a chuva começando a abrir caminho à força por baixo da porta da rua e em volta das portas de correr de vidro, ou era o canal. Ela pegou os outros três iguanas e os largou na banheira também.

— Mulheres e iguanas primeiro — declarou ela, e tomou um gole do gim. Mas ninguém a ouviu por cima do barulho do vento.

Ela se sentou encurvada em cima da tampa do vaso e bebeu até o vento quase virar algo que ela pudesse fingir ignorar. Que nem uma banda em um bar que não se dá conta de como o volume está alto. Depois de um tempo, ela pegou no sono, ainda sentada no vaso, e só acordou quando deixou a garrafa cair e a quebrou. Os iguanas estavam agitados como folhas secas ao redor da banheira. O vento tinha parado. Era o olho da tempestade, ou ela havia perdido completamente o olho e o resto do furacão.

Entrava uma luz fraca pela janela bloqueada. As pilhas do rádio de emergência dela tinham acabado, mas o celular ainda estava com sinal. Três mensagens de Alan e seis de um número que ela supôs que fosse de Jason. Talvez Alan quisesse pedir desculpa por algo.

Ela saiu para ver em que pé o mundo estava. Só que o pé em que o mundo estava era que ela não estava mais nele. A rua na frente de sua casa não era mais a rua na frente de sua casa. Tinha virado um lugar completamente diferente. Não havia outras casas. Como se a tempestade tivesse levado todas embora. Ela estava em um campo todo florido. Havia montanhas ao longe, azuladas e cobertas de nuvens. O ar era muito frio.

O celular não tinha sinal algum. Quando ela olhou de novo para a casa, viu seu próprio mundo. O furacão continuava ali, espalhado pelo horizonte feito veneno. O canal estava cheio de água do mar. O bar provavelmente tinha desabado. A porta da casa dela continuava aberta.

Ela voltou para dentro e encheu uma mochila velha com garrafas de gim. Colocou também velas, a caixa de fósforos, algumas latas de sopa. Acolchoou tudo com calcinhas e um ou dois suéteres. O troço branco naquelas montanhas provavelmente era neve.

Se encostasse o ouvido nas portas de correr de vidro que davam vista para o canal, ela escutaria o olho, aquele momento demorado de vazio em que o pior ainda estava por vir. Versailles Kentucky continuava dormindo na banheira com os iguanas, que já estavam acordados. Havia marcas vermelhas nos braços e nas pernas de Versailles Kentucky, dos arranhões dos iguanas. Nada fatal. Lindsey pegou um delineador marrom na gaveta embaixo da pia e levantou a perna da adormecida. Desenhou um sinal em forma de navio de guerra. A umidade no ar faria o desenho borrar, mas que se dane. Se Alan podia brincar, ela também podia.

Ela abaixou a perna fria. Movida por um impulso, pegou o menor iguana, ainda enrolado na toalha.

Quando saiu de novo porta afora com a mochila, a bicicleta e o iguana, o campo continuava lá com suas flores vermelhas e amarelas, e o sol estava nascendo por trás das montanhas, embora essa não fosse a direção de onde costumava nascer, e Lindsey estava contente. Ela nutria certo rancor do sol, porque ele não ficava parado; ele não dava nenhuma vantagem para ela, exceto no instante em que ficava a pino e a deixava sem sombra. Sem nenhuma. Tudo que antes pertencera apenas a ela estava de novo dentro de Lindsey, onde devia ter ficado.

Havia algo, a uns dois quilômetros de distância, que talvez fosse uma saliência rochosa. O iguana coube no cesto do guidão, e o peso da mochila não estava desconfortável demais. Nenhum sinal de gente, em lugar algum, mas, com determinação, e se o pneu da bicicleta não furasse, Lindsey tinha certeza de que encontraria algo que fosse o equivalente local de um bar, mais cedo ou mais tarde. Se não houvesse um bar agora, sempre tinha a opção de esperar um pouco mais, para ver quem seria o primeiro a pensar nessa ótima ideia.

Agradecimentos

Eu queria saber agradecer, direito, às pessoas a seguir. Obrigada à minha família: minha mãe, Annabel Link; minha irmã, Holly, e meu irmão, Ben; meu pai, Bill, e minha madrasta, Linda Link. Muito obrigada pela hospitalidade e pelo incentivo da família de Gavin — Eugene e Rosemary, os MacArthur, os McLay e os Grant. Estou em dívida com Christopher Rowe e Gwenda Bond pelas histórias de fantasma. Richard Butner, Sycamore Hill e as diversas oficinas da Clarion para Kate Eltham e Robert Hoge de Espaço! e Tempo! Cassandra Clare e Joshua Lewis, por uma conversa esclarecedora sobre calças malignas. Fleur e David Whitaker, pelo uso de seus nomes. Ada Vassilovski, Peter Cramer, Jack Cheng e Barbara Gilly. Karen Joy Fowler, Sarah Rees Brennan, Delia Sherman, Ellen Kushner, Libba Bray, Elka Cloke e Sarah Smith pela leitura de versões iniciais. Obrigada a Sean pela sugestão de que eu tentasse escrever um tipo novo de história. Obrigada a Jessa Crispin pela sessão de astrologia. Obrigada a Peter Straub por suas histórias. Obrigada a Ray Bradbury, cuja obra serviu de inspiração para o conto "Duas Casas". Obrigada a David Pritchard, Amanda Robinson e Holly Rowland pelas conversas sobre programas de televisão. Obrigada aos médicos, enfermeiros e terapeutas respiratórios na UTI Neonatal de Baystate, no Children's Hospital de Boston e no Franciscan Hospital for Children. Obrigada àquela que tudo vê e que tudo sabe, Holly Black, por seu olho que tudo vê, seu cérebro escritoral, e por me resgatar dos buracos em que eu podia ter caído. Obrigada aos meus tradutores, especialmente as maravilhosas Motoyuki Shibata e Debbie Eylon. Obrigada ao Banff Centre for the Arts por me oferecer uma mesa, um alce, um urso, e conversas. Obrigada aos editores com quem tive a sorte

296 Agradecimentos

de trabalhar, incluindo Ellen Datlow, Rob Spillman, Brigid Hughes, Francis Bickmore, Stephanie Perkins, Gwenda Bond, Yuka Igarishi e Deborah Noyes. Obrigada a Taryn Fagerness. Obrigada a Renée Zuckerbrot, que é a melhor agente do mundo, e a Molly Bean, a melhor *dachshund*. Obrigada a Noah Eaker, meu editor fantástico, pelo cuidado, pela perspicácia e pelo entusiasmo. Obrigada a Caitlin McKenna, Susan Kamil e toda a equipe da Random House. Obrigada às maravilhosas e poderosas Maria Braeckel, Henley Cox e Sarah Goldberg. E, finalmente: muito amor e muito obrigada a Gavin J. Grant e Ursula Grant. Escrevi algumas histórias para vocês.

Sobre a autora

KELLY LINK, participante da bolsa "Genius Grant" da Fundação MacArthur, é autora das coletâneas *Arrume Confusão*, *Stranger Things Happen*, *O estranho mundo de Zofia e outras histórias* e *Pretty Monsters*. Ela e Gavin J. Grant coorganizaram algumas antologias, incluindo vários volumes de *The Year's Best Fantasy and Horror* e, para jovens adultos, *Monstrous Affections*. Ela é cofundadora da Small Beer Press.

Seus contos foram publicados nas revistas *The Magazine of Fantasy & Science Fiction*, *The Best American Short Stories* e *Prize Stories: The O. Henry Awards*. Ela também foi contemplada com uma bolsa do National Endowment for the Arts.

Link nasceu em Miami, Flórida. Atualmente mora com o marido e a filha em Northampton, Massachusetts.

kellylink.net

Twitter: @haszombiesinit

Para consultar sobre eventos de palestra com Kelly Link, favor entrar em contato com o departamento de eventos da Penguin Random House: speakers@penguinrandomhouse.com

Projetos corporativos e edições personalizadas
dentro da sua estratégia de negócio. Já pensou nisso?

Coordenação de Eventos
Viviane Paiva
viviane@altabooks.com.br

Contato Comercial
vendas.corporativas@altabooks.com.br

A Alta Books tem criado experiências incríveis no meio corporativo. Com a crescente implementação da educação corporativa nas empresas, o livro entra como uma importante fonte de conhecimento. Com atendimento personalizado, conseguimos identificar as principais necessidades, e criar uma seleção de livros que podem ser utilizados de diversas maneiras, como por exemplo, para fortalecer relacionamento com suas equipes/ seus clientes. Você já utilizou o livro para alguma ação estratégica na sua empresa?

Entre em contato com nosso time para entender melhor as possibilidades de personalização e incentivo ao desenvolvimento pessoal e profissional.

PUBLIQUE
SEU LIVRO

Publique seu livro com a Alta Books. Para mais informações envie um e-mail para: autoria@altabooks.com.br

 /altabooks   /alta-books   /altabooks   /altabooks

CONHEÇA OUTROS LIVROS DA **ALTA BOOKS**

Todas as imagens são meramente ilustrativas.

Este livro foi impresso nas oficinas gráficas da Editora Vozes Ltda.,
Rua Frei Luís, 100 – Petrópolis, RJ.